KB211223

통곡하고 싶었지만

일러두기

- 이 책에서 일기 이외의 글은 이순희의 인터뷰를 토대로 작성되었습니다.
- 이 책에서 장애자, 정상아 같은 표현은 일기를 쓸 당시의 시대적 배경 등을 이유로 수정하지 않았습니다.

통곡하고 싶었지만

1판 1쇄 발행 2024년 10월 24일

글 이순희 | **디자인** 신병근 황지희 | **사진** 이의렬

펴낸이 임중혁 | **펴낸곳** 빨간소금 | **등록** 2016년 11월 21일(제2016-000036호)

주소 (01021) 서울시 강북구 삼각산로 47, 나동 402호 | **전화** 02-916-4038

팩스 0505-320-4038 | **전자우편** redsaltbooks@gmail.com

ISBN 979-11-91383-49-2(03810)

• 책값은 뒤표지에 있습니다.

50년생 이순희의 육아 일기

통곡하고 싶었지만

이순희 씀

빨간소금

추천사

2020년 8월, 대학 입학 이후 25년 동안 살던 신촌을 떠났다. 은평구에 있는 아파트를 분양받아 독립했다. 이사 날 아침, 어머니는 나에게 오래된 서류봉투에 두텁게 봉인된 당신 일기를 모두 넘기셨다. 그리고 일기의 디지털 작업을 부탁하셨다. 당신께서는 나만 보라 넘겼다지만, 나는 이제 이 엄중한 기록물에 추천사를 써야 한다.

나는 이 책이 장애인 부모의 육아 일기로 읽히길 거부한다. 이 일기는 우리 현대사를 관통하는 한 여성의 '자기 생애에 대한 페미니즘 투쟁'의 오롯한 기록물이다. 역사와 사회와 타인이 감추고 숨기고 침묵하기를 요구했던 바로 그 목소리이자 고통이다.

거대한 차별, 독재에 저항하고 사회변혁을 이루는 것만이 투쟁은 아니다. 날마다 일기를 쓰면서 온전히 혼자서 불도저처럼 무시와 억압에 스러지지 않았던 이 여성의 삶과 생활 역시 누군가는 기억해야 할 투쟁이다. 이 기록이 자신의 성별, 역할, 책임, 사랑, 행복, 정체성을 찾고자 하는 모든 여성에게, 모든 사람에게 혐오와 차별로 가득 찬 이 세상을 정면으로 혁파하는 투쟁 역사책이거나 포기하지 않는 힘을 건네는 경전이 되길 바란다.

여성 이순희는 끝까지 이 일기 출간을 반대했다.

"껍데기만이라도 살아 있는 척해야겠지. 나는 죽은 지 오래다."

이순희는 이 일기를 다시 꺼내며 사오십 년 전 각혈하듯 썼던 고통과 고립감을 다시금 직면하고 회상해야만 했다. 날마다 자기를 고문하던 기억이 떠오른다고 하셨다.

나는 어머니의 눈물을 본 적이 없다. 설움에 절망하거나 쉬이 포기하는 것을 경험한 적이 없다. 그녀는 그 어떠한 참혹한 상황에서도 웃음과 미소와 논리로 모든 것을 밀고 가는 사람이었다. 그러나 그녀의 일기장에 그런 멋진 모습은 없다. 일기장은 어머니 대신 울고 분노했다. 내 장애에 대한 짜증과 지겨움과 사랑하는 사람에 대한 복잡한 감정이 점철되어 있다. 그것이 이 책을 읽는 모든 사람에게 짜릿짜릿한 쾌감을 줄 것이다. 어떤 현실에도 다시 밥을 먹고, 잠자리에 들고, 아침에 일어나 또 현장에 뛰어드는 신기한 에너지를 받을 것이다.

좌절과 퇴행의 시대, 다시금 인권과 페미니즘의 깃발을 들자. 1950년생 여성운동가 이순희가 일기로 나에게 늘 해 주셨던 그 말.

"조잘조잘 말 많은 장애 자식, 좀 귀엽네!"

어머니 말씀처럼 우리 끊임없이 조잘조잘 귀엽게 끝까지 살아내자.

이제 나는 온 마음과 온 힘을 다해 이순희 당신을 존경함을, 세상 끝까지 어머니 당신을 사랑함을 이 세상에, 온 우주에 떠들겠다.

_ 김형수(장애인학생지원네트워크 대표)

이 책은 한 여성이자 어머니의 치열한 생존기, 전쟁터가 되어 버린 가족의 일상을 지극한 인내와 사랑으로 일궈 낸, 소소하게 보이지만 거대한 포용과 평화의 기록입니다.

장애라는 편견 속에서도 강인한 의지로 가족과 자신을 지켜 온 어머니의 헌신을 아주 자세하게 보여 줍니다. 이순희 여사는 장애가 있는 아들의 성장과 발달을 위해 매일매일 일기와 기록을 남기며 지치지 않고 치료와 교육을 이어 왔습니다. 지치지 않기 위해 일기에 기록을 남겼다는 말이 더 맞을 것 같습니다. 그녀의 기록은 단지 자녀의 상태를 기록한 것이 아니라, '살아 내기 위한 투쟁'이었습니다.

그 시절에 병원에서 배워서 가정에서 행한 물리치료, 작업치료, 그리고 아이의 행동과 발달을 돕기 위해 쏟아부은 애정 어린 어머니의 노력에 말 그대로 가슴이 저렸습니다. 재활치료나 보조기 착용은 정답이 없습니다. 몸의 성장과 같은 발달의 변화나 진학과 같은 일상의 변화에 적응하기 위한 해답을 찾는 과정입니다. 다양하게 시도하지 않으면 알 수 없는 시간입니다. 그 수많은 시도는 나중에 민수(형수의 형) 담임 선생님과의 면담, 아들의 또래들을 포용하는 행동으로 피어납니다. 얼마나 위대하던지요.

책을 통해 장애가 있는 아이를 돌보는 과정에서 겪는 어머니의 마음 깊은 곳의 두려움, 좌절, 희망, 그리고 고독을 엿볼 수 있습니다. 또한 아들을 위해 자신을 희생하며 살아 온 한 여인이 '장애아동의 어머니'에서 자신을 지키고 세상을 향해 외칠 줄 아는 '강인한 인간'으로 거듭남을 목격할 수 있습니다.

저는 작업치료사로서 이 책이 많은 치료사들에게 부모의 심리적 고통을 이해하고 부모의 마음을 읽어 내는 데 큰 도움이 될 것이라

확신합니다. 보호자와 치료사가 서로의 역할을 존중하며 협력할 때(때로는 '동맹'이라고도 합니다) 비로소 아이의 잠재력을 꽃피울 수 있으니까요.

모든 부모가 기록을 남기지는 않지만, 이 일기는 모든 부모가 겪는 순간들을 담고 있어서 참으로 소중합니다. 이 책이 많은 부모, 치료사나 교사, 관련 전문가, 그리고 이 시대를 살아가는 모든 이에게 장애와 투쟁을 넘어선 진정한 삶의 의미를 되새길 수 있는 귀중한 자료로 남기를 소망합니다. 장애가 있는 아이들을 만나는 모든 어른의 마음에 깜깜해 보이는 길을 비추는 등불 같은 책이라고 생각합니다.

참, '통곡하고 싶었다'는 순간이 언제였을까 궁금해 하며 읽었는데, 그 대목에서 참 많이 아팠습니다. 아들 때문은 아니었어요.

_지석연(작업치료사)

이 일기를 다시 꺼내 읽고 다듬으면서 나는 너무 아팠다. 옛날 기억이 갑자기 모두 떠올랐다. 충분히 다 풀렸다고 생각했는데 그게 아니었나 보다.

지금 와서 생각하면 아이들에게 너무 많은 것을 쏟았다. 남편과 나에게 조금만 자리를 내주었다면 어땠을까. 그렇게 했어도 지금과 크게 달라지지 않았을 텐데 그때는 몰랐다. 내가 노력하면 형수가 목발 없이 걸을 수 있다고 생각했을지도 모른다. 불가능하다는 걸 알면서 외면했나 보다. 그걸 위해 가족에게 너무 독하게 굴었던 것은 아닐까. 이런저런 생각에 모두에게 미안할 때가 많다. 분명히 후회는 없는데, 마음은 아프다. 모두에게 미안하고 모두에게 고맙다.

이제 모든 것이 변했다. 특히 남편이 제일 변했다. 그렇게 무뚝뚝하던 남편은 이제 만나는 사람들에게 아이들 자랑을 하고 다닌다. 부모가 해 준 것이 없는데 알아서 다 잘한다고. 그것만으로도 너무 자랑스럽다고 말한다. 남편 주변에 형수를 모르는 사람이 없다.

이 책을 준비할 때 남편은 "내 욕 실컷 해라. 그래야 니 마음이 풀릴 거 아니가. 그래야 니가 안 아플 거 아니가. 내 욕은 많이 해도 괜찮다"라고 말했다. 남편이 이렇게 변할 줄 상상하지 못했다. 남편은 이런 고백도 했다. 마음이 없었던 게 아니라 방법을 몰랐다고. 그때는 여러모로 여건이 전혀 안 되었다고, 미안하다고 했다. 세월은 흘

렸지만, 반성하면서 지금은 달라졌다. 남편과 아이들의 관계도 달라졌다.

두 아이를 키우면서 걱정이 많았다. 나는 죽을힘을 다해서 두 명 모두에게 최선을 다했지만, 각자 섭섭한 마음이 왜 없었겠나. 아이들은 늘 오해했다. 첫째는 엄마가 둘째만 본다고 생각하고, 둘째는 엄마가 첫째 생각만 한다고 믿었다. 그런데 아니다. 아이들이 그렇게 생각할까 봐 늘 눈치를 살폈다. 두 명 모두 똑같이 사랑했다. 특히 첫째는 장애가 있는 형제 때문에 성장하면서 갈등이 생길까 두려웠다. 그런데 그런 일은 없었다. 너무나 고맙다. 이제는 대기업에 취직했고, 결혼해 아이를 낳았다. 말수는 적지만, 형수나 내가 필요할 때 두말없이 나선다.

옛날 생각 하다 보니 형수를 대학 보낼 때 생각이 났다. 가까운 이들조차 형수가 서울로 대학을 어떻게 가냐고 말렸는데, 내가 우겨서 원서를 냈다. 기숙사에 형수를 혼자 두고 부산으로 내려가는 기차 안에서 나는 오열했다. '기뻐서 우는 게 이런 기분이구나' 하면서 울었다. 내가 잘했구나, 정말 잘했구나 하면서 울었다. 후련해서 울다가, 형수를 떼놓고 어떻게 살지 막막해서 울었다. 좋은데 왜 그렇게 눈물이 났을까. 나중에는 역무원들이 찾아와서 걱정할 정도로 계속 울었다.

그게 형수 때문에 운 마지막 기억이다. 형수는 대학에 가서 공부보다 장애 인권 운동을 열심히 하더니 졸업 후 장애인학생지원네트워크를 만들었다.

나는 1950년에 울산 울주군에서 태어났다. 초등학교 4학년 때, 시골에 계속 있으면 중학교도 가기 힘들겠다는 생각이 들었다. 그 시절의 시골 어른들은 여자는 초등학교만 나오면 된다고 공공연하게 말했다. 부산에 있는 삼촌 집으로 혼자 가서 "내, 내일부터 여서 학교 다닐란다"라고 선언했다. 부산에서 중고등학교를 마쳤다. 서울에 올라가 전자 회사에서 근무하다가 고향으로 내려왔다. 그리고 오빠 친구와 결혼했다. 스물세 살에 첫째를 낳았다. 일기는 형수를 낳으면서 쓰기 시작했다.

나와 남편은 1998년에 서울로 올라왔다. 서울에 있는 아이들과 함께 살기 위해서다. 남편은 친구와 함께 청계천 인근에서 수도 부품을 파는 가게를 시작했다. 하지만 청계천 개발 사업으로 가게를 비워야 했다. 몇 해 방황하다 택시 운전을 시작했다. 20년 넘게 같은 회사에 다니고 있다. 이제 밤 근무는 하지 않는다.

나는 부산에서 하던 꽃꽂이 사업을 서울에서 계속하고 싶었다. 꽃꽂이 학원을 열고 싶었지만, 주위에서 모두 말렸다. 서울은 부산과 다르게 사람들이 꽃꽂이에 큰 관심이 없다고 했다. 대신 드라이플라워 회사에서 플로리스트로 7년을 근무했다. 회사가 중국으로 이전하자 꽃과 관련한 업무를 하기 힘들어졌다.

이때 나는 사회복지사 분야로 관심을 돌렸다. 구청을 찾아가 노인 일자리를 알아보고 지역아동센터에서 일했다. 정신을 차려 보니 사회복지 및 장애인복지지원 활동가가 되었다. 분야도 넓어졌다. 노인의전화에서 전화 상담을 했고, 국회 안에 있는 생명의전화에서 상담 업무를 맡았다. 구청에 있는 아동·청소년·어르신과에서 아동복지 교사로 일했다. 장애인 부모 상담을 했고, 서울시사회복지협회 소속으로 시각장애인을 대상으로 활동했다. 주로 여성 장애인 가정을 지원하는 홈헬퍼 업무는 벌써 10년 차다. 형수를 키운 경험과 감수성이 이 일을 하는 데 큰 도움이 된다.

나는 일하면서 고민이 생길 때마다 형수에게 전화를 건다. 이제 형수가 나의 장애 인권 선생님이 되었다.

2024년 가을 이순희

차례

1987
제일화학주식회사

1

불길한 예감

스물다섯~스물여섯 살

1975년 10월 28일 출산

자정을 막 넘어섰는데 한기가 살짝 들면서 허리께부터 통증이 오기 시작했다. 산기가 느껴지는 것 같아 몇 번을 혼자 참다 참다 옆에서 주무시는 시어머님을 깨웠다.

"어머니, 이상해요. 아직 출산일이 남았는데 허리도 아프고 이상해요."

"아이고, 야야, 어딜 잘못 짚었나 보다. 괜찮다. 너무 움직이지는 마라. 허리로 틀 모양이다. 허리 아파 우짜노. 머릿물 터졌나?"

"모르겠는데요. 낮부터 소변이 자주, 많이 나왔는데요."

"야야, 그게 머릿물이 아닌가 싶다."

양수가 터진 모양이다. 덜컥 겁이 났다.

"어머님, 어째요."

"머릿물 나오고 며칠 지나서도 낳기도 한다."

어머님은 열 명을 낳으셨다. 어느 산부인과 의사보다도 잘 아실 터였다. 오한이 점차 심하게 들면서 몸부림 치기도 힘들 정도로 허리 통증이 계속되었다. 그러기를 한 시간. 큰아이를 출산했을 때와는 달리 힘을 안 줘도 아이가 나올 듯한 느낌이었다. 아이의 발이 보인다는 어머님 말씀은 들리는데 천장이 뱅뱅 돌기 시작한다. 아이 손이 보인단다.

"힘줘라. 손만 나오면 머리가 나올 테니, 목에 안 걸리게 힘을 줘. 한 번에 나오게 해야 한다."

남편은 왕진을 청하러 병원에 갔다. 의식은 가물가물했지만, 어머님이 말씀하신 대로 '있는 힘'을 다했다. 불행인지 다행인지 금방 아이가 나왔다. 그런데 울음소리가 없었다. 내가 어떤 말이나 조치를 하기 전에, 어머님이 아이를 거꾸로 다리만 잡은 채 엉덩이를 후려치고 입을 빨아댄다. 1분도 채 흐르지 않은 듯했다. 시어머님이 "아들인데" 하시면서 입을 몇 번이나 빨았더니 "캑캑"하면서 운다. 그런데 울음소리가 첫째 때만큼 우렁차지는 않다.

"괜찮겠다. 예전부터 거꾸로 낳는 사람들이 종종 있으니, 태반만 잘 받으면 걱정 없어."

얼마나 시간이 흘렀을까. '어머님 혼자서 고생하셔서 힘들겠구나'라고 생각하며 눈을 떠 보니 아이는 목욕을 마치고 겉싸개에 싸여 있었다. 남편은 미역국을 상 위에 놓고 숟가락으로 내 입에 떠먹이려 했다. 중간에 나를 두세 번 깨워 일으켜도 이내 의식을 잃고 잠에 빠지곤 했단다. 희미하게 날이 밝아오는 듯 앞이 뿌옇다. 아이를 바라보았다. 갓난아이 얼굴은 다들 처음엔 볼품없지만, 첫째 민수(가명)와 뭔가 달랐다. 뭔가 희한하다. 너무 깡말라서인지 더 작아 보였고, 얼굴은 물론 팔다리에 온통 털뿐이다. 그래도 눈, 코, 입은 빠짐없이 다 있다.

일단은 안심이라 생각했다. 그러면서도 '입덧이 없고 식욕이 왕성해 애가 너무 크면 어쩌나 출산을 걱정했는데 이토록 작은 이유는 뭘까, 이틀 전 산부인과에서 검진했을 때는 아무 이상 없이 건강하다고 했는데 왜 그럴까?'라는 생각으로 머릿속이 어지러웠다.

이틀 동안 누워 있으면서 '내가 부주의해서 조기 출산하느라 미숙아가 된 것이라면 어쩌지? 그렇다면 분명 후유증이 있을 텐데'라고 생각했다. 그리고 차츰 두려워지기 시작했다. 빨리 몸을 추슬러 병원에 데려가야 할 듯했다. 마음이 더 조급해졌다. 아이 아빠가 한 번 데려가 주었으면 하고 온갖 걱정을 할라치면 시어머님은 괜찮다고 말씀하셨다.

"괜찮겠다. 잠도 잘 자고 잘 먹고. 이내 젖도 정상으로 돌고 변도 정상이네."

진통이 짧았고, 진통 때 한기가 있었다는 것 빼고는 순산을 한 셈인데 갈수록 지쳤다. 하혈이 멈추지 않아 자주 의식을 잃었다. 앉아 있는 것도 힘들었다. 특별히 아픈 데가 없는데 입안이 전부 헐어서 맛을 도저히 가늠할 수 없어 미역국 한 그릇조차 먹지 못했다.

이런 며느리를 시어머님은 정성스레 간호했다. 불평 한마디 없이 출산 뒷빨래를 하시고 젖이 안 나올까 봐 곰국거리를 장만하셨다. 단칸방인 우리집 아랫목은 아이와 내가 차지했다. 춥기는 왜 그렇게 추운지, 추운 날씨에 내 뒷바라지를 하느라 시어머님이 여간 고생하신 게 아니다. 시어머님의 따듯한 보살핌 아래서도 마음이 편치 않았다. 불안했다. 잘 먹지 않는다는 시어머님의 성화에 먹으려고 애를 써도 잘 먹히지 않고 회복은 점점 느려졌다.

일주일을 넘길 때쯤에는 신생아 황달이 왔다. 좀 심한 것 같아 걱정스러워 누워 있을 수 없었다. 휘청휘청하면서 근처 병원으로 갔다. '전화가 있으면 가지 않아도 될 텐데…'라고 생각했다. 그날따라 아픈 몸을 이끌고 신생아까지 데려가는 나 자신이 너무 안쓰러웠다.

"정말 다행이네요."

아이 엄마 말을 들어서는 별 이상이 없는 것 같으니, 혹시 다른 변화가 있으면 그때 또 아이를 데려 오라고 하셨다.

"눈에 염증이 있는지 눈곱이 끼어 눈 뜬 게 잘 안 보이네요. 애가 거꾸로 나올 때 이물질이 들어갈 수도 있어요. 안약을 넣어 주고 일단 시간을 두고 지켜보세요. 신생아니 추운 날씨에 다른 합병증이 올 수 있으니 조심하고요."

아직은 그리 혹한이 아닌 철인데 출산 때 들었던 한기 탓인지 계속 추웠다.

1975년 12월 18일 예정된 출산일

원래 예정된 출산일이었다. "괜찮다"는 시어머님의 말씀이 위로는 되었지만 내내 걱정이다. 집이 산등성이에 있어 바람이 유난히 많이 부는데 오늘따라 포근했다. 갓난아기는 찬바람을 맞으면 안 되니까 포대기에 싸고 또 쌌다. 아이를 데리고 병원에 갔다. 예방접종 시기가 지나서 진찰받기 위해서였다. 물론 시기를 놓쳤어도 접종을 해야 하는데, 이렇게 접종 시기를 놓치면 안 된다는 의사의 걱정 어린 이야기를 들었다. 육안으로는 알 수 없고 의학적으로 검사가 안 되니 6개월은 지나야 알 수 있다고 말씀하셨다. 그러고는 항상 조기에 치료할 수 있도록 살펴야 한다고 덧붙이셨다. 한편으로는 안심되는 말이기는 하지만 마음이 무거웠다. 그래도 진찰받지 않은 것보다는 한결 개운했다.

오전보다 오후에 좀 더 살이 오른 것 같아 혼자 중얼중얼 아이에게 "건강하게만 자라다오"라고 말하며 아이를 봤다.

친정엄마가 민수를 등에 업고 기름병이 든 보퉁이까지 들고 가파른 산을 오르듯 오셨다. 인편으로 아이가 작다는 이야기를 듣고 알고는 계셨다. 하지만 직접 눈으로 보지 않았으니, 숨이 다 막힐 정도로 애태우셨단다. 그토록 외가에서 애지중지 거두었는데 민수는 엄마만 정신없이 바라본다. 큰아이를 보고도 힘이 나지 않았다. 민수는 아파하는 엄마를 바라보다 외할머니 등에 다시 업혔다.

"엄마 실컷 보고 또 할매 따라가야지."

겁에 질린 듯 "응" 하고 대답하는 민수를 안으니 웬 눈물이 그리 나올까. 아이가 거꾸로 나온다는 그 순간 나는 '이제 죽는구나'라는 생각밖에 안 들었다. 내 삶이 억울하기보다 민수가 혼자 남게 될까 봐 두려웠다. 오직 민수만 생각했다. 애태우면서 나를 바라보시는 '내 엄마'의 심정은 어땠을까.

"작기는 하지만 말보다는 크네. 털보네. 살이 없어서인지 온몸에 털이 많아서 그렇다. 괜찮겠다. 달이 덜 차도 잘 크는 아도 있더라."

오늘 병원에 다녀온 이야기를 들려 드리니 한결 마음 놓인다고 하셨다.

"아가 작다길래 쌍둥이일지도 모른다 생각했다."

"엄마, 쌍둥이면 어떻게 키워요."

"내가 키워 주지."

오늘따라 민수가 의젓하게 잘도 자네.

1976년 2월 28일 출생신고

유난히 올겨울은 한기가 오래 머물렀다. 이렇게 추운데 아이는 잘도 자라고 있다. 출생신고를 해야 하는 시기는 벌써 지났다. 겨우 벌금을 면하는 날에 맞춰서 출생신고를 했다. 절차야 간단하지만 내내 아이의 발육 상태가 마음에 걸렸다. 그러다 보니 이름조차 변변히 지을 수가 없었다. 그래도 태어날 때 비하면야 장군인데 말이다. 뱃속에서 오래 살지 못하고 태어났으니 이 세상에서라도 긴 수명으로 살라고 형수(炯壽)라 지었다. 어떻게 생각하면 '형수님'이라는 별명이 생길 수 있지만, 한자로 보면 다르니까 건강하게 오래, 밝게 살라는 의미에서였다. 이제는 사람이 되었다는 생각이 들었다. 처음보다는 한결 나아진 모습에 위로가 되었다.

1976년 4월 빨리 기운 차려야지

이제 거의 엄마 젖은 말라 버렸다. 다행히 이유식을 점점 더 많이 자주 먹는다. 소화는 물론 대변도 정상이고 규칙적인 것 같았다. 변비기가 살짝 보였다. 자주 보채기 시작해서 밤에도 이유식을 서너 차례 끓였다. 연탄불뿐이라 여간 힘든 게 아니다. 형수는 성질이 급한 건지 깨자마자 바로 울었다. 그러면 지체하지 않고 업었다. 남편은 형수를 달래기는커녕 그럴 재주가 없다.

형수를 등에 업고 불꽃이 올라오지 않는 아궁이 앞에서 죽을 젓느라 등을 구부렸더니, 연탄 연기에 숨이 막힌 듯이 아이가 울어댔다. 죽을 푹 안 끓이면 아이가 먹고 설사를 했다. 조금씩 변비가 생겨서 설사를 가끔 해도 큰 문제가 되지 않았다. 그렇다고 살이 오르지 않는 것은 아니었다. 배가 아픈가 싶어 간단한 비타민제를 젖병 속에 섞어 주었다. 자주 보채고 잠을 깊이 못 자서인지 아이가 극도로 허약해 걱정스러웠다.

덜컥 큰아이가 걱정되었다. 물론 외할머니가 민수를 잘 보살피겠지만 엄마하고는 비교가 안 될 것이다. 그러니 내가 빨리 기운을 차려야 했다. 내가 아프면 나 혼자만의 문제가 아니기에 근처 약국부터 찾았다. 영양 보충이 될 만한 약을 사려고 갔다가 먹는 약으로는 더디다 싶어 영양주사를 맞기로 했다. 한 달 치 분윳값에 맞먹기는 해도 한결 힘이 솟는 듯했다. 자다가 보채는 형수의 울음소리를 더 빨리 알아들으려면 힘을 내야만 했다.

1976년 6월 초 고개를 가누는 힘이 없다

8개월 때의 발육 상태보다 더 통통히 살이 올라 북실북실 너무 예뻤다. 형수가 빤히 쳐다보면서 눈웃음을 보낼 때면 어떤 악인도 웃지 않을 수 없을 듯했다. 눈만 마주치면 언제고 웃었다. 언제나 무표정인 첫째와 너무나 대조적이었다.

큰아이와 작은 아이를 비교할 때면 큰아이가 신경 쓰였다. 아이를 별로 좋아하지 않는 남편의 성격 탓에 '애정 결핍이 아닐까' 하고 나 혼자 고민했다. 그때는 시집과의 갈등 또한 있었다. 다행히 외가댁에서 알뜰살뜰 애정으로 큰아이를 돌보았기에 굳이 문제 삼지 않았다.

작은 아이의 밝고 아름다운 눈과 얼굴, 표정을 볼 때면 아무 문제 없는 듯했다. 물론 아직 말을 못 한다. 어느 정도 알아듣는 것 같은데 표정만으로는 잘 모르겠다. 아직은 뒤집거나 기지 않는다. 다리는 쭉 뻗고 손은 주먹을 쥐고 배로 빙빙 돌기만 한다. 조금씩 앞으로, 옆으로 옮기는 데는 별문제 없는 듯한데, 제일 걱정되는 부분은 고개를 온전히 들지 못한다는 것이다. 머리 무게를 온전히 지탱하는 힘이 없다. 뒤로 젖히기만 한다. 전체 힘이 없다기보다 필요 이상으로 뒤로 힘이 가해졌다. 다리에는 힘이 있는지 손 위에 아이를 세워 '꼰대 꼰대' 놀이를 하면 아주 재밌어 하면서 다리를 동동거렸다. 손을 잡고 방바닥에 세울 때면 뒤꿈치를 약간 들기도 했다.

1976년 7월 24일 늦된 아이도 있다

그해만큼 더운 때가 있었던가. 농부들이 며칠 전에야 모심기를 끝내고 한숨 돌리던 때였다. 산달이라 한 달 전에 친정에 왔다. 큰아이가 태어난 건 새벽 5시.

어른들의 말씀을 종합하면 정상적인 진통을 겪으면서 순산했다. 지금 생각해 보면 나는 미련할 정도로 겁이 없는 산모였다. 평소에 듣고 익힌 지식만을 믿었고, 어느 의사보다 명의라 생각한 엄마와 할머니가 계셨기에 아무 걱정하지 않았다. 열 달 동안 품고 낳은 그때까지도 병원에 가 봐야 한다고 생각하지 않았다. 임신 기간 내내 최선을 다했다. 행동 하나 섣불리 하지 않고 있는 정성, 없는 정성을 다해 아이를 품었다. 그에 비하면 둘째를 가졌을 때는 큰아이만큼 조심하지 않은 듯했다. 이번에도 순산할 것이라 생각하고 안이했던 게 아닐까.

그리 무더운 여름 아랫목에 군불을 넣으시면서 엄마와 할머니가 온몸 다 바쳐 내 뒷바라지에 정성을 쏟았다. 어느 귀부인인들 이런 대접을 받을 수 있을까.

이렇듯 시집과 비교해 볼 때면, 친정에서 있었던 그때가 새록새록 생각이 떠오르고 할머니와 엄마에게 감사하고 은혜하고 싶다. 얼마나 행복한 딸자식이던가. 내 자식한테도 이렇게 정성 쏟으면서 키울 수 있을까. 엄마와 할머니는 할 수 있는 한, 어느 것 마다하지 않고 모든 것을 주셨다. 엄마가 내게 그리했듯이 나 역시 그런 마음가짐으로 엄마 역할을 충분히 하는 모습을 보여 주어야 한다.

그것이 친정엄마와 할머니에게 효도하는 길이라 생각했다.

첫째 손을 잡고 형수를 등에 업고 친정에 갔다. 셋 다 땡볕에 얼굴이 벌겋게 익었어도 민수가 태어난 그해만큼 덥지는 않았다. 건강한 외손주 둘과 딸을 맞이해 주실 노인들의 미소를 떠올릴 때면 왜 그렇게 흐뭇해지는지. 이런 과정 과정이 다 삶이 아닐까.

그분들의 희망은 무엇일까. 어떤 화려함이나 찬란함이 있을까. 순간순간 측은함이 들었다가 서러움이 밀려왔다. 그분들에게 지금에 만족하고 현실을 있는 그대로 받아들이는 슬기와 지혜를 배웠다. 엄마와 할머니가 그랬던 것처럼 나도 '지혜롭게 내 삶에 임해야지'라고 생각했다. 겸손도 필요하다.

"아이구, 괜찮다. 이렇게 북실북실 살이 올라 밉상인데, 늦된 아이도 있다. 내 새끼들 어디 보자. 내 큰 새끼. 이리 온나."

그럴지도 모른다. 형수한테 가는 손길만큼이나 민수한테는 결핍이 생길 것이다. 그게 늘 마음에 걸렸다. 성격이려니 하면서도 무표정인 민수가 신경 쓰였다. 아들들의 존재만으로도 기뻐하시는 어른들이니 자랑스러운 내 아들들이 좋은 구경거리가 된다.

1976년 음력 9월 25일 지만 아들 낳나, 뭐 하러친정까지 일렀나?

형수 돌잔치를 해주고 싶다. 병원에 가서 종합 진단도 받아야 한다. 나는 둘 다 해 주고 싶었다. 첫째 민수는 돌잔치는커녕 미역국도 먹지 못했다. 시어머님은 왜 그리 야박하셨을까. 이해하려 애쓰면서도 섭섭했다. 무엇보다, 아이들을 좋아하시는 친정엄마와 할머니 표정을 떠올릴 때면 마음껏 좋아하게 해 드리지 못해서 지금도 마음이 아프다.

민수 돌날에 잔치라도 하는가 싶어 엄마가 떡을 해서 다라이에 가득 이고 오셨는데 시어머님 표정이 좋지 않다.

"지만 아들 낳았나, 뭐 하러 친정까지 일렀나?"

친정엄마가 마당에 들어서는 순간, 고맙다는 인사 대신 돌아온 말이었다. 친정엄마한테까지 왜 그리하셨을까. 시어머님의 타박에 엄마는 자리에 앉기를 민망해 하면서 뒤돌아가셨다. 그 뒷모습이 오래 가슴에 박혔다.

누구도 상상 못 할 정도로 서러웠다. 내 탓이려니, 내가 미움받아서 그렇다고 위로하면서 혼자 설움을 삼켰다. 그깟 서러움이야 어떠하리. 하나뿐인 딸이 이런 대접을 받는다고 생각하고 뒤돌아섰을 친정엄마의 모습이 눈에 밟혔다. 그 어떤 행복이 온다 해도 친정엄마의 한은 보상받지 못할 것이다.

하지만 이번은 달랐다. 돈이 없으면 어떠한가. 엄마와 할머니의 기쁜 얼굴에 비할까. 나중에 어떤 원망을 듣는다 해도 얼마나 다행인가. 조촐할지라도 돌상을 차릴 수 있으니 한결 마음이 놓였다.

"엄마, 돌 떡 좀 해 주세요. 국만 끓여서 돌 할게요."

시어머님과 시누이가 오셨다. 오전에 오셔서 들고 가시고, 외가 식구는 저녁에 오셨다. 착잡한 마음이 전혀 없는 건 아니다. 꼭 해야 하는 것처럼 마음먹은 나 자신이 때론 부끄럽기도 했다. 하지만 이런 과정 또한 추억인 동시에 삶의 큰 변화였다.

어쨌든 민수 때처럼 그냥 지나가는 것보다는 낫다. 나는 물론 엄마, 할머니 그 모두에게 의미 있는 날이 되었다. 그리고 모두에게 즐거움을 준 것 같으니 다행이다. 물론 어딜 봐도 화려한 돌잔치는 아니었다. 그러나 지금도 전혀 후회나 아쉬움이 없으니 스스로 참 슬기로운 엄마라 위로해 본다.

2

믿는 만큼 되는 아이

스물여섯~스물아홉 살

1976년 11월 28일 뇌성마비아, 아주 경한 정도입니다

거창한 돌잔치보다 의미 있는 것을 하리라 생각했다. 아이 장래를 위해 필요한 무언가를 해 주기로 마음먹었다. 형수에게는 건강진단이 꼭 필요하다. 장애가 있지 않을까 늘 염두에 두었으니 더 미루지 않기로 했다. 시기도 적절하니만큼 돌 기념으로 건강진단을 받기로 했다.

종합병원은 한 번도 간 적이 없어 여러모로 두려웠다. 길을 잘 모르고, 다니는 것을 좋아하지 않는 탓일까. 변두리 의원을 찾아가면 여러 번 진찰하느라 아이만 더 피곤할 듯해 소아과전문의를 택했다. 짧고 간단한 진찰이었다. 누워 있는 형수 손을 잡아 일으키고, 발가락에서 다리로 전달되는 신경이 있는 곳을 두들겼다.

"뇌성마비아, 아주 경한 정도입니다."

아무렇지 않은 듯, 별문제 아닌 듯 가볍게 말씀하셨다.

"성인이 될 때까지 꾸준히 운동을 해 주면 많이 좋아집니다. 언어 장애나 다른 장애는 없는 것 같지만, 지능은 지금 진찰이 되지 않으니 네다섯 살이 되면 그때 검사하세요."

분명히 하늘이 캄캄해질 정도로 놀라야 하는데 그저 멍하니 형수만 바라보았다. 아랫도리에 바지도 입히지 않은 채 멍하게 뭘 하고 있는 것일까. 마치 병명을 예상이라도 한 듯이 중얼거렸다.

"그래, 치료하면 괜찮겠지. 태어나는 그 순간부터 아이와 함께하리라 생각했으니 운동시키는 게 뭐 그리 대수일까."

방실방실 웃기만 하는 형수를 등에 업히려고 하니 더더욱 깔깔 웃는다.

그때 간호사가 다가왔다. 조금은 걱정스러운 듯, 나를 위로라도 하듯이 말을 건넸다.

"형수 어머니, 걱정하지 마세요. 아주 경한 증세이고 다른 합병증이 없으니 얼마나 다행이에요. 발육이 조금 늦는다고 생각하시고 꾸준히 운동을 잘해 주면 정말 괜찮아요."

왜 그 말에 어리석을 만큼 위로가 되던지. '뇌성마비아'는 처음 듣는 말이었다. 아이를 둘이나 낳을 때까지 보지도 듣지도 못했다. 이토록 무지한 나 자신이 싫었다. 내 아이가 '뇌성마비아'라는 말보다 무지한 내가 한없이 부끄러웠다. 이건 부모 자격의 큰 실수이자 문제였다. 최선을 다해, 내 모든 것을 다해 아이와 함께하리라 생각했다. 엄마, 아빠보다도 더 나은 한 인간으로서 훌륭히 키우리라. 절대 지금의 이 결심을 잊지 않으리라 다짐했다.

소아과병원에는 재활의학과(물리치료과)가 없다. 종합병원을 찾아가야 했다. 부산에서 가장 잘 되어 있는 곳이 메리놀종합병원이라고 했다. 모진 결심을 하고 소견서를 받았다. 용기가 생기고 희망이 있다는 예감이 들었다. 앞으로 평생 병원 문턱을 넘나들어야 할 테니 서둘지 말자고 다시 한번 각오를 다졌다. 형수가 피곤할 테니 며칠 후 치료를 계속하기로 하고 집으로 돌아왔다.

형수의 장애는 누구의 잘못이 아니다. 하지만 그 누구한테도 말할 데가 없었다. 단지 아이 아빠만은 알아야 한다는 생각이 들었다. 차츰 가족은 물론 주위, 이웃 등 이 사실을 아는 이들이 많으면 많을수록 도움이 되겠지. 협조가 필요하니까 말이다. 본인 스스로 운동치료를 받을 때까지는 누군가가 해야 하므로 협조가 필수다. 아직은 그 한 가지만을 생각해야 했다. 동정 같은 것은 생각지 않기로 했다. 문득 멍하니 천장만 바라보았다.

혹시나 '엄마 탓이다'라는 소리를 듣는다면 무어라 대답해야 할까. 남들이 속으로 어떤 생각을 하든, 하고 싶은 말이 많든 적든 아랑곳하지 않을 것이다. 이미 많은 각오를 했기에 아무런 문제가 되지 않았다. 진찰 결과를 통보하고 어떤 대답이 나와도 내 결심은 변함이 없을 것이다.

"평생 해야 할 일이다."

아이의 치료를 위해 몸과 마음을 가다듬어 평생 이 일을 최우선으로 하리라. 절대로 흔들리지 않으리라. 내 '일'을 하리라. 희망을 좇아서, 너희들을 열심히 정성으로 키우는 '일', 이 일만을 하리라.

1976년 12월 7일 물리치료 시작

메리놀종합병원 재활의학과장 황현교, 정형외과장 주정빈, 서무삼, 소아과 선생님들과 함께 본격적인 치료를 시작했다. 아침 일찍 서둘러 출발해 진찰 시각이 되기 전에 병원에 도착했다. 세 군데를 진찰하느라 옷 벗기고 입히고를 반복했다. 아이는 물론 나도 지칠 대로 지쳤다.

추운 겨울 날씨인데도 추운 줄 몰랐다. 점심을 굶었지만 배고프지 않았다. 형수에게 밥을 주지 않았다. 혹시라도 밥을 먹으면 토할까 싶어서다. 그러면 진찰에 지장이 있다. 둘러보니 다들 누군가와 함께였다. 이모나 고모 등등과 함께이지만, 나는 기저귀 가방 하나 받아 주는 사람 없이 혼자였다. 순간순간 서러움이 몰아쳤다. 참아야 했다. 이쯤이야 앞으로 우리 형수한테 닥쳐올 어려움, 서러움에 비할까. 조금이라도 가벼운 증세로, 희망적인 결과를 듣고 싶을 뿐이었다. 이미 결과는 나온 셈이지만, 오늘 진찰은 치료에 도움이 되는 종합적인 의견을 한데 묶어 조금이라도 효율적으로 대처하기 위함이었다. 다음 주에 결과를 말해 주겠다는 말에 궁금증만 더해졌다. 거의 하루해가 져 집으로 돌아왔다.

어둑어둑할 즈음에 버스에서 내려 산 길을 걸어 올라오는데 가슴이 부풀어 터질 듯 서러움이 치밀었다. 날이 찬데 볼에 흐르는 눈물이 얼마나 뜨겁게 느껴지던지. 그 기운을 느끼기라도 하는 듯 등에서 2시간 넘도록 잠에 빠져 있던 형수가 고개를 세우면서 끙끙댄다.

"어, 어, 아."

소리를 지르며 몸부림을 쳤다. 긴 시간 춥다고 꽉 동여매 업었으니 얼마나 갑갑했을까.

"빨리 집에 가서 내려 줄게. 조금만 참자."

보채는 아이 소리에 나의 피로는 어디론가 다 사라졌다.

일주일에 세 번, 월·수·금요일에 물리치료를 받으러 메리놀 재활의학과 물리치료실을 찾아야 했다. 처음 얼마간은 얼굴 익히느라 의사나 환자 모두 시간이 많이 필요하단다. 더군다나 어린이 물리치료는 아이가 적응하는 게 어렵고 시간이 오래 걸려 많이 보챈단다. 치료가 쉽게 진행되지 않으므로 보호자로서 인내심이 필요했다.

특히 엄마의 각오가 단단히 이루어져야 한단다. 동생뻘 되어 보이는 여자 치료사 말을 들으니 그녀도 가족 중 한 명이 중증 뇌성마비아라고 했다. 반갑고 위로가 되었다. 어떤 말보다도 내게 큰 힘이 되었다. 그토록 겁에 질려 있던 내 마음이 마치 친정에 와서 엄마한테 아이를 맡기고 한숨 돌리는 것처럼 편안해졌다. 귀찮아하든 말든 아랑곳하지 않고 그 가족의 이야기를 안쓰러워 혀를 차면서 들었다. 잠깐은 나와 상관없는 이야기인 듯 그녀의 이야기를 들었다.

서로 얼굴 익히느라 마주치는 눈길마다 웃음이 가득했다. 아이를 웃기고 달래며 조금도 불평이 없는 듯 환자를 대했다. 보통, 아이 환자들이 간호복만 쳐다봐도 자지러지게 울어대는 데 비해 얼마나 다행인가. 오히려 겁에 질린 듯 묵묵히 표정 없이 바라보기만 하는 첫째가 환자 같았다. 조심조심 가족들이 아이 주위를 맴돌았다. 나는 가족들에게 서서히 병원 생활에 익숙해져야 한다고 말했다.

"민수야, 형수 눈 쳐다보고 불러 주자. 놀라지 않게."

병원에는 별별 환자가 다 있었다. 종합 물리치료실이다 보니 성인들도 아프다고 비명 지르기 일쑤였다. 혐오감마저 느껴질 정도로 심한 환자들이 있었다. 대기실은 다른 사람들과 함께하지만 소아치료실은 배려를 많이 해 주셔서 조용한 방에서 치료받을 수 있었다. 대기 시간이 거의 없었다. 뇌성소아마비 환자가 거의 없었기 때문이다. 환자는 많았지만 거의 포기 상태에다 전문의가 부족해서 치료 병원이 없단다.

우리 형수가 받아야 할 물리치료가 왜 그리 많을까. 거의 포기 상태의 중증이라면 포기할 부분은 포기하고 재활 가능한 부분만 찾아 치료한다지만, 형수는 아직 이른 나이다. 그리고 상태가 아주 가볍다고 했다. 심지어 병명을 칭하기도 애매했다. 그러니 신체적으로 운동이 이루어질 수 있도록 어느 하나 소홀히 하지 말고 신체 전반에 걸쳐 운동과 물리치료를 해 주어야 했다. 아이의 발육 과정 전체를 의사가 물리치료로 진행할 수 있도록 돕고, 그다음에는 형수 스스로 해야 한단다. 그리고 의사가 치료 중에 했던 동작을 잘 익혀서 가정에서 많이 해 주어야 한단다. 가족들이 함께해야 한단다. 발육 과정이므로 그게 더 중요했다. 병원에서는 가정에서 치료 동작을 많이 할수록 아이의 정서 발달에 좋은 영향을 준다고 했다. 그러니 병원에 치료하러 온다고 생각하지 말고 엄마 혹은 가족이 그 방법을 배우러 왔다고 생각하라고 거듭거듭 강조하면서 성의를 다했다. 고마운 치료사 선생님의 말씀에 한결 힘이 생겼다. 큰아이는 너무나 지루한 시간을 견디며 잘 있었다.

형수를 수건으로 둘러 묶다시피 했으니, 형수는 움직이기가 더 어려워졌다. 그러다가 차츰 뜨거워지니 덥기까지 했다. 양쪽에서 민수와 내가 소리를 냈다. 손을 펴고 잡는 운동을 위해 과자를 잡고 먹게 하느라 민수가 바빴다. 민수가 한 번 먹고 형수 입에 과자를 물려 주었다. 물리치료에는 전문성이 많이 필요했다. 근육을 이완시키는 치료이기에 물리치료를 할 때는 가족 누구도 함부로 할 수가 없었다.

또 다른 작업치료가 시작되었다. 반듯이 누운 상태에서 뒤집어서 엎드리고 다시 반듯이 눕는 과정을 반복했다. 옆으로 몸통을 트는 자세, 팔을 괴고 엎드리는 자세, 팔을 세워 손을 펴고 방바닥을 짚어 얼굴을 찧지 않게 기어가는 자세를 했다. 그리고 쭉 다리를 뻗고 무릎을 움직이면서 배로 기다가 다음 단계에는 무릎으로 기어가야 한다. 모두 발육 과정과 비슷했다.

오늘은 뒤집기, 배밀이하는 과정을 했다. 발육 과정을 정상적으로 거쳐야 발육이 이루어진다고 한다. 몸이 말을 듣지 않지만 마음만은 얼마나 간절한지, 하려고 하는 형수의 의지가 읽혔다. 어린아이지만 그 모습이 정말 감동이었다. 아직은 엎드리는 자세가 힘들다. 팔에 힘이 생기지 않아 손이 펴지지 않았다. 버티는 힘이 없어 입술을 바닥에 찧어 피범벅이 되었다. 아픈 걸 아는지 모르는지 형수는 울지 않고 형이 먼저 울어 버렸다.

"엄마, 형수 피 난다. 입에서 피 나온다."

이런 아픔도 참아야 했다. 고개를 들고 팔에 힘을 주고 주먹을 펴고 손바닥으로 짚어야 고개가 들리고 바닥에 입술을 찧지 않을 테니까. 엄마인 내 가슴이 찢어졌다. 나 역시 참느라고 안간힘을 다하면서 말했다.

"옳지, 잘했네. 주먹을 펴야지."

형수를 달래는 동안, 잔뜩 겁에 질려 형수 곁에서 멀찌감치 떨어져 있는 첫째를 바라볼 때면 형수보다 더 측은해 가슴이 아팠다. 형이라는 이유만으로 어린 나이에 저렇게 아픈 추억을 간직한 채 엄마보다 더 더 긴 세월을 형수와 함께해야 할지 모른다. 눈물이 솟구쳤다. 민수한테 이토록 미안할 줄이야. 그래, 누구의 탓인가, 누구의 슬픔이 더 큰가, 이 숙제만큼은 풀려고 하지 말자. 그 어떤 강요도 추궁도 하지 말고 자유에 맡기자.

1977년 1월 하순 엄마, 나도 빨강 박상 주세요

무릎을 세워서 기는 자세를 배웠다. 오른손이 나가고 왼쪽 무릎이 나간다. 왼손이 나가면 오른 무릎, 다리 순이었다. 천천히 손이 앞으로 나갈 때 내가 다리를 밀었고, 형수가 알아듣고 기억할 수 있도록 말로도 해 주었다. 손이 약간 먼저 발달한 것 같다. 다리 발달은 더 더뎠다. 정상아는 시키지 않아도 자연스레 발육하는 과정이지만, 그렇지 않으니 이론적으로 계산하면서 알려 줘야 해서 더 어려웠다. 큰아이는 그냥 자연스레 했다. 하지만 말로 해 보라고 하면 무슨 말인지 쉽게 이해가 안 된단다. 나도 마찬가지였다. 전문의처럼 찬찬히 따져서 해야 하니 속도가 나지 않았다. 한 단계 나아가려면 한참 기다려야 하고 큰 노력이 더해져야 했다. 무릎 밑의 근육이 많이 수축되어 굽히는 데 힘이 들지만, 근육이 이완되는 것을 천천히 기다려 주지 않으면 아직은 팔에 힘이 부족해 입술이며 이마 등을 바닥에다 찧었다. 이제 이틀째인데, 새로운 동작이라 힘은 들어도 재미를 찾았다. 다행히 형수는 저와 함께 놀아 주는 장난처럼 여기는지 퍽 재밌어했다.

그럼에도 나는 정말 힘들었다. 정확한 자세를 보여야 하고 형수의 자세를 제대로 살펴야 하기에, 얇은 내의 아니면 맨 무릎이 그냥 바닥에 닿았다. 살갗이 벗겨지고 물집이 잡혔다. 추운 날씨인데도 땀이 났다.

혹시나 지루해 할까 봐 과자며 장난감 등을 바닥에다 쏟아 주었다. 방바닥을 밥그릇이라는 생각으로 깨끗이 닦고 또 닦았다. 우리 셋이 밥그릇 속에서 종일 생활하는 것처럼 말이다. 쌀 튀밥을 방바닥에 쏟았다. 입으로 주워 먹기 쉬웠다. 이유식으로도 곡물이 과자보다 낫고 가격이 과잣값보다 싸다. 무엇보다 설탕 함량이 적어 좋다.

오후가 되니 많이 지쳤다. 형수는 떼 안 쓰고 팔로 힘겹게 버티다 그만 얼굴을 바닥에 찧어 입술이 터졌다. 방바닥에 쏟아 둔 흰 박상• 에 빨간 피가 섞여 빨간 박상이 되었다.

"엄마, 나도 빨강 박상주세요."

민수가 말했다.

아, 정녕 웃어야 하나, 울어야 하나. 누구한테 이 광경을 보여야 하나. 이 모든 감정을 내 가슴 속으로 쓸어 담아 안아야지. 내뱉어지는 한숨의 백 배, 천 배 더 많은 형수의 아픔을 달래 내 가슴 속으

• 튀밥의 방언.

로 밀어 넣어 숨겨야 했다.

형수는 아파서 자지러지게 울어 힘이 쭉 빠진 탓인지 바로 누워 눈을 비볐다. 눕는 자세가 잘되지 않는 데다 기는 운동을 하는 중임을 아는지 '누울까요?'라고 묻는 눈치였다.

"그래 눕자. 형수야."

형수는 이내 잠이 들었고, 민수와 난 그야말로 난장판이 된 방바닥을 정리했다. 형수가 잘 때 기저귀를 빨고 저녁을 준비했다.

1977년 2월 중순 큰아이도 살펴야 한다

손바닥에 짓무름이 생기도록 주먹으로 움켜쥐는 손을 "펴"라고 하면 이내 펴기도 하고, 왼손을 뻗쳐 펴기도 했다. 형수는 오른손이 좀 더 발달 속도가 느리다. 오늘부터는 잡는 훈련을 했다. 막대기를 제 구멍 속으로 맞추어 끼워 넣는 연습이다. 다섯 손가락이 다 발달하지 않아 겨우 두 손가락만으로 집는데 이내 떨어뜨렸다. 둥근 막대, 세모 막대, 네모 막대 등을 알려 주는 지능 훈련도 함께했다.

다음 단계 앉는 자세 훈련이다. 자세를 만들 수는 있어도 근육에 힘이 없었다. 허리 근육이 부족해 잡아 줘야만 했다. 방어 능력이 없기에 이리저리 그대로 처박았다. 긴장해서 놀라다가 심하게 부딪쳤다. 그러니 어느 한쪽으론 부족하고 사방에서 잡아야 했다.

그래서 병원에 의자가 부착된 기구가 있었다. 사방 어느 쪽을 부딪쳐도 쓰러지지 않게 만든 기구다. 그곳에서 손 기능 훈련을 하도록 앞에 작은 탁자가 조립되어 있어서 편리했다. 꼭 필요한 도구다.

구입 해야 하는데 공장 생산품이 아니라서 수작업으로 맞춤 제작을 해야 했다. 비용이 많이 든다고 하니 어떤 방법으로든 비슷하게라도 준비하고 싶었다.

치료사와 의논 끝에 우선은 보행기가 적절할 것 같다는 의견이 나왔다. 지금의 발육 상태에는 안성맞춤일 것 같았다. 앉는 자세를 연습하기 위해서도 필요했다. 그리고 형수가 지금보다 편안하고 자유스레 좀 더 많이 보고 느낄 수 있으니 당장 집으로 돌아오는 길에 시장에서 보행기를 샀다. 저녁 내내 형수는 보행기 위에서 이리 뒤뚱 저리 뒤뚱거렸다. 나아가지는 못하더라도 머리를 위로 두고 몸이 수평이 아닌 수직으로 있으니, 사람의 형태를 갖추게 된 것 같아서 기뻤다. 진작에 이렇게 할 것을! 그러나 발육상으로는 아직 이르다. 몸의 균형을 잡을 수 없으니 조심조심 지켜보고 잡아 줘야 했다. 보행기 통째로 곤두박질칠 듯 위태로워 보였다.

퇴근하고 집에 온 형수 아빠는 나날이 달라져 생기가 있는 형수한테 말을 붙였다. 엄마 소리는 곧잘 하는데 "아빠" 소리는 어쩌다 흉내만 냈다. "아~빠, 아빠" 하고 따라 하라고 했다. 형수는 신기한 듯 바라보고 남편은 "정말 보행기 잘 샀네. 진작에 사지"라고 했다. 첫째를 키울 때는 시집의 눈치를 보느라 그랬는지 보행기 같은 것을 엄두도 못 냈다. '아빠' 소리를 제대로 알려 주지도 못했다.

"엄마, 나는 타면 안 되지?"

"넌 형이니깐 조금 있다가 자전거나 더 큰 차 사 줄게. 보행기는 아기들만 타거든."

달래다가도 첫째가 측은했다.

'그래 빨리 커라. 자전거 사 줄게.'

우리 집은 산등성이에다 경사진 골목에 있다. 마당이 넓지 않아서 자전거를 탈 여건이 전혀 안 된다. 형수가 병원에 가는 일만 아니면 산 아래 넓은 길에서 함께 놀고 싶은 마음이었다. 오늘따라 첫째에게 정말 미안했다. 가슴이 아프다. 이제 형수한테만 너무 매달리지 말고 민수도 살펴야 한다.

1977년 3월 하순 동생이 운동하러 간다

말이 많이 늘었다. 무슨 말이든 하려고 내내 중얼중얼했다. 이제 진짜 언어교정이 필요했다. 하지만 전문 언어교정사가 없었다. 물리치료사 중에서 선발해 언어교정을 겸해야 한다니, 물리치료사 업무량이 점차 많아졌다. 한 사람이 전담해서 온전히 몰입해야 하는데 말이다.

특별히 언어교정사를 따로 두는 것보다는 함께 놀아 주는 이가 전반적인 치료사 역할을 해야 할 것 같았다. 그러고 보면 첫째도 언어치료사 역할을 하는 셈이다. 정확한 발음과 단어 묘사 하나하나가 언어 발달에 큰 영향을 끼쳤다.

정상아보다 느릴 뿐이지 신체 구조상 결함 때문은 아니라는 진단 결과가 나왔다. 즉 운동신경에 장애가 있어 말할 힘이 부족하니 그 힘을 길러 함께 치료해야 한단다. 입을 쉴 새 없이 움직이는 운동으로 껌 씹기가 좋단다. 그런데 자꾸만 껌을 삼켰다. 단물이 채 빠지기 전에 꿀꺽 삼켜 버렸다. 단 몇 번이라도 움직이면서 삼켜서 다행이라고 생각했다. 하지만 껌이 고무 성분이라 위나 치아에 해가 될까 봐 걱정이다. 정반대의 성질인 초콜릿도 먹였다. 칼로리를 보충할 수 있기 때문이다. 껌 다섯 개, 초콜릿 두 개가량을 먹였다. 물론 민수도 거들었다. 그래도 마구잡이로 많이 먹겠다고 하지는 않았다.

"동생 치료한다."

의젓한 첫째가 대견스럽다. 어쩌면 참느라고 상처받지나 않을지 내심 걱정이 되었다. 항상 '민수 먼저'라는 생각으로 일상을 꾸리려고 노력했다. 이렇게 언어교정을 시작하고부터는 더더욱 다정스레 입과 눈을 쳐다보면서 대화했다. 무슨 단어든지 흉내 낼 수 있도록 잠이 들 때까지 쉴 새 없이 말을 많이 해야 했다. 그러다 보니 한편으로 민수한테는 성가셨다. 아이의 자유를 뺏는 환경이 되어 버렸다.

아직은 혼자 떼 놓고 외출하기에 어려운 시기다. 내가 아니라 다른 누군가에게 맡기기가 불안했다. 처음에는 이런 이유가 있었지만, 차츰 일상이 되었다. 오랜 병원 생활을 하다 보면 민수가 그 생활에 익숙해져야 한다. 그리고 민수는 형수의 가장 가까운 친구이기도 했다. 그리고 사회성으로 봐도 좀 더 넓은 세계와 여러 종류의 사람들을 보고, 때로는 접해야 했다. 단 걱정되는 부분은 병원이라는 환경을 부정적으로 받아들이지나 않을까 하는 것이었다. 하지만 첫째는 병원은 주사 맞기 위해 가는 곳이 아니라는 것을 금방 알아차렸다.

"동생이 빨리 크지 않아서 운동하러 간다."

이런 말로 나를 안심시켰다.

우리 셋은 어떤 때는 마치 여행하는 것처럼 기저귀 가방 속에 간식거리를 챙겨 병원에 가곤 했다. 차를 몇 번씩 갈아타고 오가는 동안 순간순간 비극적인 사연이 많았다. 그때마다 난 애써 좋은 추억거리라 생각했다. 앞으로 흔히 있을 수 있는 사건이며 훈련 과정이라 여겼다.

"민수야, 재미있지?"

"응."

"예."

등 뒤에서 형수가 뭐인지도 모르면서 "예"라고 했다. 우리는 한바탕 웃었다.

1977년 4월 중순 한발 양보하자

조용히 배변을 챙길 시간이 없었다. 병원 가는 날은 반나절 넘게 내 등에 업혀 있어야 했고, 치료받는 동안에는 매트나 기구에 오줌을 쌀까 봐 기저귀를 채웠다. 이미 늦었지만, 배변 훈련을 해야 했다. 이 과정도 성장 과정에 포함되기 때문이다. 첫째가 쉬 하는 모습을 보게 하고 어떤 표현이든지 하게 했다. 물론 자세는 되지 않았지만, 금방 알아듣기는 했다. 표현하는 능력이 부족할 뿐이었다.

그러다 보니 민수가 더 걱정스러웠다. 형수처럼 배변에 신경을 집중하다 말고 자주 "오줌 마려워"라고 해서 분주히 깡통을 대 주는 소동이 일었다. '아차' 싶었다. 표현할 수 있는 능력만 있으면 되니까 급하게 서둘지 말자고, 자연스레 참는 능력이 길러질 수 있도록 기저귀를 채우지 않고 훈련을 종종 시키기로 했다. 그런데도 첫째는 '쉬'라는 강박에서 벗어나지 못했다.

"이러다 성한 자식도 문제 생길라."

어른들 걱정이 가슴에 와닿았다. 한발 양보하기로 했다. 성급함은 절대 금물이다. 행동 하나, 말 한마디를 형수에만 비중을 두지 말고 민수도 챙겨야 했다. 민수가 우선이다. 처음부터 염려한 부분이지만, 다시 한번 점검하는 셈으로 느긋해져야겠다고 결심했다. 그러고 보면 민수 성격이 다른 아이들보다 좀 무디다 할까, 적응이 금방금방 되지 않는 탓에 간혹 혼란을 가져오는 것 같은 느낌이었다. 아주 천천히 조금씩 변화를 주어야겠다.

1977년 4월 하순 형수 같은 아이를 고쳤단다

외출하려면 동네 한가운데를 지나야 했다. 수년을 그러다 보니 형수가 어떠하다는 말들로 동네 어른들은 이런저런 이야기를 많이 하셨다.

점점 형수의 변비가 심해졌다. 아무리 즐겁게 치료받는다 해도 아이로서는 낯선 환경을 접해야 하니 긴장했는가 보다. 긴장성 스트레스는 뇌성마비아에게 흔한 증상이며, 이로 인해 변비가 자주 생긴다고 했다.

변비 때문에 야쿠르트를 받다 보니 야쿠르트 아줌마가 동네 소식통이 되었다. 어떤 의사가 형수 같은 아이를 고쳤다고 알려 주셨다. 같은 동네인데 조금 멀기는 해도 차를 타지 않아도 되고, 가정

집에서 기 치료 비슷하게 한다고 하셨다. 지압이란 것을 말만 듣고 해 보지 않았다. 한참 언니뻘 되는 나이 든 아줌마인데 여기저기 만져 주면서 고친다고 하셨다. 변비도 금세 치료된단다.

사실 변비가 가장 큰 걱정이었다. 다른 발육 부진은 고통이 없지만, 변비는 하루에 한 번씩 심한 고통이 따르기 때문이다. 심할 때는 관장을 하기도 했다. 관장이 습관이 될까 봐 걱정이었다.

한 5일을 하고 나니 차츰 변비가 약해지기 시작한다. 변비가 없어지면서 낫는다고 하셨다. 그때까지 4개월만 다니면 된다. 정말 그렇다고 믿고 싶었다. 그런데 형수가 점차 고통스러워한다. 만지는 부위가 아프다고 있는 힘을 다해 울어댔다. 땀을 뻘뻘 흘리면서 소스라쳤다. 달래다가 나도 울자, 형수가 깜짝 놀라 뚝 그쳤다가 이내 다시 울었다. 아픈 것도 아픈 것이지만 엄마가 우니까 더 서럽게 울었다. 믿음과 불신을 수없이 오가면서 단지 변비만이라도 효과가 있다 하니 반은 믿었다. 그리고 4개월만 받자고 생각했다. 완쾌되지 않아도 좋았다. 후회가 생기지 않았으면 하고 간절히 바랐다.

형수가 고통을 참아냈다. 소스라치던 울음이 그저 칭얼대는 소리로 바뀌었다. 얼굴이 빨갛게 달아오르고, 참느라 용을 주어 방귀를 풍풍 뀌었다. 나쁜 기가 빠지는 것이라고 했다. 병원에 안 가는 날, 1주일에 3일은 기 치료를 받았다. 그러니 매일 병원을 출입하는 셈이었다. 물론 치료비 걱정을 빼놓을 수 없었다. 물리치료비 어린이용 5,000원, 기 치료비 어린이용 4,000원, 평균 교통비 포함 하루 5,000원이면 한 달에 14,000원이다. 한 달 형수 아빠 월급이 6만 원이다. 다시 한번 생각했다. 그럼에도 그만하자는 생각을 한 적이 없다. 어떤 방법과 수단을 동원해서라도 형수를 치료해야 한다.

큰아이 때도 그랬듯이 옷, 장난감, 간식 등등은 친정엄마와 시어머님이 사 주셨다. 믿는 구석이 있어서인가. 병원 가는 돈은 있으니 돈 걱정을 안 했다. 집도 절도 없이 전세가 아니라 월세를 내고 있으면서 말이다. 남편 친구네가 큰 도움을 주었다. 그들의 배려, 어른들의 배려가 새삼 고마웠다. 그게 바로 인정이다.

1977년 6월 중순 올챙이 사건

날씨가 더워지기 시작했다. 우리 집은 언덕 위 제일 윗집인지라 집 안에 있을 때는 덥기는커녕 활동하기 딱 좋은 계절이다. 그래도 더위는 더위인지라 첫째가 조금 지친 듯했다. 형수야 오갈 때 업혀 있으니 오히려 쉬는 것이지만, 복잡한 차 안에서가 문제다. 자리가 없어서 이리 뒤뚱 저리 뒤뚱하며 과자봉지를 들고 서 있는 첫째가 안쓰러웠다. 병원에서도 설치고 싶은데 참아야 했다. 어린 민수의 스트레스가 이만저만 아니었다. 집에 두기에는 오랜 시간이라 마음 놓을 수 없지만, 오늘은 민수를 남편 친구네서 봐주겠다고 한다. 이것저것 주의를 줄 게 많았다.

"불장난은 절대로 하지 말자."

집 주위에 논이 많았다. 큰애는 개구리와 올챙이를 유난히 좋아했다.

"너무 오래 논에 들어가 있지 말고. 올챙이는 잡아서 집에 와. 그리고 물통에 넣어 놓고 놀자."

혹시나 해서 잔소리를 하고 또 했다. 평소 약속을 잘 지키는 편이라 조금은 안심했다. 하루쯤 혼자서 또래하고 해방된 기분으로 자유롭게 시간과 장소에 구애받지 않고 마음껏 놀았으면 했다. 이런 놀이가 제일 재밌을 때가 아닌가.

5시쯤에 집에 도착해 방문을 열고 "민수야" 하고 불러도 아무런 대답이 없다. 아침에 병원에 가면서 데려다 준 논두렁에 가 봐도 없었다. 형수를 내려 둘 여유도 없이 업고 한걸음에 뛰었다. 바로 집 뒤에 있었다. 그 순간 '왜 민수를 데리고 가지 않았던가'라는 후회부터 들었다. 형수와 둘만 가는 것이 편해서 그리한 것이었다.

다행히 민수는 아직도 논에 엉거주춤 엎드려 올챙이를 잡느라 엄마가 불러도 알아듣지 못했다. 얼마나 반가운지. 혹시나 크게 부르면 놀라 진흙탕에 넘어지기라도 할까 봐 가만히 다가갔다.

"아직도 올챙이 잡나?"

우유 깡통에 흙과 함께 올챙이 서너 마리가 놀고 있었다.

"엄마, 올챙이가 잡히지 않네."

다른 아이들이 야속했다.

"좀 잡아 주지."

"잡아 달라 안 그러던데요."

아랫도리는 물론 머리카락이 온통 진흙으로 범벅이 되고 종일토록 물속에 있어서 입술은 파르르, 눈은 퀭했다. 등 뒤에 형수만 업혀 있지 않았다면 얼른 업어 감싸고 싶었다. 겨드랑이 밑에 끼워 안고 집에 와 배고픔을 뒤로하고 목욕을 시켰다. 이내 간식을 챙겨 주고 저녁 준비며 바쁘게 하느라 부엌에 있었다. 민수가 방에서 형수와 노는 줄 알았는데, 조용하길래 들어가 보니 형수는 엎드린 채 자고 있고 민수가 또 보이지 않았다. 이미 어둑어둑 멀찌감치 떨어진 거리는 잘 보이지 않았다. 또 논에 간 듯했다. 아까 올챙이한테 미련을 두고 왔으니 말이다. 머리끝까지 화가 났다. 감기 들까 걱정되었다. 민수의 파르르한 입술이 자꾸 떠올랐다.

"민수야."

한걸음에 내달아 뛰어왔다. 저도 잘못한 줄은 알까. 이미 바지는 다 젖었다. 젖은 옷을 벗기는 아랑을 뒤로한 채 회초리부터 들었다.

"엄마, 다시는 논에 올챙이 잡으러 안 갈게요."

겁에 질려 얼마나 애원하던지. 엄마 마음은 올챙이 잡는다고 야단친 게 아니다. 단지 감기들까 봐 그런 것인데 마음이 아팠다.

감정에 휩쓸려 아이에게 제대로 설명은 하지 않고 매질부터 하는 포악한 엄마가 되었다. 두 아이의 엄마로서 아이를 밝게 잘 키울 수 있는 능력이 과연 나에게 있을까. 민수는 올챙이를 잡느라, 엄마한테 혼나느라 지쳐 곤히 잠들었다. 그런 민수 얼굴을 바라볼 때 한없는 후회가 들어 반성했다. 그 어떤 누구보다도 내 아들을 대할 때는 다시 한번 더 생각하고 말과 행동을 해야겠구나, 후회했다. 어느 쪽이 아이와 나한테 보탬이 되는지, 그리고 언제나 아이의 입장이 되어 이해하는 쪽으로 행동해야겠다. 좀 더 전문성 있는 아동심리에 관해 공부해야겠다는 생각도 들었다.

이제야 겨우 갓난아기 티를 벗는 것 같았다. 두 돌이 다가오는데 보통 애들보다 두 배 정도의 발육 성장 시간이 필요했다. 좀 더 일찍 전문의를 찾아갔어야 했다는 후회를 했다. 늦은 것만은 아니라니까 희망은 있다. 엄마라면 내 자식에 대한 건 자세히 들여다보게 마련이다. 형수가 눈에 띄게 성장하고 있음을 지켜봤다. 말도 제법 똑똑히 따라 하고, 눈치는 물론 말귀를 분별해 알아들었다.

앞서 시작한 물리치료, 작업치료, 운동치료에 비하면 발전 속도가 훨씬 빨랐다. 무엇이든 적기가 제일 중요하다는 말을 실감했다. 언어치료를 늦게 시작했어도 발육 진행에 맞게 시기를 잘 맞춘 덕분이었다. 물리치료를 6개월 정도 일찍 시작했으면 하는 아쉬움은 있다. 그러나 형수처럼 극히 경증의 증세는 정확한 진단이 안 되지만, 그래도 일찍 신경 써서 시작한 건 행운이란다.

여전히 기다가 걷는 것으로 연결되는 동작이 제대로 되지 않았다. 기는 동작은 엎드린 채로 하고 걷는 동작은 선 채로 했다. 평생 걸어야 하니 동작 하나하나를 순서대로 정확히 숙련해야 했다. 자율신경에 의해 스스로 동작하는 것이 아니라 타의에 의해 숙련을 거듭해서 습관을 만들어야 한다. 말하자면 운동신경(자율신경)에 어떤 장애가 있어서 원활하게 동작이 이루어지지 않으니 훈련해야 한다는 이야기다.

지금까지의 전문의 진단 결과로는 원인을 알 수 없었다. '운동신경계'에 문제가 있는데 세부적으로 어느 부문인지는 정확히 찾지 못했다. 정밀 검사를 받아야만 알 수 있었다. 그렇다고 정확한 치료 방법이 있는 것은 아니었다. 지금까지의 의학으로는 불치병, 원인 불명에 속하는 병 아닌 병이라고 했다. 더욱이 형수 정도는 경증이니 사회생활 하는 데 조금 불편할 뿐이지 불가능은 아니라고 했다. 이 얼마나 다행인가.

신체적인 불편함보다 지능적인 부분을 더 걱정했는데 이젠 말도 곧잘 하니 의사소통에는 전혀 장애가 없었다. 발육이 늦을 뿐이었다. 대소변 가리는 걱정은 또 얼마나 했던가. 전문의가 의사소통이 어느 정도 되면 대소변을 가릴 수 있고, 또한 다리에 힘이 어느 정도 있어도 가능해진다고 했다. 뇌성마비의 합병증으로 대소변을 못 가리고 의사소통이 이루어지지 않는 중복장애자가 많다고 했다.

'뇌성마비' 하면 중복장애 때문에 중증으로 취급되어 치료를 포기하고, 잠재 능력이 있는데도 많은 부모와 의사가 방치하는 경우가 많았다. 그러고 보면 의사보다 엄마나 가족들이 해야 할 몫이 있다. 아주 작은 동작 하나하나 그냥 방치하지 말고 개발하고 치료하는 방법으로, 관찰해서 노력해야 한다.

오늘 치료하는 동안 형수의 자세에 퍽 힘이 들어간 듯했다. 물리치료와 운동을 함께했다. 그리고 작업치료대에 들어가 의자 앞에 서서 손 전체로 잡는 작업부터 시작해 손가락으로 집는 운동을 했다. 서서 하는 운동이라 위험해서 넘어질까 봐 벨트로 묶었다. 긴 끈에다 물체를 끼우는 동작을 해 본다. 정상아는 시키지 않아도 자연스레 하는 동작이다. 이런 작고 평범한 동작까지 타의에 의해 연습해야 했다. 물론 이 동작을 못 한다고 큰일이 생기는 것은 아니다. 약간 불편할 뿐이다. 하지만 이 동작을 못 함으로써 그다음의 운동신경이 무뎌지면, 그에 연결되어 있는 수많은 신경세포가 함께 퇴보해 결국 마비가 된다. 이 얼마나 엄청난 연쇄 반응인가.

겨우 막대기 하나 잡거나 손가락으로 잡는 능력이라 생각할 수 있지만 형수에게는 불가능할 수 있는 동작이었다. 형수는 막상 실물을 보면 그걸 잡으려고 시늉했다. 전문의가 형수의 등 뒤에서 선생님의 손가락 하나와 형수 손가락 하나를 합쳐 잡거나 끼우는 동작을 했다. 그러기를 두세 번 반복하면 금방 따라 했다.

물론 엉거주춤 겨우겨우 했다. 얼마의 시간이 흘렀을까. 생각대로 이루어지지 않아 근육이 긴장되고 용을 쓰느라 땀은 물론 방귀까지 붕붕 뀌었다. 그럴 때면 우리는 한바탕 웃음으로 위로하며 안타까움을 달랬다. 나는 몇 번이고 내동댕이치고 싶었다. 좁디좁은 나무 상자 속에서, 그것도 벨트로 묶여 있으니 얼마나 갑갑할까. 나 같으면 소리쳐 울고 싶을 것이다. 다행히 형수는 아직은 신기한 듯 재미있어했다.

민수는 자연스레 하는 행동들인데 형수에게는 조직적으로 행해진다는 점에서 색다른 느낌이 들었다. 민수는 즐거운 마음으로 마치 무슨 다른 공부를 하듯 진지했다. '시시해서 함께하지 않을래'라고 할까 봐 걱정했는데 끝까지 형수 앞에서 함께 놀았다. 이 또한 어느 치료사 못지않은 훌륭하고 친절한 의사 아닌가.

그러다가도 민수가 혹 스트레스를 받지나 않을까 고민했다. 또한 정신 연령이 퇴행한다거나 나쁜 영향을 받지 않을까. 꼭 그렇지는 않단다. 민수에게도 도움이 된단다. 정신 연령이 퇴보하기보다 발육 행동 하나하나를 복습하면서 근육이 발달하고 행동이 정확해진단다. 결국 이는 신체 발달에 도움이 된단다. 그렇다면 사회성은 떨어지지 않을까. 이것 또한 걱정이었다. 그런데 두세 살 정도 차이로는 문제가 되지 않는단다.

그럼에도 난 자꾸만 염려스러웠다. 한참 형수가 열중하고 있을 때나 일대일로 치료할 때 민수에게 이야기했다.

"소아과 병동에 가서 놀다 올래, 아니면 한바퀴 돌아보고 올래?"

"예, 갔다 올게요. 엄마는 여기 계세요."

병동까지 갔다 오는지, 문밖에서 오는지 금방 헐떡거리면서 들어온다.

"재미없어요. 갔다 왔어요."

주변에서 "그렇게까지 신경 너무 쓰지 마세요. 자칫하면 정말 그렇게 만들 수도 있으니 애쓰지 마세요"라고 이야기했다. 정서적으로 건강하면 발달 과정에는 아무런 문제가 없단다. 정상적인 환경에다 정상적인 사고를 갖고 있으니 그냥 내버려두는 게 선택권을 부여받는다는 점에서 민수가 자연스레 받아들일 수 있단다.

난 이렇게 두 아이의 육아 교육을 받고 있었다. 그야말로 훌륭한 선생님을 만나 많은 공부를 하는 셈이다. 내 삶이 정말 의미 있다 싶어 행운이라 생각했다. 그 고마운 마음으로 열심히 형수를 치료하고 더 많은 경험을 쌓아 아이들이 풍부한 정서를 갖게 하리라.

1977년 10월 하순 믿는 만큼 되는 아이

형수가 두 돌을 맞았다. 다른 아이들의 첫돌보다 성장이 느렸다. 그러다 보니 '아이 할아버지'라는 별명이 하나 생겼다. 누워 있거나 기어다닐 때나 내 등에 업혀 있을 때면 첫돌 전 어린아이 모습이었다. 그런데 말을 시키거나 눈빛을 마주할 때면 조금도 어리지 않은 두 돌 정도의 아이였다. 경험 많은 웃어른들의 말씀 또한 믿을 만했다. 얼마나 다행이고 감사한가.

듣는 이들은 어째서 이 정도가 다행이고 감사할 문제인가를 반문할 수 있다. 그러나 난 한없이 한없이 감사하고 싶었다. 행운이라고 여길 때도 있었다. 이보다 더 중증이 될 수 있었을 테니까. 그리고 나날이 눈에 보이게 호전되고 발전한 모습에서 희망을 찾을 수 있었다. 희망 없는 절망에 비해서 얼마나 다행인가. 다시 한번 다짐한다. 내 모든 힘 다해서, 그리고 열심히 공부하고 노력해서 꼭 훌륭한 내 아들로 키우리라.

아직은 그 누구도 내 마음을 모를 것이다. 몰라도 아랑곳하지 않고 열심히 키우리라. '믿는 만큼 되는 아이'가 내 철학이다. 꼭 그렇게 될 수 있다. 난 그 누구도 아닌 나에게 묻고 대답하고 다짐했다. '내 아들들은 내가 꼭 훌륭한 사람으로 키울 거야.'

1977년 11월 하순 어떤 말로 그 통증을 잊게 할 수 있을까

지금까지 형수의 발육 과정 가운데 '뒤집는다', '긴다', '앉는다' 등등의 단어에 '다' 자를 붙일 수 없었다. 스스로가 아닌 타의에 의해 그냥 흉내 내는 것이었다. 의사나 엄마 외에는 그 누구도 해 주지 못하는 것이었다. 그럼에도 희망은 있었다. 바로 형수가 '즐거워하기 때문'이었다. 한심한 상황이라 누가 봐도 웃을 일이었다. 그럼에도 난 절망하지도 신경 쓰지도 않으리라 마음먹었다.

이제부터는 서는 동작을 연습해야 했다. 지금까지의 단계는 극히 간단했다. 점점 더 복잡하고 어려운 작업이 시작되었다. 위험이 뒤따르니 한층 더 긴장되었다. 모든 힘, 몸의 전체 힘을 아래로, 다리로 실리게 해야 설 수 있었다. 그리고 뼈의 기형과 관절의 변형이 제일 중요하다. 그러므로 함부로 세워 억지로 걷게 해서는 안 된다. 형수를 거대한 기계에 벨트로 묶어 바르게 세우기를 약 30분 정도 했다. 생각만 해도 갑갑할 텐데 가장 분주히 움직이는 시기라서 어쩔 수 없었다. 또한 그래야만 치료가 된다.

형수를 일으켜 세울 때마다 형수가 발뒤꿈치를 들었다. 내 손으로 당겨 내리려고 해도 쉽지 않았다. 뒷다리 근육이 수축되어 자연스레 올라가는 현상이었다. 전형적인 뇌성마비아의 상태다. 기계의 벨트로 가슴, 무릎, 발목을 묶어 세웠다. 겨우 피만 통하도록 했다. 그러면 발목이 젖혀져서 뒤꿈치가 바닥에 닿고 뒤 근육에 찢어지는 듯한 통증이 왔다. 발가락에 힘을 주느라 저리고 새파랗게 마비가 오기도 한단다. 이걸 모르는 어린아이는 말로 표현도 못 하고 "아야. 아야"라고만 했다. 어떤 말로 그 통증을 잊게 할 수 있을까.

나는 그저 "참아라, 이렇게 해야만 낫는다. 그래야 걸을 수 있다"라고만 할 뿐이었다. 나와 민수는 마치 연극 배우처럼 형수를 웃겨 주었다. 형수가 통증을 조금이라도 순간순간 잊고 시간이 흘러가기만을 기다렸다. 30분이라는 지루하고 갑갑한 시간의 흐름 속에서 형수는 어떤 감정이 들까. 지금까지 한 그 어떤 치료 방법보다 가슴 아팠다. 그 아픔들을 나는 꿀꺽꿀꺽 삼킬 수밖에 없었다. 그러다 보면 아픈 마음이 뱃속까지 꽉 차오른 듯 헛배가 불렀다.

형수가 이 고통을 아무쪼록 나쁘게만 느끼지 않기를 바랄 뿐이다. 낫기 위한 과정이라 긍정적으로 느꼈으면 했다. 아이의 성격 형성에 나쁜 영향을 끼치게 될까 봐 그게 제일 걱정이었다. 그렇게 된다면 그 어떤 것보다도 가슴 아픈 일이 아닌가. 걷기 힘들다는 절망적인 현실이어도 괜찮을 듯했다. 평범하게, 긍정적으로 모든 사물을 볼 수 있는 성격만 가진다면 말이다.

1977년 12월 초순 발목을 고정하는 신발

보조기는 발목을 고정하는 신발이다. 물리치료사 말에 따르면, 보조기는 실내에서만 생활해도 항상 신기는 것이 고정 효과가 있다. 재활의학과장의 처방을 받아서 병원 내 물리기구과에서 제작했다. 한번 제작한다고 해서 끝이 아니다. 서너 번 신겨 보고 어디가 안 맞는지 찾아내야 하며, 신기는 과정이 복잡해 전문성이 필요하다. 과정이 복잡하고 손에 아직 익지 않아 보조기를 신길 때마다 형수와 신경전을 벌였다.

편안한 자세로 있다가 다리나 발의 근육에 손이나 물체가 닿으면 신경 근육이 긴장해 뻣뻣함이 더해졌다. 그럴 때마다 긴장한 근육을 풀어 줘야 하고 형수 마음도 달래야 했다. 보통 신발보다 열 배 이상 무겁고 사방이 밀폐되어 답답할 것이다. 신기는 데 연습이 필요했다.

치료가 끝나고 의사들이 신길 때면 어쩜 그리 수월해 보일까. 형수는 편해 보였다. 내가 가끔 신기다가 잘못해서 다리뼈에 부딪힐 때면 눈물이 핑 돌았다. 절반이 강한 쇠붙이로 되어 있으니 얼마나 아플까. 그 쇠가 발의 기형, 변형을 막아 준다고 했다. 그때마다 첫째는 저만치 물러나 있어야 했다.

다른 사람들도 이런저런 불편을 다 참아야 했다. 형수 본인에 비하면 우리는 아무것도 아닐 테니까. 보조기를 신긴 채로 업고 다니면, 형수가 등 뒤에서 좋다고 깔깔거릴 때 온몸의 근육은 긴장할 대로 긴장해 수축되었다. 그래서 보조기가 내 골반을 조일 때는 나도 모르게 형수의 엉덩짝을 후려쳤다. 그러면 눈치 빠른 형수가 "엄마, 미안해. 가만있을게"라고 했다. 형수가 가만히 있는 자세를 하려면 다리를 쭉 뻗어야 하니 또 보조기가 내 허벅지를 사정없이 조였다. 이래도 저래도 괜찮지 않았다. 엄마로서 나는 형수한테 무슨 대답을 해 줄 수 있을까. 이 엄마의 고통을 형수는 알지 못하는 편이 좋겠다.

1977년 12월 하순 이순희가 가진 몸과 마음의 능력

우리 가족은 나, 민수, 형수, 이 세 사람뿐인 듯했다. 남편은 남편대로 사는 게 바빴을 것이다. 사장님이 되기까지 복잡하고 사연 많은 과정을 우리는 속속들이 알지 못하니까.

남편과 시간을 내 조용히 둘만의 대화를 한 적이 있던가. 아이들한테 최선을 다한다는 핑계로 말이다. 어쩌면 이 모든 불편함은 사랑만 있다면 조금도 문제 될 게 없다며 그저 무관심하게 지나치지 않았나 하는 생각이 들었다.

남편은 밤샘을 일삼으면서 사업을 준비했다. 밥도 먹는 둥 마는 둥. 돈 문제는 어떠한가. 과연 모아 둔 현금이 있을까. 월급에 비하면 병원비가 너무 많아 마이너스로 계속 살았다. 걱정을 한번 시작하면 끝도 한도 없었다. 걱정한다고 해도 해결할 힘이 없으니 더 막막했다. 온통 내 신경은 아이들한테만 가 있었다. 사실 어디서부터 어떻게 남편을 도와야 하는지 모르겠다.

남편한테 정말 미안했다. 그러나 내가 가진 몸과 마음의 능력은 이 정도뿐이다. 앞으로 능력을 키울 수 있도록 공부하고 또 공부하고, 온갖 지혜를 다 깨우쳐서 전천후 이순희가 되어야겠다. 포기하지 않고 계속해야 한다. 이 또한 형수 치료에 못지않은 최선을 다해야 했다. 성공하는 민수, 형수, 남편이 될 수 있도록 내가 돕고 아낌없이 헌신하리라. 우리 모두 긍정적으로 길게 바라보자.

1978년 2월 초순 전화위복

그림 맞추기, 커다란 단춧구멍에 실 꿰기, 기계로 걷기, 핫팩, 물리치료(근육 풀기), 말 따라 하기를 했다. 여느 정상아도 할 수 있는 것이다. 아이에 따라 다 달랐다. 무심코 보면 병도 지능 저하도 아니다. 뇌성마비아라는 선입견으로 아이를 관찰하면 아이의 모든 것이 뇌성마비아의 발육 상태로 보였다. 그런데 내가 느끼는 형수의 상태는 지극히 정상이었다. 확신이 설 만큼 말이다. 돌이켜보면 첫째 민수는 오히려 지금의 형수보다 모든 지능 발달이 더뎠다. 의사 선생님이 지금보다 지능이나 발육이 발전할 수 있다고 하시니 이 얼마나 행운인가. 항상 말수가 없는 민수에게 언어교정은 큰 도움이 될 것이다.

'전화위복'이란 말을 절감했다. 우리에게는 별다른 장난감이 필요 없었다. 헌 옷에서 떼어낸 단추 하나면 좋다. 물리치료를 위한 핫팩도 병원에서 4,000원에 샀다. 물론 물리치료는 전문성이 필요하므로 그냥 놀이처럼 가볍게 했다. 퍼즐 맞추기는 1,000원에 문방구에서 샀다. 그리고 손가락으로 쥐는 힘을 기를 수 있는 기능을 훈련하는 데는 알이 굵은 콩을 활용했다. 영양 보충으로 먹을 수 있는 과자로 하면 더 효과적이었다. 이런 놀이는 첫째가 더 좋아했다. 오히려 적기인 지능 발육에 도움이 되어서 거듭 다행이고 행운이다 싶었다. 형수는 뜻 모르고 좋아했지만 말이다.

1978년 3월 하순 방어 능력

홀로서기가 시작되었다. 과연 몇 미터나 갈 수 있을까? 자전거가 굴러가는 것일까, 아이가 걸어가는 것일까? 아니면 둘 다 함께 가는 것일까? 자전거가 아이를 끌고 가는 것일까, 아이가 자전거를 끌고 가는 것일까? 다시 보니 자전거가 아이를 끌고 굴러갔다. 그래도 보름 전에 자전거와 나, 형수, 이렇게 셋이 함께 갈 때보다는 좀 발전했다. 이 또한 위대해 보일 정도였다.

겨우 1미터 거리지만 굽은 길에서는 자전거를 타지 못했다. 힘주어 버티고 서서 오른쪽, 왼쪽 반복하면서 나아갔다. 형수 특유의 걸음걸이로 앙증스럽게 자전거와 함께 선 모습이 마치 '엄마, 나도 할 수 있어요'라고 호소하는 듯했다. 나 또한 누구에게라도 자랑하고 싶은 마음이 굴뚝 같았다.

시간이 가는 줄도, 아픈지도 모르고 형수는 수도 없이 처박혔다. 미처 손을 펴고 짚기 전에 넘어져서 손등에 피멍이 들고 처박혀 콧등에 멍이 들었다. '넘어지려면 잡아야지'라고 말할 새도 없었다.

자전거를 타면서 방어 능력이 얼마나 생겼을까. 동작으로는 거의 방어할 수 없었다. 단지, 방어해야 한다는 감각은 살아 있었다. "아!" 하고 소리를 지를 뿐 몸을 움츠리고 눈을 감아 버렸다.

자율신경 장애를 회복시키는 치료를 아직 찾지 못했다고 한다. 지금으로서는 습관에 의해 잠재 능력을 계발해 발전시키는 치료 말고는 방법이 없다. 시시때때로 순간순간 방어 능력이 필요했다. 모든 행동에 동반되는 동작이다. 장애가 없는 경우는 자연스레 이루어지니까 문제 될 게 없다. 그 누구도 '방어 능력'이라는 낱말조차 애써 알려고 하지 않지만, 형수는 평생 방어 능력을 계발해야 할지 모른다. 어떤 행동이든 뭔가 시작할 때보다 그 후의 방어 동작에 신경을 써야 했다. 자연스레 이루어지는 게 아니므로 일부러 배우고 익숙하게 해야만 위험 부담이 적었다. 이렇듯 자연스럽게 아는 것이 아닌, 배우고 계발해 습관이 되게끔 해야 한다니 이 얼마나 복잡한 삶인가. 형수가 이러한 제약을 뛰어넘기까지는 시간이 많이 필요하겠지.

아직도 머릿속으로 오른발, 왼발을 외워야지만 옮길 수 있는 발자국으로 자전거 핸들을 잡고 자전거를 민다. 핸들을 놓치면 혼자 설 수 없기에 손바닥으로 물체를 잡든지 바닥을 짚는 방어 동작을 해야 했다. 이 얼마나 복잡한 동작들인가. 아무리 어려운 동작들이라도 할 수 있다. 해야만 한다. 하면 된다는 의지, 의무, 신념이 필요하다. 형수에게 다시 한번 강조했다. 구경꾼 아이들이 형수를 둘러싸는 것도 모르고 헐떡이면서 되풀이했다. 오늘 모든 동작을 다 따라잡는 것은 불가능하다. 하지만 아직 많은 날이 있다. 내일을 기약하며 해 질 녘, 자전거를 끌고 집으로 왔다.

1978년 5월 하순 태권도 다녀왔습니다

저 혼자만의 시간이 필요할 때가 있었으리라. 민수는 노심초사 불안 속에서 언제나 우리와 함께했다. 물론 원했을지도 모른다. 하지만 좀 더 자유롭게 내 마음껏 소리치고 뒹굴며 목청 높여 울고 싶을 때가 있지 않았을까. 언제나 첫째에게는 동생이라는 제약이 있었다. "형수 깰라 조용히 해라." "다칠라." 시샘이 나서 동생을 때리고 싶을 때도 있지 않았을까. 그러나 그 어느 한 가지도 마음대로 하지 않았다. 떼를 부린 적도 없었다. 떼를 부릴 줄 모르는 것일까, 아니면 그 모든 감정을 억제하는 참을성이 많은 것일까. 어떤 이유에서든 '안 한다, 할 수 없다'라는 결론이었다. 민수에게는 삶의 권리를 다 챙기지 못하는 손해가 많은 삶이다. 먼 훗날에라도 억울함을 느끼지 않을까.

미처 깨닫지 못하는 아이의 가슴을 채우고 살찌우는 역할은 엄마만이 할 수 있다. 가장 가깝고 아낌없는 사람이 엄마다. 글 한 자, 말 한마디, 마음을 다한 사랑이 아이들에게는 필요하다. 며칠을 고민하고 주변의 이야기들을 종합해 결론을 내렸다. 여느 아이들이 갈 수 있는 피아노 학원, 주산 학원, 유치원, 웅변 학원 등등이 동네 가까이에 있으니 편하게 보낼 수 있는 곳에 첫째를 보내기로 했다. 물론 금방 싫증내면 그만둘 것이다. 장기적으로, 그리고 종합적으로 발달시키는 훈련을 하는 태권도로 결정했다.

결정하기까지 그 과정이 너무 어려웠다. 물론 운동에 취미나 소질이 있는지는 진단할 수 없었다. 단지 운동을 통해 신체 단련과 정신 건강을 키웠으면 했다. 그래서 그 힘든 운동을 참고 견디며 인내를 배워 민수가 참을성 강한 아들로 성장하길 바랄 뿐이었다.

첫째가 한독체육관 태권도 유치부에 입학했다. 심심풀이로 드나드는 놀이방이 아니기에 시간 맞춰 가야 했다. 통학 거리는 30분 정도. 체육관에 입학하고 그다음 날까지는 데려다주고 길도 얼굴도 익혔다. 그리고 혼자 가게 했다. 그때부터 규칙적으로 두세 시간은 혼자, 엄마 품을 벗어나 다른 세계로의 훈련을 시작했다.

빨간 도복을 입고 도장으로 가는 뒷모습을 보니 훨씬 의젓하고 한층 커 버린 듯했다. 여느 아이들처럼 잘 자라고 건강하게 크는 든든한 아들이다. 마치 형수의 몫을 대신하듯 말이다. 집을 나서면서 대단한 각오를 하는 민수의 얼굴을 다시 한번 바라보았다. 아이의 얼굴을 보며 시름을 잠깐이나마 잊는 듯 내 마음에 희망과 용기가 더해졌다.

"어머니, 태권도 다녀왔습니다."

도장에 다녀와서 인사하는데 이제 제법 소리가 커진 듯해서 뿌듯했다.

1978년 6월 하순 형아 비켜!

형수가 자전거를 탔다. 형이 자전거를 타고 그 뒷자리에 형수가 탔다. 자전거 타기는 몸의 균형을 잡을 수 있도록 하는 훈련이기도 했다. 처음 한두 번은 온몸을 움츠리며 울상이었지만 이내 웃는 얼굴이 되었다. 익숙해지는 듯했다.

이제는 형수 차례다. 앞자리에 앉아서 핸들을 잡고 페달에 발을 올려놓는 것도 형수에게는 어려운 동작이다. 발을 자전거 페달에 닿게 하려면 엉덩이가 미끄러지고, 핸들을 잡으려면 발이 미끄러진다. 마음대로 펴지지 않는 손으로 핸들을 겨우 잡게 하고 그 손 위에 민수 손을 올려 움직이지 않게 하려고 하면, "형아 비켜!"라고 한다.

형수가 저도 할 수 있다는 의지를 내비쳤다. 자꾸만 미끄러져 내리는 페달 위의 발등을 고무밴드로 고정했다. 온몸에 있는 힘을 다해 겨우 한두 바퀴 돌리다가 그만 균형을 잃어 곤두박질쳤다. 전혀 방어 능력이 없었다. 우리 셋에 자전거까지 넘어져 뒹굴었다. 자전거와 형수가 묶인 채 넘어지는 충격 때문에 민수는 더 크게 뒹굴고,

난 아이 다치지 않게 하려고 뒹굴었다. 온 식구가 여기저기 상처투성이에다 흙투성이였다. 하지만 누구도 아프다고 울지 않았다. 누가 봐도 너무 웃긴 광경이었다. 깔깔대고 웃는 아이들 얼굴을 바라볼 때면 아린 내 마음을 잠시 접어 두게 된다. 다시금 씩씩대면서 자전거 타기를 반복했다.

1979년 10월 초순 궂은일, 좋은 일

어떤 상황이 벌어지기도 전에 내 머리를 멈추게 하는 생각이 있다. 내 아들 형수, 언제쯤이면 걸을 수 있을지 모르는 자식. 그와 함께 더 긴 세월을 감당해야 하는 형. 나는 이 두 아들 외에는 누구도 걱정하지 않는다. 아이가 아프든 아프지 않든 부모와 자식 관계는 똑같다. 난 단 한 번도 두 아이가 다르다고 생각한 적이 없다.

아이들과 함께한 저녁상을 물리고 한숨 돌리고 있었다. 이제 밤늦어 퇴근해 돌아올 사람은 남편 한 사람뿐이다. 그런데 전화가 울렸다.

"여보세요."

남편이었다. 평소에 전화를 잘 안 하는데 일순간 반가웠다. 그다음은 청천벽력이었다.

"여기 병원인데 조금 다쳤다."

본인이 직접 전화 목소리를 들려줄 수 있으니 '살아는 있구나' 싶었다. 순간 '팔다리가 괜찮은가. 그러면 내가 두 병신을 어떻게 감당해야 하나'라는 마음이 들었다. 주저앉은 내 다리가 움직이지 않왔다. 설마 아니겠지. 우리집이 또 불행해질 자리가 있었던가. 우리 집에서 가장 어린 형수가 모든 불행을 대신하고 있는데 말이다.

이보다 더 큰 아픔, 더 어려운 시험은 없을 텐데. 1초라도 빨리 내 눈으로 확인해야 했다. 그런데 무엇이 그리 두려운 건지, 거부하고 싶은 건지 느긋해지려 했다. 어차피 당할 일이라면 조금이라도 늦게 알아 그만큼 고통을 덜 받고 싶었다. 며칠이 지난 이 순간, 그때의 마음을 헤아릴 때면 정말 기분이 참으로 묘하다.

남편은 응급실에서 간단한 처치를 끝내고 병실로 옮겼다. 삼중 추돌이었다. 다행히 사망자는 없었다. 중상자는 아직 모른다. 3대의 승용차가 추돌해 8명이 다쳤다. 친구 차를 운전했고, 게다가 음주 운전이었다. 중앙선 위반으로 정면충돌했다. 처음에는 사람만 괜찮다면 싶었다. 하지만 이 엄청난 사고 처리를 어찌할지 눈앞이 캄캄해졌다. 남의 차를 왜 운전했을까. 술까지 마셨다. 손님 접대하러 갔다가 본인이 제일 적게 마셔서 운전했단다. 기가 막혔다.

우리 집에 재산이라 할 만한 게 뭐가 있던가. 겨우 점포를 내고 시작하는 단계라 돈이 될 만한 게 없었다. 그래도 이만하기를 감사했다. 최선을 다해 피해자에게 보상해야 했다. 친구들은 너무나 잘 아는 처지라 같은 책무를 받을 각오라고 했다. 그러나 택시는 그렇지 않았다. 어떠한 사정도 봐 주지 않을 것이다. 다행히 경상이기에 합의만으로 쉽게 해결되었다. 아무리 쉬워도 돈 문제는 그렇지 않다. 가진 돈이라곤 단돈 10만 원도 없었다. 마침 점포 물건을 준비하느라고 시누이한테 부탁한 사채 500만 원을 고스란히 합의금으로 날렸다. 그 외의 사채를 빚으로 떠안고 말았다.

그래도 '다행이다'라는 생각으로 나날을 위로하면서 반쯤은 절망으로 맥 빠진 웃음을 짓는다. 살맛이 안 났다. 그래도 '살아야 하구나', '억지라도 웃어야 하구나', '힘을 내야 하구나' 등등의 생각으로 힘을 내야 했다. 형수의 물리치료며 운동은 시켜야 하니까.

1979년 12월 하순 그날들이 오리라

보증금 130만 원에 월 10만 원. 방 두 칸에 부엌 하나인 집으로 이사를 갔다. 양정동에서는 2층이라 얼마나 불편하고 얼마나 서러웠는가. 나는 얼마든지 이 정도의 불편은 감수할 수 있었다. 더한 것이 있다 해도 괜찮았다.

2층 위 옥상에서 기구를 붙들고 걷는 연습을 했다. 콘크리트 천장 지붕이 울리면 아래층 주인은 "왜 그리도 떠들면서 노느냐? 아래로 내려와 길에서 놀게 하라"라고 소리쳤다. 큰길에 나가면 자동차 때문에 위험천만한 상황이 자주 벌어졌다. 옥상보다 더 불안했다. 내 마음대로 되지 않는 발걸음이라 여러 차례 아찔한 순간이 많았다.

어디든 마당이 있고 스스로 뒹굴면서라도 마당과 제집이 연결되어 오갈 수 있는 곳이면 했다. 하지만 보증금이 적은 탓에 여러 곳을 기웃거렸건만 엄두가 안 났다. 지금까지 무일푼으로도 굶지 않고 조금씩 조금씩 늘어가는 살림이었는데, 많이 망설이면서 무거운 말문을 열었다. '언젠가는 오늘의 이 수치와 신세를 보답할 수 있는 그날들이 오리라'라는 오기에서였다. 자존심은 한 겹 접고 삼촌에게 부탁했다. 친정 삼촌은 집을 몇 채 가지고 있었다.

"삼촌 집 아래층 방 두 칸짜리를 저희한테 주세요. 전세금이 부족해서 다른 곳으로 이사할 형편도 안 되니까 저희를 믿고 살펴 주세요."

가장이면서도 말을 못 하는 양심가인 남편의 심정도 알았다. 주눅 들게 하기보다는, 거절당하더라도 내 아들들을 희망을 아는 아이로 만들기 위해서 나의 자존심 같은 것쯤은 무시하기로 했다.

"너희들 그럴 형편이 되나? 집 짓느라 빚이 많으니 집세를 많이 받아야 한다. 딴 곳을 더 알아보지?"

물론 말씀드릴 때 죄송해서 삼촌의 눈을 맞추지 못했다. 그 말을 하고 딴 곳으로 시선을 돌리는데 죄인이 된 것 같았다. 눈물이 핑 돌았다. 머리끝에서부터 발가락 끝까지 뜨거운 물을 주르륵 뒤집어쓰듯 서러웠다. 하지만 이만한 거절로 쉽게 포기할 수는 없었다.

며칠을 울면서 다짐하고 또 다짐했다. 거절을 당해도 이사할 것이다. 단지 내 피붙이가 남보다는 냉대하지 않으리라는 염치 불고의 조카가 되어 인척간에 비난받을지언정 말이다. 점점 더 내 마음은 냉담하게 굳어져 갔다. 거의 반달이 지나도록 삼촌은 승낙한다는 말씀이 없었다. 다시 사정하고, 이사 날을 통보하고, 전세금 대신 월세를 원하는 대로 드리기로 엉거주춤 반승낙을 받아냈다.

이번 일로 내가 일순간에 훌쩍 성장한 듯했다. 한결 달라 보이는 세상의 풍경이었다. '세상살이'라는 게 이런 것일까. 지금까지 보고 느낀 인생에 많은 변화를 겪어야 했다. 세상살이가 마음과 달리 너무나 다른 어려움이 있음을 깨달았다. 이런 놀라움이 앞으로도 순간순간 있지 않을까 하는 두려움에 불안해졌다. 열심히 최선을 다 한다면 돈을 따지며 살지 않아도 될 것이라 생각했는데, 세상살이가 그리 마음대로 되지 않았다.

3

오늘의 최선

서른~서른한 살

1980년 3월 5일 첫째 입학

나는 유별난 엄마와 평범한 엄마를 오갔다. 그러나 오늘만큼은 보통 아이의 엄마가 되고 싶었다. 여덟 살 개구쟁이 아들의 손을 잡고 국민학교 입학식에 갔다. 오늘은 큰애 혼자만을 위한 날을 만들어 주고 싶었다. 주저 없이 모든 짐을 떼어 버리고 너만을 내 아들인 것처럼 대우하고 싶은 엄마의 미안한 마음을 민수는 알까. 그리고 형수는 엄마의 이 마음을 얼마나 이해할 수 있을까. 설사 지금 나이에는 이해 안 된다고 해도 성인이 되면 엄마의 마음을 모두 이해하리라.

하늘 높은 줄 모르듯 내 아들들에 대한 기대치가 올라갔고, 그 기대가 낮아진 적이 단 한 번도 없었다. 착각일까 하는 염려 또한 한 번도 한 적 없었다.

"무슨 일이 있어도 내 아들들은 내가 바라는 것만큼은 되리라."

지금도 그 신념은 변함이 없다. 간혹 형수만은 '될까?'라고 생각하지만, 이내 '형수도 형수의 잠재 능력만큼 되어 주리라'라고 결론 내렸다. 설사 불가능하더라도 믿고 노력하리라.

이렇듯 한껏 부풀 대로 부푼 손과 손을 잡고 연재초등학교 정문으로 들어섰다. 유난히 또래보다 키가 커 눈에 잘 띈다. 누구한테라도 자랑하고 싶은 벅찬 가슴에 천하에서 가장 큰 보물을 얻은 것처럼 우쭐해졌다.

1980년 3월 중순 또래가 필요하다

형수에게 또래 친구가 필요했다. 오히려 보통 아이들보다 외출 횟수가 더 많지만, 환경이 문제다. 대부분 병원이다. 그리고 놀이도 치료를 목적으로 하고 이루어지니 알게 모르게 의식적인 놀이가 될 수밖에 없었다. 물론 정상아한테는 신기한 듯 부러움을 살 때도 있었다. 전문적인 훈련으로 더욱 나은 성장을 가져올 수 있을 것이다. 하지만 또래 집단과 주고받는 영향이 중요했다. 또래 집단에서의 사회성을 함께 길러 주어야 충실한 결과가 나올 것이다. 그 어느 단계도 건너뛸 수 없었다. 이렇듯 조화가 두루두루 형성되면 폭넓은 세상과 만날 수 있을 것이다.

아침 9시쯤에 뇌성마비복지회 봉고 승합차가 집 앞에 와서 아이들을 태우고 가서, 각자 준비한 도시락으로 점심을 먹고 놀게 했다. 그리고 오후 5시쯤에 집으로 데리고 왔다. 그들 중 두 아이의 엄마들이 당번제로 아이들을 돌보았다. 아이 숫자가 10여 명. 나이는 조금씩 차이가 있지만 주 1회꼴로 당번인 셈이다.

종일 병원에 와서 아이 붙들고 씨름하다 지치거나, 엄마들끼리 웅성웅성 잡담하고 고된 타령하다 별 소득 없이 하루를 보낼 때가 있었다. 어차피 치료를 목적으로 복지회에 다녀야 한다면 좀 더 발전적이고 효과적인 방법이 없을까를 고민했다. 엄마는 물론 가족들의 과잉보호는 이런 아이들에게는 더더욱 연약한 힘이 될 뿐 도움이 되지 않는다.

대소변을 가리지 못하는 것은 물론 앉지도 서지도 못하는 친구들이 있었다. 뒤척이는 동작이 안 되는 중증도 있었다. 의사소통이 안 되었다. 그러다 보니 먹는 것 또한 스스로 해결되지 않아 간식에서부터 식사까지 일일이 챙겨야 했다. 이런 아이들을 남의 손에 맡겨야 한다는 생각을 엄두조차 못 낼 것이다. 그나마 다행인 것은 전부가 중복장애인, 뇌성마비아였다. 그렇다면 개개인의 상태는 다르지만, 이 아이들을 돌보는 엄마들은 충분히 이해하고 감당할 수 있는 훈련이 되어 있는 엄마들이라는 이야기다. 정말 다행이다. 하루에 내 아이 하나만 돌보며 시간을 보내느니 몇 사람이 돌아가면서 보면 엄마들이 다른 일과를 할 수 있다. 그보다 중요한 것은 아이들의 독립심을 키우는 절호의 기회라는 사실이었다.

보통은 아이가 네다섯 살이 되면 유치원에 보낸다. 글자 한 자 더 배우는 것도 필요하지만, 내 생각에는 독립성, 나아가 도덕성, 협동심 등 사회성이 더 중요하다. 이 모든 교육을 포함해 치료 효과까지 얻을 수 있는 천만다행의 기회였다. 더더욱 전문성을 발휘한다면 더 바랄 것이 없다. 그런데 대다수 엄마의 생각은 어떠한가. 불안과 걱정 때문에 안절부절은 물론 매시간 전화하고 며칠은 아이와 함께 왔다. 저런 태도라면 아이의 홀로서기가 얼마나 가능할까. 언젠가는 반드시 엄마의 손길이 없어질 텐데 그때는 어쩌려는가. 어떤 방법이든 가리지 말고 어떤 행태로라도 아이의 홀로서기에 보탬이 되어야 한다.

모든 행동을 아이의 의지에 의존하는 태도가 제일 중요하다. 복민이는 간식을 먹여 주지 않으면 뒹굴어서라도 입으로 빨아먹으려고 했다. 뒹굴지도 못하는 영준이는 "워, 워" 괴성을 질렀고, 그러면 배밀이를 잘하는 내 아들 형수가 겨우겨우 집어 먹여 주었다. 형수는 집는 동작을 익히고 영준이는 의사전달 의지가 생긴다. 이렇게 서로 살기 위해 자신만의 방법을 터득했다.

한바탕 난리 치르듯 하루를 보내면서 웃고 울다가, 지친 오후에 아이를 안을 때면 '내 아이도 뭔가 할 줄 알고 할 수 있겠구나'를 깨닫는다. 엄마는 희망을 품고 앞으로 나아갈 힘을 얻는다. 한결 사랑스러워진 내 아이, 아무것도 할 수 없을 것 같은 내 아이가 엄마 곁을 떠나서 긴 시간을 불안과 싸워 이길 수 있음을 알게 된다. 서로에게 고맙고, 이런 프로그램을 만들어 주신 여러분들에게 감사드리고 싶다.

1980년 4월 하순 소아마비 아들을 목 졸라 죽인 기사

동감을 해야 하나, 분통을 터트려야 하나. 분통이 터질 만큼 화가 났다. 어느 일간지에 소아마비 아들을 목 졸라 죽인 기사를 읽었다.

'그럴 수 있을 것이다'라는 생각이 들었다. 아니면 그 마음의 갈등을 희망 속으로 밀어 넣어 노력하면 전화위복이 될 가능성이 정상아보다 많을지 모른다고도 생각했다. 인간의 잠재 능력은 무한하기 때문이다. 그 엄마가 아들의 잠재성을 믿어 희망을 품을 수 있는 지혜가 조금이라도 있었다면 어땠을까. 이래저래 혼란스러운 감정이었다. 그래도 어느 한구석에는 변함없는 의견이 자리 잡았다.

어쨌든 본인이 장애로 살아가는 고통보다 더한 고통이 있을까. 난 억울해서라도 죽음을 택하지 않을 것이다. 경제적인 면을 보더라도, 치료하느라 쓰는 돈이 얼마라고 얼른 계산조차 되지 않는 엄청난 금액이다. 그 액수만큼 우리 네 가족은 물론 아이 자신도 보람이라 할까, 의무라 할까. 어느 쪽이든 상관없이 삶에 최선을 다하고 있다. 그러기 위해서는 어떤 수단과 방법을 찾는 것을 마다하지 않아야 한다.

1980년 6월 중순 형수의 치통

"아야, 아야."

얕은 잠을 자면서 형수가 보챘다. 나와 형수의 신경전으로 꼬박 밤을 새웠다. "아, 아, 아" 입을 다물지 못하는 모습을 보니 이가 아픈 것이 틀림없다. 잇몸이 꺼멓스럽게 불거져 보기만 해도 얼른 알 수 있었다. 가장 훌륭한 의사는 엄마인가 보다.

어떻게 해야 진통을 줄일 수 있을까를 생각했다. 얼음물을 머금게 하고 치약을 발라 자극을 주었다. 진통제를 먹였다. 하지만 어느 하나 신통치 않았다. 그저 그 순간만 형수의 아픔을 줄여 주었다. 제대로 처치가 되지 않아 긴 밤을 그대로 새웠다. 어른도 치통은 참기 힘들다. 나 역시 어린 시절에 그 고통을 경험했기에 얼마나 아픈지 생생했다. 그 고통을 엄마가 대신할 수 있다면 얼마나 좋을까. 내가 대신 아픈 것이 병원에 갈 수 있는 그 시간까지 최고의 방법인 듯했다.

형수에게 너무 미안했다. 내 무관심 때문에 아이가 이런 고통을 겪는 건 아닌가 싶었다. 젖니가 나올 때부터 하루에도 몇 번씩 살피며 노력했는데 형수가 이렇게 아플 줄은 몰랐다. 역시 전문의가 아닌 한 결국 고통을 안겨 주게 된다.

뇌성마비아는 씹는 기능과 말하는 기능이 부족하거나 거의 없다. 치아 역시 발달하지 못해 제대로 자라지 못하고 퇴보하다가 썩는다고 한다. 그래서 염증이 있으면 신경까지 아파서 아이는 물론 어른도 못 견디는 고통이 온다. 병원 문을 열자마자 치과를 찾았지만, 또 한 번 마음고생을 치러야 했다. 어떤 마음고생이든 결과만 얻을 수 있다면야 뭘 해도 괜찮았다. 우리가 찾아간 치과의사는 뇌성마비아를 치료한 적이 있을까, 혹 거절해서 형수한테 실망을 안기지는 않을까 노심초사했다. 무엇보다 두려웠다. 치통은 참을지언정 새삼 절망할까 봐 두려웠다. 쉽게 치과 문을 열 수가 없었다.

다행히 복지회 옆 건물에 치과가 있는데 여자 원장 선생님이었다. 한결 마음이 놓였다. 복지회 옆이니 형수 같은 환자를 봤을 것이다. 내키지 않더라도 쉽게 거절은 하지 않을 것이라 생각했다.

"형수야, 이 아프지 않게 해 주신다. 치료할 때 조금 아프더라도 겁내지 말고 참자."

거대한 의료 기구가 얼굴에 올려졌다.

"응!"

환한 불을 켰다. '윙' 하는 굉음이 들렸다.

상냥스레 눈 맞춤하고 마스크도 하지 않고 치료를 시작했다. 형수는 엄마 같은 푸근함에 조금은 안심하는 듯했다. "아. 아"라고 할 뿐 치료를 잘 받았다. 얼마나 대견한가. 겁에 질려 가슴 조이기도 했을 것이다.

"정말 잘 참아 주네, 착하게. 이쁘다. 내일 또 보자. 관리를 참 잘해 준 편이네요. 대부분의 아이가 거의 치료 불가능하기도 하거든요. 그에 비해 형수는 이제부터 시작인데 주의하면 괜찮지요."

"아~ 해 봐요."

겁에 질려 엉거주춤 서 있는 첫째도 챙겨 주셨다. 형수의 치료가 끝나고 민수를 치료했다. 그제야 민수 눈망울이 환하게 보였다. 형수를 치료하는 내내 민수의 마음은 어떠했을까. 그냥 옆에 서 있으려니 했던 무관심한 엄마였다. 미안하다. 얼른 민수를 끌어안아서 두려운 눈망울과 굳은 마음을 녹여 주고 싶었다.

1980년 7월 23일 엄마 '우'는 뭔데?

첫 여름방학이 되었다.

"엄마, 이거 뭐 때문에 주는 것인데?"

헐레벌떡 발그레한 얼굴로 민수가 성적표를 내민다. 성적표란 단어에 무덤덤해야 하는데 마음 한구석으로는 또렷이 각인된 모양이다. '그래, 공부에는 욕심내지 말자. 그저 건강하기만 해다오.' 형수가 태어난 후로는 언제나 이런 바람뿐이었다. 하지만 오늘 성적표란 말을 듣는 순간 내 마음속에서 성적이란 단어가 너무나 또렷하게 움직였다.

왜 이리 욕심이 많을까. 이런 내 욕심이 마치 남의 행운을 빼앗는 듯 미안한 느낌이 들 정도다. 지금까지 소망했듯 "건강만 해다오"라고 중얼거린다. 전부 수이고 겨우 우 2개인데 욕심이 난 모양이다.

"이왕이면 전부 수로 받아 오지."

"엄마 '우'는 뭔데?"

되묻는 큰아이한테 그만 미안해졌다. 학교 공부만이 아닌 그 어떤 것도 그냥 그대로 쉽게 얻어지는 대가가 아닐진대, 내가 너무 쉽게 말했다. 이 얼마나 야속하고 염치없는 모성애인가.

내 아들 민수의 주변 환경은 절대로 평범하지 않다. 나는 지금 지극히 평범한 환경 속에서 일군 흡족한 대가를 바라듯 욕심을 부리고 있었다. 잠잘 때 빼고 첫째는 언제 어디서든 형수와 함께 놀고 웃고 울며 지냈다. 때로는 지친 엄마의 짜증까지도 제 몫인 양 모두 감당하고 있었다. 학교생활마저도 엄마의 욕심 때문에 부담이 가니 오죽하겠는가. 다시 한번 반성했다. 더도 말고 덜도 말고 이대로 밝고 건강하게만 자라다오.

무엇이든 할 수 있어야 했다. 남보다 뛰어나게 할 수는 없어도 어떻게 하는 것이라는 최소한의 지식은 갖추어야 한다고 고집하고 싶었다. 남들이 들으면 비웃을 수 있다. 저 몸에 낚시가 웬 말인가 하고 말이다. 평지에서 두 발로 서지도 못하는 저 상태에서 꿈같은 바람이라고 생각할 수 있을 것이다. 가장 가까운 아버지의 생각도 반쯤은 그럴지 몰랐다. 가끔 남편에게 말한 적 있었다. “당신 낚시 갈 때 우리도 데리고 가 줘.” 묻듯 부탁하듯 말하곤 했다.

이번에는 “저런 아이랑 무슨 낚시를 해”라는 핀잔 들을 각오하고 말했는데 예상과 달랐다.

“우리도 낚시 같이 가자.”

“그래, 같이 가자. 어디가 좋을까?”

아이들이 놀 수 있는 곳, 더욱이 형수가 앉아서 낚시할 수 있는 곳으로 가야지. 강둑에서 가까운 곳에 주차하고 경사가 그리 심하지 않아서 다니기 편한 곳이 좋을 듯했다. 낚시하다 놀 수 있는 장소도 필요했다.

돗자리, 보조 의자, 취사도구, 간식거리 등등을 챙겼다. 트럭 짐칸이 온갖 물건으로 가득했다. 승용차가 아니라 다행이다 싶었다. 저녁에는 짐칸에다 텐트를 치면 잠자리로 그만이었다. 자갈 바닥 위보다 백 배 포근했다. 돌아올 때는 대충대충 그냥 짐칸에 던지듯 실어 그대로 오면 된다.

대한댐으로 갔다. 꼬불꼬불 산길을 한참 올라갔다. 얼마나 힘든 외출인가. 알찬 하루가 되도록 머릿속으로 얼마나 많은 궁리를 했는지, 외가에 갔을 때 할머니들의 반가운 표정을 상상해 보기도 했다. 못둑에 주차하고 물가에서 조심조심 낚시할 채비를 한참 했다. 제일 편한 자리를 잡아 의자를 받쳐 앉혔다. 손에 받치는 힘이 부족해도 동강이 난 헌 낚시를 들게 하고 지렁이를 손에 꿰는 것을 보여 주었다. 숨소리마저 아까울 정도로 행복했다. 황홀함까지 느껴졌다. 아이들은 진지한 표정이었다.

"고기야, 내한테 많이 온나."

그러기를 한참 지났다. 낚시할 채비를 챙겨 주느라 남편은 낚시 분위기가 깨진 듯 시작도 전에 지친 표정이었다. 조용한 분위기가 되어야만 고기가 물려온다는 상식을 귀담아들어서인지 아이들은 조용했다. 떠들고 소리치고 싶은 동심을 애써 참는 듯 물 위에 떠 있는 미끼만 뚫어지게 바라보는 표정이 귀여웠다. 두 아들과 아버지, 셋이 나란히 낚싯대와 함께 앉아 있는 모습이 똑같았다. 그들 등 뒤를 오간다. 심부름하는 아이가 아니라 엄마로서 지켜보았다.

"떡밥도 좀 갖다줄래? 지렁이도 같이 갖다줘."

세 남자의 요구사항에 따라 한참을 오가다 그만 형수한테서 눈을 떼고 말았다. 의자를 받치고 있는 돌을 몇 번이고 움직여 봤을 때는 괜찮다 싶었는데, 바람에 밀리는 물결 탓에 받친 돌 주위의 모래가 씻겨 나가 그만 돌이 움직여서 의자가 넘어졌다. 형수는 무방비 상태다. 띄엄띄엄 앉아 있는 가족들이 잡을 새도 없이 물속으로 꼬꾸라지더니 밀려 가고 말았다.

그 순간엔 어찌 그리도 발걸음이 느릴까. 돌부리에 걸린 듯 굴러서라도 빨리 다가가서 아이를 끄집어내야겠는데, 왜 그리 몸이 말을 듣지 않는 것 같은지. 물론 늦은 것은 아니지만 그 순간에는 그런 마음이 들었다. 방어 능력이 거의 없다고 해도 형수는 본능적으로 살려는 의지가 역력해 보였다. 몸은 물속에 처박혔어도 고개를 쳐들고 "어푸어푸" 하며 구조를 요청했다. 그리 깊지 않은 물가의 완만한 경사인지라 다행이었다.

"그래, 내 아들 형수도 가능성이 있구나."

생의 본능 같은 것이었다. 그 모든 것이 여느 아이들과 같았다. 외적으로 표현하는 능력이 부족할 뿐, 그 방법이 다를 뿐이었다. 이렇듯 많은 훈련과 경험을 통해서 큰 능력을 얻을 수 있을 것이다. 그 욕심에서라도, 우리 가족은 위험이 약간은 있다 해도 많은 경험을 쌓기 위해 다양한 여행이 필요했다. 비록 물속에 빠지는 서러움 정도는 얼마든지 감수해야 했다. 목숨에 관계되는 일은 일어나지 않도록 조심조심, 또 조심하면서 다양한 경험을 해야만 한다.

1980년 9월 초순 동생을 챙기는 형

남편 친구의 병문안을 갔다가 밤 10시쯤에 집으로 왔다. 외출할 때 저녁을 먹인지라 간식을 챙겨 두었다. 문 잠그고 불조심하라고 당부 또 당부했다. 급하면 어디 어디 전화하라고 메모도 남겼다. 무엇보다 중요한 당부는 형수와 관련한 것이었다. 어느새 큰아이는 되풀이해서 설명하지 않아도 습관처럼 줄줄 외웠다.

그래도 어른만큼 잘 조치할 수 있을까 반신반의하면서 조급한 마음으로 아이스크림 한 통을 사서 현관문에 들어섰다. 집 안의 조용한 분위가 섬뜩하기까지 했다. 둘이 저희들 방에서 곤히 자고 있었다. 혹시나 하고 빤히 들여다보다가 쓰다듬어 본다. 큰애가 잠귀가 밝은 탓인지 깼다.

"엄마, 인제 와요? 내가 형수 재우고 이불 덮어 주고 텔레비전도 껐어."

내일 책가방도 다 챙기고, 장난감도 잘 챙겼다 했다. 평소의 잔소리가 아닌가 했는데 어느새 습관이 되었나 보다.

'일찍 자고 일찍 일어나는 착한 어린이'라는 말을 명심한 듯 그야말로 인쇄된 교과서처럼 완벽하게 실천했다. 내 아들만큼 착한 아들이 있으면 내 모든 것 다 주리라 다짐했다. 어디든 소리쳐 자랑하고 싶었다. 지금, 이 순간의 희열을 내보이고 싶었다. 그리고 그 이상으로 너희들을 사랑하고 이뻐하리라. 엄마의 어떤 희생과 정성을 아낌없이 다 쏟으리라. 다시 한번 약속하고, 그동안 순간순간의 얕은 애정을 반성하고 노력하마.

1980년 8월 하순 엄마, 살려 주세요! 나 죽어요

'근육 이완 주사 요법'을 시작했다. 개발한 지 오래되지 않아서 의학계에서도 아직은 잘 모른단다. 치료보다는 치료하는 데 보조 역할을 한다고 했다. 너무나 작은 희망이었다. 그래도 도움이 되는 부분이 있기에 망설였다. 결국 여러 치료사의 의견을 받아들이기로 했다. 다른 어떤 종류의 방법보다 후유증이 적다니 시작해 보기로

한 것이다. 형수가 참을 수 있을 만큼의 고통이라면 다 해 주고 싶었다.

점차 운동량이 많아지고 있다. 눈에 띄지는 않지만 그만큼 근육 조직의 변형이 심해졌다. 동작하려고 힘을 가하면 필요 이상의 근육이 강직되어 변형이 시작되기 때문이다. 변형을 예방하기 위해 강직을 없애야 했다. 하지만 강직을 없애려면 외부적으로 물리치료사가 운동을 시켜야만 했다. 형수는 이미 변형된 근육 조직 때문에 몹시 고통스러워했다. 강직 때문에 필요 이상의 에너지를 소모하느라 체력적으로도 힘에 부쳤다.

그래서 강직된 근육에다 주사액을 투약하면 부드러워지니까 변형된 근육만 운동시키기에 별 무리가 없다고 했다. 치료보다는 치료에 도움이 되는 정도에 불과했다. 주사액이 조직에 머무는 기간이 약 3~4개월이라고 했다. 그동안 집중 치료를 해야 하니 형수나 나나 함께 견딜 수 있을지 의문이었다. 물론 약간의 통증이 있었다. 눈에 띄게 부기가 있는 상태이지만 강직은 전혀 없었다. 또래들처럼 이대로 걸을 수만 있으면 하는 안타까움뿐이다.

그러나 두 번은 하지 말자. 살이라곤 하나 없이 바싹 다리가 말랐다. 장딴지만큼이나 큰 주사로 투약하는데, 어찌 고통이 없을까. 강직된 근육을 찾아 주사를 놓으면 한 시간 넘게 형수가 사경을 헤매듯 울어댔다. 엉거주춤 제대로 움켜쥘 줄도 모르는 그 작은 손가락으로 내 목을 꼬집듯 끌어당기며 절규했다.

"엄마, 살려 주세요! 나 죽어요."

이런 울부짖음을 듣는 엄마 심정을 형수 말고 누가 알까.

"운동치료를 받을 때 다시는 울지 않을게요, 엄마."

내 아들 형수한테 뭐라고 대답할 수 있을까. 누가 무슨 말로 대답할 수 있을까.

"그래, 미안하다. 조금만 참자. 엄마도 너만큼 아파."

이 대답밖에는 아무 할 말이 없었다. 겁에 질려 엄마 목을 놓지 않으려는 형수의 안간힘만큼이나 큰 힘으로 너를 사랑하고 최선을 다할게. 오늘의 이 아픔을 너희들이 뛰놀다가 돌부리에 치여서 무릎이 깨지는 아픔에 불과하다고 여겼으면 좋겠다. 그러면 금방 잊히련만, 지난날의 아픔 때문에 불안해 말고 용감하게 용기를 찾아 네 꿈을 펼치렴.

돌아오는 기차 안에서 형수는 지쳐 잠들었다. 다시 한번 다짐하며 아무 말 없이 창밖의 넓고 높은 세상을 향해 내 소리를 보냈다.

"내 아들 형수야. 이 세상을 살아가며 아픔을 넘어서 용기를 얻고 네 꿈을 펼치는 사람이 되길, 그렇게 되기를 엄마로서 최선을 다하마."

1980년 10월 화상

우리 가족의 생활 리듬은 늘 팽팽한 긴장 상태였다. 조금이라도 느슨해지면 작든 크든 탈이 꼭 생겼다. 나와 큰아이는 몸에 밴 습관처럼 실수 같은 작은 허점일망정 생기지 않게 노력했다. 하지만 형수는 주변 환경에 적응하는 게 더뎌서 그런지 실수가 잦았다. 아마 나이가 어리고 성격 탓에 그럴 수 있다고 생각했다. 그렇다고 그 실수를 어찌 책망할 수 있을까. 평소에 항상 옆에서 노래처럼 외는 엄마의 걱정을 듣고, 외우듯 실천하려 애쓰는 눈치가 역력한데도 실수를 했다. 순간적으로 몸과 마음이 바로 움직이지 않는 자기 자신을 너무나 잘 알았다.

"엄마, 이러면 안 되는데 미안해."

실수를 하면 어른들의 눈치를 살피듯 말했다. 겨우 다섯 살밖에 안 된 저 어린아이가 후회하고 용서를 구했다. 나이에 비해 어른스럽게, 오히려 자신을 탓하기보다 먼저 엄마의 수고를 헤아리는 듯했다. 나 역시 항상 마음 준비를 미리 해 두었기에 큰 문제가 되는 실수는 없었다. 오늘도 문밖을 나서는 순간부터 미리미리 조심조심하면서 앞집 3층 이모할머니 댁에 추어탕을 먹으러 갔다.

집이 아닌 다른 장소에서 식사할 때는 더더욱 만반의 준비가 필요했다. 뜨거울 때, 차가울 때 형수가 순간적으로 발작하면 밥상이 그대로 엎어졌다. 만반의 준비로 조심조심 함께 부둥켜안고 식탁에 앉아 기다렸다. 우리는 이미 익숙하지만, 그 외 식구들은 서툴 수밖에 없었다. 등 뒤에서 들려오는 "뜨겁다"라는 경고 소리에 형수가 그만 놀라 국그릇을 떨쳐 버렸다. 그대로 한쪽 팔과 가슴에 추어탕국이 엎어졌다. 말 그대로 아수라장이 되었다. 형수 몸의 근육은 있는 대로 오그라들었다. 온몸이 펴지지 않는 자세라 옷부터 벗겨야 하는데 이조차 제대로 되지 않았다. 다행히 바로 옆집에 소아과병원이 있었다.

데인 상처가 아픈 건지 겁에 질려 놀라 우는 건지 숨이 꼴딱꼴딱 넘어가도록, 정말 그토록 울어대는 건 처음이었다. 치료하는 내내 몇 시간을 소리치고 결국은 주사 맞고 지쳐 쓰러져 잠들었다. 잠든 아이의 얼굴이 너무 측은하고 나 역시 서러워 견딜 수가 없었다. 처음 진찰받고 "뇌성마비아입니다"라는 말에도 그렇게 불쌍하지 않았는데, 오늘은 어른들의 부주의로 형수에게 이런 아픔을 준다는 게 너무나 후회되고 미안했다. 다 내 잘못 같았다.

'형수야, 정말 미안하다. 이토록 여러 가지 아픔을 네가 감당하도록 하는 나는 부주의한 엄마야. 앞으로 이런 일은 절대 없을 거야. 너의 아픔이 내 아픔이구나. 엄마는 형수의 아픔을 줄여 주고 싶어. 그나마 불행 중 다행으로 치료하면 나을 수 있는 아픔이니까. 열심히 약 바르고 편안한 마음가짐으로 낫게 되리라는 희망을 품자. 짜증 내고 거부한다고 얻어지는 건 아무것도 없어. 이 경험도 나중에는 좋은 경험이 될 거야.'

이로써 큰 불행을 예방한 것이라 생각했다. 그리고 먼 훗날 우리 형수 같은 뇌성마비아의 삶에 길잡이가 되리라 믿었다.

1980년 11월 초 약효는 약 4개월 정도뿐

지난 한 달은 화상으로 물리치료를 받지 못했다. 눈에 띄게 상태가 나빠졌다. 물리치료를 받지 않아서만은 아니다. 화상으로 생긴 상처의 아픔뿐 아니라, 그로 인해 근육의 긴장이 지속되어 이완을 시켜주지 못했다. 이것이 오래되면 그 자세 그대로 굳어 버리는 기형이 올 수 있단다.

아직은 화상이 완전히 치료되지 않아 팔과 다리를 이리 비틀고 저리 당기고 할 때면 살갗이 찢어지는 듯 아프다고 했다. 여느 병원 같으면 "더 낫고 오세요"라고 했을 것이다. 그러나 형수 담당 치료사는 걱정스럽게 앞으로의 치료 방법에 대해 의논해 주었다. 피부 접촉을 피할 수 있는 작업치료 등을 해야만 한다고 이야기했다. 어떤 식으로든 이러한 호의에 감사 표시를 하고 싶었다. '언제까지라도 이 은혜를 잊어서는 안 되지' 하고 되뇌었다. 형수도 그 마음을 알게끔 해 주고 싶었다.

또 다른 놀이치료 등 여러 가지 상담 말씀을 듣고 나니 화상의 악몽이 차츰 잊혔다. 이래서 겪고 또 겪으면서도 잊고 위로받으면서 용기를 얻는구나 싶었다.

"형수 참 씩씩하구나. 참 잘도 참아 내네."

아직은 근육 이완 주사 효과를 아무도 알 수 없다. 약효가 없어질 때의 상태를 봐야 효과를 알 수 있다. 주사액 때문에 강직의 통증을 느낄 수 없는 지금, 여느 때보다 서너 배 정도 많이 운동해야 한다. 그러려면 잠자는 시간에도 운동이 필요하다. 온 식구가 운동, 운동이라는 말이 입에 배도록 강조했다. 그 누구보다 나는 모든 가사를 전폐하듯이 형수의 운동에 매달렸다. 약효는 약 4개월 정도뿐이라 여유가 많지 않다. 마음 같으면, 시중드는 이라도 옆에 있었으면 하는 안타까운 원망을 했다. 제일 가까운 남편은 역시 무관심해 보였다. 간혹 몰려드는 섭섭함에 입술을 깨물었다.

"이것 봐라, 내 상장이랑 메달이다."

"형아는 좋겠다."

민수는 형수의 얼굴과 내 얼굴을 번갈아 바라봤다. 엄마로서 나는 기특하다고 엉덩이 두들겨 주고 볼이라도 비벼 줘야만 했다. 하지만 형수의 표정을 보면 그럴 수 없었다. 머리부터 심통이 난 게 보였다. 나는 '그까짓 뭐 대단하냐. 형수는 앞으로 물리치료 열심히 받아 더 큰 상도 받을 수 있을 텐데'라고 말해 주고 싶었다. 그런데 차마 말이 나오지 않았다. 내 표정만으로 아이들에게 전달하는 방법을 선택하기로 했다. 보자마자 티격태격하는 두 아들을 물끄러미 바라볼 뿐이었다. 저희 둘이 절충하더니 이내 조용해졌다.

'그래, 형수야. 너만의 즐거움과 보람을 찾아보자꾸나. 쉽게 만들어지지는 않겠지만 열심히 노력하고 인내하자. 오늘 형한테 온 기쁨보다 더 큰 기쁨이 되는 무언가를 우리 모두 노력하고 또 고민할게.' 엄마로서 반드시 형수에게 맞는 기쁨을 찾아 줘야 한다는 생각에 갑자기 마음이 바빠졌다. 지금의 형수 나이에 민수는 태권도를 시작했다. 지금의 형수한테 맞는, 할 수 있는 것은 무엇일까. 큰아이는 할 수 있는 게 수십 가지로 종류가 참 많았는데 형수한테는 단 한 가지도 없는 듯해 그만 초조해졌다.

그럼에도 형의 기쁨을 조금은 나누는 듯 형수의 잠자는 표정이 한결 밝았다. 애태우는 형수야, 엄마가 뭘 해 줄 수 있을까. 언제까지고 엄마의 눈과 말이 전달될 수는 없을 것이다. 대신 할 수 있는 것이 책이었다. 책 읽는 습관을 길러 준다면 형수에게 언제나 친구가 될 수도 있을 것이다. 책은 자기 마음대로 자유롭게 선택할 수 있는 친구다. 거의 한밤중이 되도록 생각을 거듭하고 거의 결론을 냈다. 그리고 그 방면으로 조언을 받고 상담을 하기로 결심했다.

1980년 12월 엄마는 웃으면 눈물도 흐르네

이번에 새로 맞추는 보조화가 닳아 못 신게 되면 시장 어디든 가서 마음대로 골라 형수 손에 신발을 쥐어 주고 싶었다. 그러면 형수의 깡충깡충 뛸 듯이 즐거운 표정을 볼 수 있을 것이다. 이런 설렘에도 아랑곳없이 형수의 여섯 번째 보조화를 맞춰야 했다. 이번에는 전체를 다 바꿔야 했다. 어떤 힘을 가해도 변형이 되지 않는 단단한 특수 강철로 만들었다. 그동안 가죽으로 된 구두만 다섯 켤레를 신었다. 변형이 많이 왔고, 형수 키가 많이 자랐다. 발목도 굵기 차이가 많아져서 전체를 바꾸어야 한다는 재활의학과장의 진단 결과가 나왔다. 지금보다 훨씬 더 신체 활동의 자유를 억압해야 하는 상황이었다.

처음에 짧은 보조화를 신길 때는 어떤 불편이나 제한이 따라도 치료에 도움이 된다면 참을 수 있다고 생각했다. 3년 동안 내내 착용했고 가끔 잠을 잘 때도 신겼다. 형수를 업을 때는 물론 하루 24시간 동안 거의 신고 벨트로 묶어야 했기에 발목과 발등에 검푸른 멍 자국이 선명했다. 근육을 이완시키느라 겨우 두세 시간 벗기곤 했으니 말이다. 그래서 이제는 보조화를 벗고 부드러운 운동화를 신기로 했었다. 그런데 오늘 새로 제작해서 온 신발을 보니 마음이 아팠다. 너무 기가 막히고 야속했다. 그토록 애써서 그 아픔을 참고 노력했는데, 지금까지의 고통보다 열 배나 더 아프고 번거로운 데다 위험까지 감수해야 한다니 억장이 무너졌다. 그 아픔을 이미 경험했기에, 그 아픔이 얼마나 깊은지를 알기에 더더욱 겁이 나고 힘이 빠졌다.

아픔을 몰랐을 때는 괜찮을 것 같았는데, 그보다 더 아픔을 보태야 한다니 가슴이 터질 것 같았다. 형수야, 미안하다. 네 장애만으로도 너무나 엄청나고 가슴이 찢어지는 아픔인데, 그 아픔을 치료하기 위해 또 다른 엄청난 아픔을 참고 견뎌야 한다니. 우리 형수의 이 애처로움을 어디 가서 누구한테 보상받을까. 차라리 치료를 거부하고 장애를 안고 평생 살아가면 어떨까. 그토록 아픈 치료는 이제 그만할까. 정말 얼른 내키지 않는 치료 방법이었다.

신체적인 결함을 교정하기 위해 겪어야 하는 고통 때문에 정서적으로 장애가 올까 봐 걱정이었다. 짧은 보조화를 신기는 데 거의 30분이 걸렸다. 3년 동안 겨우 적응해서 그만 신으면 좋으련만 또 다시 시작이다. 더구나 긴 보조화라 벨트가 허벅지까지 올라왔다. 무릎에도 벨트를 묶고, 허벅지도 묶고, 발목도 묶고, 마치 물건을 묶는 느낌으로 다 묶어야 했다. 내 아이의 다리와 발이 아닌 것처럼 말이다. 물론 묶을 때의 어려움이야 어찌 말로 표현하겠는가. 아이는 움직이고 싶고 엄마는 고정하느라 진땀을 뺐다. 가슴이 터지고 손이 부르르 떨리는 서러움이 북받쳐 올랐다.

그래도 신기면서 엄마는 웃어야 했다. 웃는 얼굴에서 눈물이 흘렸다.

"엄마는 웃으면 눈물도 흐르네. 엄마, 나 이쁘나?"

이런 형수의 말에 엄마는 절대로 울어서는 안 된다. 형수가 좋아하고 웃으면 엄마를 비롯해 주위 가족 누구도 함께 웃어야만 한다. 그래야 이 아픔을 조금이라도 이길 수 있다. 먼 훗날 좋은 날에 이 구두가 필요 없을 때 목 놓아 울어야지. 차츰차츰 울지 않는 습관을 길러야 한다는 생각이 들었다. 형수가 치료받는 동안 엄마는 우리 가족 모두가 울지 않는 공부를 열심히 해야겠다고 다짐했다.

1981년 1월 초순 언제쯤 몸 아파 누워 봤던가

언제쯤 몸 아파 누워 봤던가. 아프다는 느낌을 알아차릴 수 있는 시간적 여유가 있었던가. 결혼 후에는 그런 희미한 기억조차 없다. 어제까지만 해도 전혀 느끼지 못했는데 갑자기 오한과 구토, 복통으로 몸이 뒤틀렸다. 아직은 병원 문을 열지 않는 시각인데 어쩌지. 정말 고통스러웠다.

그런 와중에 내 마음에서 떨쳐 버릴 수 없는 걱정이 떠올랐다. 내 몸보다 더 중한 내 아들 걱정이다. 저 아이들을 어떡하나. 형수는 장애아라서 잠시라도 엄마 손 이외는 아직 가족 누구도 충분하지 않았다. 그 때문에 첫째가 받아야 하는 고통은 또 어찌 감당하리. 이래저래 생각하다 보면 엄마인 나는 절대로 아파서는 안 된다고 항상 다짐했다. 나 자신이 아닌, 이 둘 때문에 건강해야 했다. 그 의무감에 잠잘 때도 눈을 반만 감고 자는 것처럼 피곤한 느낌이 들었다. 마음 편히 자리 펴고 누워 본 기억이 없다.

그러나 오늘은 그런 피곤함을 느낄 수 없었다. 그저 기운도 마음도 방바닥에 눌어붙어 떨어지지 않으려는 듯 희미했다. 겁에 질린 듯 멀뚱멀뚱 쳐다보는 아이들의 눈망울이 오늘따라 더욱더 커 보일 뿐. 속까지 뒤집어져 가눌 수 없는 몸과 마음. 그냥 힘만 없다면 이불 속에서 편안히 억지로라도 누울 텐데, 빈속인데도 구역질이나 정말 고통스러웠다.

누룽지를 끓이고 물을 데웠다. 그토록 무딘 남편조차 많이 놀란 모양이다. 한 번도 이런 적은 없었기에 더 놀랐다. 나 역시 괴로움 정도야 내색하지 않고 잘 참았다. 아픔은 견디라고 하면 하겠는데 내가 해야 하는 많은 일들은 어쩌지. 누가 대신할 수만 있다면 걱정이 없을 텐데 그럴 사람이 아무도 없으니 가장 큰 걱정이다.

1981년 1월 하순 아들의 거짓말

오늘은 태권도장 쉬는 날이다. 방학 때니 실컷 놀아도 된다. 아직은 규칙적인 생활이 습관화되기에는 좀 이른 나이인가 보다. 아침나절 11시쯤에 첫째가 나갔다. 그런데 오후 5시가 되어도 집에 오지 않았다. 2~3시까지는 동네 친구들과 어울려 신나게 놀다 보니 늦나 했다.

"형아 왜 안 오나?"

슬슬 불안해지기 시작했다. 가끔 오가는 옆집 친구 집으로 찾아가 보았다.

"우리 민수랑 같이 안 놀았나, 여기 없나?"

"놀다가 벌써 집으로 갔어요."

그때부터 두근두근 불안함이 엄습했다. 멀리 갈 줄도, 간 적도 없으니 또래 다른 아이들보다 어리숙할 것이다. 학교 가는 길, 태권도장 가는 길도 항상 가는 길 아니면 순간 당황해서 헤매기 일쑤였다. 길을 잃어 버리면 다시 집에서 가던 길로 찾아가면 된다. 친구 집이 담 하나 사이라 헤맬 일이 없었다. 무언가 심상찮은 느낌이다. 방 안에 아이들 소리가 환청처럼 들렸다.

그래도 혹시나 하고 동네 놀이터를 한 바퀴 돌고, 골목 등을 뒤졌다. 다시 그 집에다 전화했다. 늘 민수 친구 몇몇의 연락처를 적어 두었던 게 다행이었다.

"민수 우리 집에 있어요. 지금 간대요."

순간 반가웠다. 반갑다는 말로는 표현이 부족하겠지만, 온몸이 화끈 달아오르면서 지금까지의 불안과 안도감이 한데 엉켜 희한한 느낌이었다. 어쩌면 이것이 보통 엄마들의 경험 아니겠는가. 그런데도 나만이 맛보는 감동인 양 주체할 줄 몰랐다.

"친구들하고 장난치다 얼음물에 옷이 젖어 말려서 가려다가 거짓말했어요. 엄마한테 야단맞을까 봐요."

커다란 두 눈에 겁이 잔뜩 고여 주춤주춤 어쩔 줄 몰라 했다. 야단을 쳐야만 했다. '잘했구나'라는 말만 해서는 안 된다는 것을 알지만, 어떤 체벌을 해야 할지 모르겠다. 걱정에 휩싸여 소리소리 지르고 회초리를 들면 내 스트레스를 푸는 데 불과한 게 아닐까.

비록 짧은 순간이지만 온갖 생각들이 오갔다. 지극히 당연한 보통 아이들의 동심에서 우러나온 것이라서, 나쁘다고만 하는 것은 현명한 모성애가 아니라고 생각해 스스로 누르고 참고 달랬다. 어떻게 하면 엄마의 지금 심정과 평소에 아이들에게 보내는 엄마의 마음을 있는 그대로 전달할 수 있을까 고민했다. 먼저 내 아들이 그 모두를 이해하고 느끼고 가슴에 담을 수 있을지가 최우선이었다.

"엄마, 잘못했어요."

"그래, 그 어떤 때보다 제일 잘못한 일이다. 그래, 너무너무 걱정되는 이런 일이 앞으로는 절대로 있으면 안 된다."

옷이 젖는 것쯤은 아무것도 아니다. 일부러 나쁜 마음으로 물속에 넣은 것이 아니다. 친구들이랑 즐겁게 놀다가 버린 것이니 괜찮다. 빨래하는 것과 마찬가지니 잘못한 것이 아니다. 단 하나의 잘못은 엄마가 찾을 때 그 자리에 있으면서 '없다'라고 한 것, 그 거짓말이 잘못된 것이라 타일렀다. 그래도 아이들의 판단으로는 거짓말보다 옷이 젖어 빨래하게 된 것이 제일 먼저 걱정인 셈이었다. 단순한 생각이기에 충분히 이해되었다.

더는 복잡하게 아이들에게 설명하지 말자. 아직은 그런 판단 기준에 이르지 못할 나이니까 말이다. 엄마인 내가 좀 더 깊고 넓게 아이들의 생각을 분석하는 게 맞다. 평소에 항상 오가는 말투에서도 아이들은 혼돈이 올 수 있다. 함부로 판단하지 말아야 한다. 듣는 아이들의 생각을 헤아리는 게 중요하다. 가끔 신경 써서 아이들의 상황을 점검하는 게 필요하다고 반성해 본다.

1981년 2월 운전면허 공부

나에게 살아가는 용기를 주는 아이들을 키우는 데 보탬이 된다면 아무리 어려운 공부도 할 수 있다. 그러고 보면 그 어떤 이보다 큰 힘을 지닌 아들들이 아닌가. 학창 시절 나에게 공부는 힘겨운 대상이었다. 항상 상위권에 들기는 했어도 공부를 싫어하는 편이었다. 시험 때면 빨리 졸업해 시험이 없는 날이 얼른 왔으면 했다. 그런데 오늘 난 단 한 번의 망설임 없이 공부를 시작했다. 형수를 위해서, 나아가 모든 이의 수고를 덜기 위함이었다. 사치로만 여기던 운전면허 시험 준비를 시작했다.

대다수 사람은 돈 가진 이들이 따는 게 운전면허라고 생각했다. 하지만 지금 나에겐 운전면허가 필요하다. 형수를 병원에 데리고 다니고, 앞으로 학교 통학을 시키고, 더불어 손발이 되어야 하는 첫째의 수고를 덜기 위함이었다. 그러나 이런 내 뜻을 나 외에는 그 누구도 알 리 없고 알아 주지 않았다. 심지어 친척들이나 시집 식구들은 내가 운전면허 따는 걸 알고 바람이 났다고 했다. 하지만 이런 말에 아랑곳하지 않았다. 형수를 데리고 종일 매일 이 병원 저 병원 다닐 때도 그런 말로 억장을 무너뜨린 적이 한두 번이 아니었다.

2주 동안 이론 수업을 받고 합격하면 실기시험을 봤다. 운전면허 학원에서 형수를 업고 수업을 받을 때면 "왜 이리 큰 아이를 업고 와요"라는 핀잔을 듣기도 했다. 그나마 다행인 것은 형수가 등 뒤에 업혀 함께 공부하듯 잘도 참고 기다렸다. 목을 쭉 빼고 핸들 잡는 흉내를 내곤 했다. 난 속으로 우습고, 한편으로는 서글픈 내 처지가 서러웠다. 그 누구도 협조하지 않고 나 또한 도움 청할 수 없는 설움을 꿀꺽꿀꺽 삼켰다.

"그래, 난 해 내고 말 거야."

어떤 어려움도 묵묵히 지나온 나, 이순희가 아니던가.

1981년 3월 특수학교 답사

'학부모'는 늘 설레는 단어다. 첫째 때 경험했어도 3월이 되니 설레는 듯하다가 그것도 잠시, 착잡해졌다. 누구를 붙들고 의논해야 할까. 사방팔방 둘러봐도 아무도 없는 듯했다. 해결은 물론이고 마땅히 조언받을 만한 곳이 없었다. 여기저기 국공립·사립 특수학교에 전화 문의를 했지만, 시원한 대답은커녕 상담조차 받기 힘들었다. 머뭇머뭇하다가는 입학 시기를 넘기기 다반사란다. 일반 학교처럼 취학통지서를 받아 입학하는 제도가 아니라는 것쯤은 알고 있었다. 미리 신청하고 선발되어야 입학한다. 그리고 입학 전 유치원부터 가능하다면 실시하기도 했다.

큰아이는 학원이나 유치원 등 어느 하나 다니지 않고 입학하다 보니 다른 아이들에 비해 많이 늦다. 이름은커녕 10살인데 셈도 서툴렀다. 나중은 알 수 없지만 지금 당장 비교할 때는 아쉬움이 많아 가슴이 아팠다.

후년에 입학이 되든 말든 내가 직접 답사해 알아야 했다. 남편마저, 학교 입학이라니 어림도 안 되는 생각이라며 말도 꺼내지 말라고 했다. 시집 식구들의 따가운 눈총은 아랑곳하지 않은 지 오래다.

신경 쓰지 않는 편이 훨씬 낫다는 사실을 이미 오래전에 터득했다.

대연동 산기슭에 있는 혜성학교(특수학교)를 찾아갔다. 버스 편이 없어서 근처까지 택시를 타고 30분가량 걸어서 갔다. 일부러 어느 근처쯤에서 내가 걸어갔다. 이 학교에 형수가 입학한다면 걸어도 다녀야 하니까 답사를 미리 한 셈이다.

"이 아이인데요. 후년에 입학해도 될까요?"

첫눈에 특수교사들이 형수를 알아보았다. 아무런 문제 없다는 대답에 더 이상 묻지 않고 조금 안도가 되었다. 나 또한 교문에 들어설 때 이미 알 수 있었다. 교실 바닥에 눕거나 휠체어에 반쯤 누워 수업받는 대부분의 중증 장애 학생들을 보니 형수는 여기에 해당하지 않을지 모른다는 생각이 들었다. 손해 보겠다는 생각으로, 내 욕심으로 일반 학교에 보내야겠다고 결심했다.

1981년 4월 흔들리는 버스를 타야 한다

남편이 사업상 어쩔 수 없이 차를 바꾼다고 했다. 나한테 헌 차를 줄 거라는 작은 기대를 했지만, 소용없었다. 형수가 어린아이일 때는 포대기로 업으면 별문제가 없었다. 하지만 이제 형수를 업을 수 없었다. 점점 자라니 무겁기도 무겁지만, 균형을 잡을 수가 없어 위험했다. 거기에다 보조화, 목발, 형수를 업는 것까지 손이 네 개가 되어야만 한다. 흔들리는 버스를 타기란 물리적으로 불가능하다.

목발이 없을 때는 차가 없는 것을 단 한 번도 불평한 적이 없었다. 그리고 당연히 내 일이라 여기고 모든 걸 감수했다. 물론 지쳐서 3일을 내리 몸살을 앓기도 했다.

당분간 목발 짚는 동작이 될 때까지는 병원에 갈 때마다 제 목발을 가지고 가야 했다. 혹은 남편에게 운전을 부탁해야 했다. 남편의 야속한 대답으로 내 어깨 힘이 빠지기 여러 번이다. 언제 어떻게 어디로 무슨 치료를 받으러 다니는지 관심조차 없어 보였다.

남편한테 아직은 의지하고 싶은 것은 약한 내 마음 탓일까, 아니면 본능일까. 때로는 서러움에 숨이 막힐 듯이 후회를 했다. 그러나 결코 그 어떤 다짐도 포기하지는 말자고 되뇌었다. 공부하고 노력하고 최선을 다해 오늘의 서러움이 지난 이야기가 되도록 홀로서는 그날을 기대해 본다.

1981년 4월 주춤주춤 걷기도 하네

"감사합니다."

나도 모르게 외쳤다. 형수가 이제 혼자서 서기도 하고 주춤주춤 걷기도 했다. 겨우겨우 움직인다는 말이 더 잘 어울리지만, 목발에 몸을 의지한 채 서고 걸었다. 첫째가 친구 대여섯 명과 웅성웅성 마당 가운데에서 놀고 있었다. 형수는 그 옆을 서성이듯 목발로 몸을 옮기면서 서 있었다. 그 모습이 너무 반가워 소리치며 안아 주고 싶었다.

내 아들이 걸음마를 했다. 이 기쁨, 이 기분을 누가 짐작이라도 할까. 내가 소리치면 형수는 돌아보느라 목발과 함께 흙바닥에 내동댕이쳐질 것이다. 들뜬 기분을 억누르면서 가만히 형수에게 다가갔다.

"아이구, 내 아들! 걷는 연습하느라 힘들겠구나."

그래도 얼마나 좋은가. 이제 너 가고 싶은 곳을 혼자서 갈 수 있으니. 정말 다행이었다. 엄마가 더 많이 노력해서 멀리 갈 수 있도록 도울게. 형이 친구들과 함께 뛰노는 모습을 보며 함께 뛰놀 수 있다니 정말 감사해야지. 우리를 돕는 여러분들에게도 말이다.

'내 아들 형수야. 한꺼번에 너무 큰 욕심 부리지 말자. 조금씩 조금씩 만족하면서 내 몫에 의지하자꾸나. 우리는 꼭 행복하리라 믿고 감사함을 보내자. 그리고 이 순간 너의 얼굴에 감도는 희망에 찬 밝은 얼굴을 오래오래 더욱더 밝음으로 간직하기를 바라. 엄마도 지금보다 더 노력할게.'

내 아들의 밝은 표정을 온몸에 담아 본다.

1981년 5월 아이들 데리고 목욕탕에 가 주세요

목욕탕에서 아들과 아버지는 어떤 모습일까.

"왜 이리도 때가 많나, 이놈아."

"아빠 등 밀어줄까? 아빠는 왜 그리 크노?"

갖가지 이야기가 오가고 부자지간에 그 어떤 이야기도 나눌 수 있을 것이다. 옷 입고 10년 동안 볼 수 있는 모습을 목욕하면서는 한두 시간에 확인하며 마음을 터놓을 수 있는 좋은 기회가 아닐까.

"너무 잠만 자지 말고 아이들 데리고 목욕 좀 가 줘요."

언제부터인가 남편에게 타이르듯 말했다. 상식 부족인 것처럼 타박도 했다. 아버지로서 당연히 해야 하는 가사 일과인데, 단 한 번도 하려는 기미가 없었다.

아무리 생각해도 이해가 되지 않았다. 아무도 대신할 수 있는 일이 아니지 않는가. 이따금 '무슨 이유에서일까, 바빠서 그럴까?'라고 이해하려 노력했다. 하지만 이런 핑계는 어떤 아버지에게도 성립이 안 되는 일이었다. '형수 몸 때문에 남의 눈을 의식해서 꺼리는 것일까'라고 생각했다가, 남자라 생리학적으로 나와 생각이 다를 수도 있겠다는 결론을 내렸다. 정녕 그렇다면 남편은 썩 내키지 않는 마음에 또 얼마나 혼란스러울까. 목욕을 시킬 때쯤이면 나는 착잡한 기분에 우울했다.

아무리 그래도 아빠를 대신할 사람이 없으므로 아빠라는 존재는 어떤 문제도 초월해야 한다. 용감히 극복하고 긍정적인 인식으로 현실주의가 되었으면 하는 바람이다. 수없이 많은 눈초리를 받는 고통을 알고 있다. 남도 아닌 자기 아들이다. 얼마든지 부모의 태도에 따라 그 고통의 크고 작음이 달라질 수 있다. 어떤 상황에도 '당당함'만이 형수의 굳은 의지를 기르는 데 조금이라도 보탬이 되리라 믿는다.

1981년 6월 26일 먼 훗날 형수가 어른이 될 때면

신문 잡지 어디에든 '장애자'나 '장' 자만 눈에 띄면• 금방 눈이 환

• 이 일기에는 신문기사가 하나 오려 붙여져 있다. 제목은 "일반 건물론 부산서 첫 장애자 위한 경사로 만들어"이다.

해졌다. 혹시나 희소식이라도 있나 싶어서다. 부푼 기대를 안고 들여다보다 허탈함과 실망만 남은 경우가 많았다. 시간 낭비한 셈이다.

"역시 내 방식대로 키우는 방법이 최선이구나."

이 세상에 훌륭한 이들은 물론 경제력 있는 이들이 분명 많을 텐데, 왜 오늘까지도 장애자 관련 제도나 교육은 이토록 미흡할까. 어느 한 가지 잘난 것, 가진 것 없는 내 생각에도 미치지 못하는 현실이 안타까워 스스로 냉정해졌다. 의논도 도움도 청할 데 없이 외로이 투쟁해야 한다. 그 두려움 때문에 나 외에 이웃을 살펴볼 겨를이 없었다. 인정이 메마른 듯도 하다. 이래서는 안 된다. 먼 훗날 형수가 어른이 되면 분명히 이웃이 필요하고 정을 느끼면서 살아야 할 때가 있을 것이다. 문득문득 이런 불안이 올라와 더 마음이 바빴다.

하지만 이런 개인의 욕심은 장애자의 편익에 도움이 되지 않는다. 대부분 사람이 '나 먼저'라는 이기적인 욕심을 하루빨리 버려야 한다. 사회가 있고 나라가 있어야 내가 존재할 수 있지 않을까. 그러기 위해서는 마음의 수양, 즉 안정이 있어야 한다. 물질보다 풍요로운 정신이 그 안정을 찾아 줄 수 있지 않을까. 오늘 기사를 보며 나 역시 반성해야겠다고 생각했다. 이기적인 나 자신이 부끄러웠다. 개개인의 집보다는 공공건물에 장애인의 편익 시설이 있어야 '함께, 더불어'라는 말이 더 의미 있을 것이다.

4

엄마의 약속

서른둘~서른세 살

1982년 2월 초순 우리 가족 모두의 몫이다

치료받을 때 고통을 참느라 원망스레 울부짖는 소리를 듣노라면 내 애간장이 녹아내리는 듯하다. 하지만 "엄마, 미워! 엄마, 미워!" 라고 서럽게 울어대는 형수의 울음소리는 견딜 만했다. "오늘 밤부터는 엄마, 아빠 말고 형과 함께 너희 둘만 자야 하니 너희 방으로 가야지." 이렇게 말하면 형수는 엉금엉금 기어가면서 울었다. 하지만 그 울음소리도 별로 가슴 아프지 않았다. 더 일찍부터 습관을 들였어야 한다는 것을 알았지만, 아직은 첫째도 형수의 잠자리를 몇 번이고 보살피기에는 어렸다. 뇌성마비아들은 잠을 깊이 자지 못한다. 순간순간 놀라 깰 때면 품에 안아야만 마음이 안정되어 경기를 막을 수 있다. 감당하기에 민수가 너무 어린 나이라 차일피일 미뤘다. 하지만 차츰 훈련을 시작해 적응하도록 해야 한다.

오늘 "엄마, 미워!"라며 우는 저 소리는 어리광이 섞인 느낌이라 민수와 난 서로 눈을 끔벅이면서 쳐다보고 웃기까지 했다. 물론 민수는 걱정이 가득했다. 형수는 한밤중이 넘어가야만 겨우겨우 잠이 드는데 그 잠도 곤히 들지 못하기 때문이다. 차라리 함께 자는 편이 훨씬 편했다. 연탄 난방이라 방문을 반쯤 열고 늘상 조심해야 했다. 이런저런 불안함에 나 역시 자는 둥 마는 둥 했다. 잠잘 때만큼이라도 편히 자야 하는데 그때도 걱정뿐이었다. 나뿐만 아니라 가족 모두 말이다.

엄마로서 가장 미안한 이는 첫째다. 어린아이인데 잠잘 때도 긴장하고 걱정해야 한다니. 우리 가족 모두의 몫이라고 항상 강조하지만, 오늘따라 민수의 어깨가 무거워 보였다. 그래도 끝내 '우리 가족 모두의 몫이다'라는 결론밖에는 다른 위로 방법이 없었다. 모두가 힘닿는 곳까지 최선을 다해 현실을 인정하고 슬기로움을 찾는 지혜가 필요하다.

1982년 2월 중순 형수야 이게 뭐고?

도화지에다 그림을 그린 것일까, 종이 위에 낙서를 한 것일까. 손과 팔에 있는 힘을 다해 움켜잡은 크레용이 뭉개져 범벅이 되었다. 위에서 아래로 그리는 것인지, 옆으로인지, 아래로인지 분간조차 할 수 없었다.

"형수야 이게 뭐고?"

"이거 나무, 소나무다. 이건 배다."

"물 위에 떠 있는 큰 배?"

나도 선생님도 형수한테 설명을 들어야 알 수 있었다. 그림 그리기를 시도한 것만으로도 인정해 주자. 크레용을 잡을 수 있는 능력이 생기고 도화지에다 그릴 수 있다는 감성과 의지가 얼마나 대견한지 모른다. 또래들과 책상 앞 의자에 앉아서 비틀어진 몸으로 혼자서 하려는 의지가 너무나 고맙고 대견했다. 한쪽 구석에서 엄마가 기다리고 있을망정 아랑곳하지 않고 무언가 시도했다는 게 눈물이 났다.

불가능하리라 생각했는데, 벌써 한 달 만에 흥미를 찾은 듯 마음과 달리 몸놀림이 따라 주지 않아도 짜증 한 번 내지 않았다. 이른 아침에 병원에서 치료받는 피곤함도 잊은 듯 열중했다. 얼마나 다행인가. 왜 좀 더 일찍 시작하지 않았을까, 미안했다. 학원 선생님께서 이 불편한 아이를 가르치려고 하실까, 혹 거절하면 얼마나 실망스러울까, 그때 받는 충격을 나와 형수가 감당할 수 있을까 등등 오만 생각을 다 했었다.

어찌 보면 형수의 아픔보다 거절의 순간에 서러워할 형수를 보는 게 더 두려웠는지도 모른다. 엄마로서 생각이 짧아서 자칫 이런 기회를 놓친다면 훗날 두고두고 후회하게 될 것이다. 늦게나마 서둘러 도전하고 도전할 수 있는 지혜가 있는 나 자신에게 고맙다.

더불어 아직은 긍정적으로 형수의 도전을 배려해 주시는 미술학원 선생님, 그리고 학원의 또래 친구들에게 내가 잠시나마 속단한 것에 대해 죄송한 마음이었다. 저토록 용기를 얻어 자신감이 생겨나고 발전하는 형수의 도전을 같은 처지에 있는 여러분들에게도 전하고 싶었다. 그래서 '할 수 있다'는 평범한 진리를 깨우쳐 주고 싶었다.

1982년 2월 하순 큰아이의 미래를 그려 본다

"엄마가 도와 주지 않아도 넌 할 수 있어!"

이 말만으로도 민수에게는 얼마나 불안한 날들이었을까. 그뿐이던가. 엄마와 동생을 도와야 하는 무거운 짐을 지우지 않았던가. 짐뿐이 아니다. 혼자일 때는 그 외로움을 감당하기 힘들었을 것이다.

형수와 함께하는 모든 시간, 모든 하루를 민수의 그림자와 함께했다. 아무리 급해도 '민수는?' 하는 염려를 잊지 않으려 했다. 그리고 내 삶의 철학처럼 지키려고 노력했다. 그런데 오늘 '아차' 하는 순간의 실수와 부주의로 오늘은 물론 영원히 모든 이들에게 걱정과 염려를 남기고 말았다. 나의 실수를 용서치 않으리라, 수없이 후회하고 반성했다. 그러면서 오늘 다시 한번 큰아이의 미래를 그려 보았다.

'아들아, 그저 밝고 건강하게만 자라다오. 동생 때문에 엄마, 아빠가 너한테 소홀히 하더라도 이해해다오. 엄마, 아빠에게 너와 형수는 똑같이 사랑스럽고 소중한 존재야. 절대 서운함만큼은 눈에라도 담지 말고 너만의 꿈을 품고 그 꿈을 향해 가자꾸나. 엄마는 널 믿어. 꼭 밝고 건강한 아들이 될 것이라 굳게 믿어. 3월이 되어서 형수가 학교에 입학하면 엄마의 일과가 지금보다 몇 배로 바쁘게 될 거야. 봄방학 동안은 그동안 부족했던 수업의 예습, 복습도 하자. 그리고 예체능에 부족한 면이 눈에 띄어도 학원 등에 보낼 여력이

안 되니 다른 방법을 찾아보자.'

민수를 학원에 못 보내고, 그렇다고 그냥 놀게 두면 정서에 좋지 않을까 걱정이었다. 하지만 방학 동안만이라도 약간의 도움이 될 수 있다면 보내야 했다. 그리고 무엇보다 엄마와의 시간을 많이 만들면서 말로만 이해시키기보다는 행동으로 실천하면서 아이가 스스로 느끼게 해야 할 것 같다.

1982년 3월 5일 입학 전야

간밤을 꼬박 뜬눈으로 지새우며, 얼마나 많은 생각이 오갔는지 모른다. 학교에 가서 오줌이 마려우면 형수 혼자 어떻게 화장실에 갈까. 목발을 겨우겨우 옮겨서 걷는데 반 동무들이 우르르 몰려서 다치면 어쩌나. 오른손으로는 아무것도 할 수 없는데 글자를 쓸 때 아이들의 놀림에 기가 죽으면 어떻게 하나.

유치원을 안 다녀서 글 읽기는커녕 하나에서 열까지 셈도 잘하지 못했다. 이름을 겨우 쓰는 둥 마는 둥 했다. 언어 발달이 미숙하고 호흡장애로 언어 전달에 장애가 있다. 이를 훈련하는 치료를 받는데 속도가 느려 소통에 문제가 있을 것이다.

아침 일찍 등교할 때면 사립학교인지라 고급 승용차가 많았다. 우리 차는 짐차라 겨우겨우 비좁은 등굣길을 가면 혹 소심한 형수가 거부라도 할까 봐 내심 초조했다. 친구들과 학용품이 너무 차이나 열등감을 느낄 수 있었다. 이런저런 환경을 비교해도 어느 한 가지 우월한 면이 없기에 놀림이라도 받으면 동심을 다칠 수 있다. 이 많은 차이점을 내 아들 형수가 과연 극복할 수 있을까.

만약 단 한 가지라도 이기지 못할 때는 겨우겨우 얻은 성취감마저 송두리째 잃어 버리지 않을까. 전부를 얻으려 욕심부리다가 그나마 하나 얻은 작은 소중함마저 잃는다면 나 또한 실수라고 자책하며 후회할 것이다. 차라리 형에게 도움을 청할 수 있게 형이랑 같은 학교에 보낼까. 이런저런 갈등으로 머릿속이 복잡했다.

1~2년 전부터 틈만 나면 형수의 진학 문제로 얼마나 온몸으로 가슴 아프게 고민을 했던가. 새삼 처음인 것처럼 잠 못 이루면서 고민했다.

"그래. 부딪쳐 보자."

어려움이 있으면 그때 가서 긍정적으로 받아들이자고 결심했다. 이 모든 게 내 몫이라고 긍정적으로 생각하기로 했다. 그렇게 되면 문제에 대한 슬기로운 지혜, 해결의 실마리가 나는 물론 영리한 내 아들 형수한테도 생길 것이다.

스스로 해결하는 자세로 대면하기로 했다. 누가 상대가 될지라도 원망은 절대 하지 말고 오히려 그들을 이해하면서 설득하는 아량을 베풀자. 그러면 먼 훗날 장애자들의 삶의 모범이 되어 모두에게 인식 전환이 되는 존재로 나아가리라 믿는다. 그러기 위해서는 가장 가까운 가족들부터 최선을 다하는 자세가 필요했다. 이를 다짐하면서 꼬박 날을 새고 입학 전야를 맞았다.

돈 주고 산 책상과 엄마 손으로 만든 책상이 있었다. 어느 책상이 더 형수한테 적합할까. 교육보험에서 보낸 책상은 근사하지만, 형수 키에 맞지 않았다. 앉으면 턱까지 올라와 한참 후에나 맞을 듯했다.

병원에서 치료하듯 앉는 자세를 고정하고 글 쓰는 자세를 바로 잡는 데 책상과 의자가 꼭 필요했다. 더욱이 형수가 앉으려면 형수에게 정확히 맞는 치수여야 했다. 남편에게 몇 번이고 만들어 달라고 부탁하고 사정했지만 "이제 겨우 입학했는데 뭐 그리 급하냐?"는 핀잔만 돌아왔다. 빨리 포기하고 내 힘으로, 내 의견으로 진행하는 것이 훨씬 빠르고 상처받지 않는다는 결론에 이르렀다. 오늘 책상을 만든 것도 그래서였다.

마당 한 구석에 내버려 둔 앵글, 판자 등을 조이고, 자르고, 문질러 종일토록 만들었다. 키도 재고 다리도 재고 이리저리 재느라 바빴다. 튼튼하게는 만든 것 같은데 모양이 너무나 볼품없었다. 불만은 없었다. 아무려면 어때, 형수한테 큰 책상이 생겼는데. 당분간만 사용할 것이라고 스스로 위안하면서 형수를 앉혔다.

"형수야, 한번 앉아 보자."

"엄마, 참 좋다."

"역시 우리 엄마다. 엄마 솜씨 일등이네."

마치 어른이 아이를 대견스럽게 칭찬하는 듯한 표정이었다. 책상을 만드느라 손이 좀 아파도 다 괜찮았다. 형수에게 딱 맞는 책상을 만들어 준 것만으로도 보람 있고 행복했다. 내가 만든 책상을 사용하지 않을 때는 큰 책상 밑으로 밀어 넣었다. 엄마의 정성으로 형수가 편리하게 사용할 수 있어서 다행이었다. 오랜만에 형수의 환한 얼굴을 바라보면서 남편한테서 받은 서운함을 떨쳐 버리고 다시 기운을 차렸다.

1982년 3월 하순 형수의 등하교법

택시, 스쿨버스, 우리 집 짐차까지 형수의 등교법은 참 다양했다. 학교생활 하면서 앞으로 얼마나 많은 방법이 생겨날까. 아침에는 힘들더라도 아빠 짐차로 등교했다. 아빠의 출근 시간에 맞추다 보니 다른 급우들보다 거의 1시간가량을 일찍 등교했다. 좋은 점이 있지만 그만큼 일찍 일어나야 하니 잠이 모자랐다. 준비하는 게 느리고 챙길 게 많았다.

하교 때는 택시를 이용하는데, 큰 도로까지 30분가량을 걸어가야 했다. 아직은 힘에 부치니 병원 치료에 지장을 주었다. 스쿨버스를 이용하려면 집에서 먼 곳에 하차해야 할 뿐 아니라, 버스를 타고 내리는 데 어른들의 도움이 필요했다. 그 어떤 것도 100퍼센트 만족할 수 없었다.

그럼에도 하나를 선택하라면 스쿨버스 쪽이다. 가장 어렵지만 형수한테 유익했다. 어차피 내가 수위실에서 하교 시간까지 기다리는 셈 치고 대기하면 되었다. 그러다가 수업 중간에 교실로 형수를 데리러 갔다. 승차 시간에 맞추려면 서둘러야 했다. 가끔 나는 학생들과 함께 스쿨버스를 타고 하교했다. 버스 안에서 사회성은 물론 공동생활의 도덕심을 배울 수 있다. 특히 기사님의 배려로 제일 안전한 자리에 앉을 수 있으니 한결 마음이 놓였다. 얼마나 고마운지 모른다. 이런 작은 배려가 우리 가족과 형수한테는 큰 희망이 된다.

1982년 4월 17일 조퇴도 결석도 안 된다

3일 내내 형수가 열감기로 눈마저 충혈되어 축 늘어졌다. 그래도 조퇴나 결석을 해서는 안 된다. 결석은 안 된다는 내 고집에 형수나 나나 똑같이 지칠 대로 지친 탓에 말을 잃은 채 등교 준비로 바빴다.

밤새워 냉찜질하느라 수북이 쌓인 수건, 이부자리도 채 개키지 않아 방에는 이불이 한가득하다. 몸 상태가 좋지 않을 때는 형수의 모든 근육이 긴장되어 있다. 옷을 갈아입히려고 팔을 빼고 끼는 동작을 하는데도 앞으로, 뒤로, 위로 온갖 묘기를 연출했다. 시간이 오래 걸렸다.

출근 시간에 늦겠다며 뒷짐 지고 이방 저방을 넘나들면서 말로만 재촉하는 아버지의 행동을 보고 아이들은 뭐라고 생각할까. 더군다나 오전에 일하고 퇴근해서는 곧장 밤낚시를 간다고 코펠, 버너, 쌀, 김치 등등을 챙기라고 재촉했다. 아빠가 아이가 아프고 힘든 상황에서 어찌 그런 말을 꺼낼 수 있을까. 처음이 아닌데도 오늘따라 정말 견디기 힘들었다. 마치 온몸의 피가 거꾸로 솟아 터질 듯하고 머리까지 화끈거렸다.

빨리 학교에 가야 한다는 일념 하나로 말을 잃은 채 마치 기계처럼 움직여 형수를 챙겼다. 병원에서 치료받은 후 학교에 갔다. 그야말로 아침 전쟁이었다. 형수가 겹겹이 닥치는 이 고통을 제발 참고 견디기만을 온몸으로 오직 나 자신한테 기도했다.

1982년 4월 23일 형수도 소풍 갈 수 있다

"엄마, 과자는 많이 안 사도 괜찮다. 김밥만 싸 주면 돼요. 그리고 내 데리러 빨리 오지 말고 천천히 와도 된다. 내가 걷다가 다리 아프면 풀숲에 앉아 쉬어 가고, 뒤따라 가면 된다. 엄마도 다른 엄마들처럼 천천히 데리러 와도 괜찮다."

이른 아침인데 함께 일어나 부엌을 내다보며 형수가 조잘댔다. 난 형수의 말들이 맞는지 틀리는지 헤아리지도 않고 "응응" 대답만 했다. 오늘 하루 형수의 고생이 눈에 보이듯 훤했다. 상상이 안 될 만큼 힘들까 봐 김밥을 싸는 손이 떨리기까지 했다. 어젯밤 시어머님 말씀이 내내 귀에 맴돌았다.

"그런 몸으로 무슨 소풍이냐. 어찌 남들 하는 거 다 할라고 하노. 엄마, 아버지 고생만 하지. 집에서 과자나 사 먹고, 소풍은 가지 말지!"

차라리 모르는 척이나 하시지. 시어머님의 그런 말씀이 형수한테 어떤 영향을 주는지 단 한 번이라도 생각하면서 뱉는 것일까. 형수에게 소풍은 수업의 연장이었다. 현장 학습 시간만 다를 뿐 다른 친구들과 똑같이 진행해야 하는 것이다. '힘든데 소풍을 어찌 가냐'

라는 생각은 눈곱만큼도, 단 한 번도 하지 않았다.

형수는 한껏 들뜨고 엄마는 불안했다. 형수의 들뜬 기분을 망치기 싫어 형수와 같은 눈높이로 바라보는 것이 바로 엄마인 내 몫이다. 가장 가까운 가족이 한마음이 되기를 바라지만, 번번이 그 꿈은 빗나갔다. 행여나 형수가 상처받을까 전전긍긍하고 가슴이 아팠다. 뼈를 깎는 듯한 가슴앓이를 할 뿐이다. 남편이나 시어머니가 과연 이해하려고 노력이나 하실까.

소풍 장소는 그 또래 애들이 어릴 적 한 번쯤은 간 적 있는 금강공원 식물원이었다. 하지만 장소는 아무 상관이 없다. 소풍을 통해 친구들과 어울리는 즐거움을 맛보는 데 더 큰 의미가 있다. 다행히 학교 측에서도 차가 오가기에 충분한 장소를 골라 고마웠다. 같은 반 동무들이 한 손을 잡고 오르내리고 때로는 업어 주었다. 뒤처져 따라다녀도 구석구석 빠짐없이 여기저기를 구경하며 가슴과 눈의 깊숙한 곳까지 가득 채웠다. 형수의 그 표정을 생각하니 조금도 힘들지 않았다. 우리가 정말 잘하고 있구나, 스스로 위로하기로 했다.

1982년 5월 8일 딸의 사정

"엄마, 일찍부터 기다리지 마셔요. 형수 학교 갔다 와서 병원에서 물리치료 받고, 또 저녁밥 지어 차려 놓고 늦게나 갈 거예요."

미리부터 이쪽만을 바라보며 기다리시는 애타는 엄마의 가슴을 짓누르기라도 하듯 엄마에게 기대를 버리시라고 말했다.

오늘 같은 날 느긋하게 마음껏 서로 마주 보며 모녀의 안타까운 정일망정 주고받을 수 있으면 좋으련만, 오늘은 너무나 숨 가쁜 하루였다. 이런 날에는 넋두리도 사치였다.

엄마를 잠시 만나고 돌아가는 길에 하늘의 휘영청 밝은 달이 내 안타까움을 달래는 듯, 마음 바쁜 발걸음을 환하게 비추어 인도해 주었다. 이렇듯 감사하는 마음으로, 지금의 내 현실에 묵묵히 순응하는 자세로 기다리고 인내하며 조금씩 조금씩 나아갈 뿐이라 생각했다. 그리고 먼 훗날 내 두 아들이 이 순간의 내 마음을 알아 주기를 기원했다.

1982년 5월 20일 받아쓰기 0점

산수 50점. 아직 3학년이라 저학년 또래 사이에서는 점수 차이가 크지 않고 조금만 신경 쓰면 점수가 높아질 것인데, 다른 과목은 그래도 높지만 산수는 너무 차이가 났다. 그동안 무심했던 내 탓이다. 알아서 잘하려니 안도하고 방임해서일까. 아직은 미숙하고 발달하는 과정이니까 지금부터 정확히 관찰해 계발시키면 아직은 늦지 않으리라 생각했다.

나름의 방법으로 1~2학년 수준에서부터 시작하기로 했다. 기초를 이해시키는 데 많은 시간이 필요했다. 그렇지 않아도 입학 때부터 각오했다. 학습이 뒤처질 거라 예상했으니까. 또래들 대부분은 취학 전 학원, 유치원 등에서 조기교육을 받았다. 하지만 우리 아이들은 형수 병원에 가는 일 말고는 없었다. 첫째도 태권도 도장 하나뿐이다. 그리고 나 또한 학습 면에서 욕심이 없었다. 그런데 막상 시험 점수 앞에서 충격을 받았다. 오늘까지 겨우 이틀을 산수의 숫자 개념을 이해시켰는데, 모든 문제를 정복한 듯 민수 얼굴에서 자신감이 묻어났다. 덩달아 나도 자신만만해졌다.

절대 두려워하지 말자. 이해만 하면 어떤 문제도 해결하는 재미를 찾을 수 있다. 그리고 가장 가까이에서 가장 많이 사용하고 접하는 숫자들을 아는 것이 필수다. 아직은 그럴 수 있는 나이니까 지금부터 시작하면 된다. 입학 때 이름을 쓸 줄 모르고 손가락 뽑아 10까지 셈할 수도 없었는데 지금은 어떠한가. 국어나 다른 과목은 거의 다 높은 점수를 받고 있으니 괜찮았다. 포기하지 않고 꾸준히 재미있게 노력하면 꼭 잘하는 학생이 될 것이다.

형수의 받아쓰기는 어떠한가. 읽기는, 발표는. 받아쓰기 0점이다. 하지만 발표는 반 아이 중에서 제일 잘하고 많이 한다. 어떤 질문에도 모르는 것이 없다. 그래서 아이들이 자주자주 놀랐다. 발표하려고 팔을 들어야 하는데 그 동작이 쉽게 안 되니까 소리치면서 시켜 달라는 자기 뜻을 전달했다. 교실이 쩡쩡 울릴 정도이니 그냥 지나칠 수 없었을 것이다. 그런데 쓰기는 안 된다. 글자를 모른다기보다는 글자를 쓸 수 있는 기능이 되지 않은 탓이다. 겨우 두 달의 훈련으로는 글자를 저 나름대로 쓴다 해도 남이 알아보기는 어려웠다. 아직 훈련이 제대로 되지 않았다.

형수는 약간이라도 왼손을 쓰는 게 가능했다. 하지만 왼손으로 글씨를 쓰려면 엄청난 노력과 인내가 필요했다. 형수도 나도 말 그대로 피나는 노력을 해야만 했다. 선생님께서 읽을 수 있는 능력이 충분하니 쓰는 걸 기다리며 노력하고 인내하자는 위로와 용기를 주셨다. 우리 모두 각자의 몫으로 분담할 뿐이다. 시험지에 아는 글자가 나오면 눈이 초롱초롱해지는 형수를 바라보면서 선생님도 웃고 나도 웃었다. 그 상황을 우리 모두 허탈한 재치로 받아넘겼다.

1982년 6월 5일 오른손 훈련

왼손에 주머니를 씌우고 왼손을 책상 모서리에 동여 묶었다. 그래도 자꾸만 왼손으로 가려는 연필을 뺏어 오른손에 쥐여 주었다. 어차피 왼손도 글씨 쓰기에 원만하지 않을 바에야 지금부터라도 오른손으로 쓰는 훈련을 시작하기 위해서다. 몇 날 며칠 여러 군데를 방문해 여러 사람한테 상담을 받았다. 믿으면 가능하리라.

하지만 며칠뿐이었다. 처음 하루 이틀은 주머니를 잡아당겨 빼려고 물어뜯다가 팔목에 멍이 들었다. 하는 수 없이 담임 선생님께 야단을 맞았다. 형수는 슬쩍 놀란 데다 선생님께서 짝꿍까지 지적하면서 채찍질을 하니 아무런 투정 한 번 부리지 않고 순순히 "그렇지" 하면서 자제하고 노력한다. 형수의 용기를 칭찬하고 싶다.

일주일 지난 오늘, 훈련이 많이 되었다. 무엇보다 새로운 발전에 한층 밝아진 형수 표정이 대견스러웠다. '하면 되는구나'라는 엄마의 막연한 철학이 시시때때로, 사건마다 적중한다는 믿음을 가져주어 새삼 고맙다.

나 또한 '이제 더는 바라지 않으마'라고 할 정도로 대만족이었다. 그 어떤 발전, 희망보다도 큰 것을 성취한 듯했다. 아직은 왼손보다 잘 쓰지 못한다. 하지만 형수의 하려는 의지와 하면 된다는 신념,

해야 한다는 사명 등이 형수가 앞으로 평생 지팡이 삼아 걸어갈 철학이 될 것이다.

지혜로운 내 생각 앞에 감사하고 싶다. 앞으로 힘든 나날이나 순간순간에 오늘의 이 감격을 되뇌면서 밑거름을 주듯 이 기분으로 재충전하리라 믿고 싶었다. 형수야, 정말 기쁘다. 앞으로 이런 순간들이 여러 번 우리에게 있을 거야. 기쁜 마음으로 열심히 노력한다면 이런 순간들이 또 찾아올 거야.

1982년 6월 21일 현장 학습

끝이 보이지 않는 바다만큼 내 아들 형수에게도 넓은 꿈이 있어야지. 모래알처럼 많고 많은 꿈을 내 아들 형수도 가질 수 있고 이룰 수 있는 권리가 있을 것이다. 반 동무들이 저희끼리만 물속에 들어가 버려 물끄러미 바라보며 쓸쓸한 바닷가의 서러움을 맛보는 현장 학습이 된다면 어떻게 할까.

간밤에 잠시 '차라리 그만둘까?'라며 스스로 소외감을 자처했던 판단이 퍽 원망스럽고, 형수한테 미안했다. 형수는 옷을 입은 채 물가에서 첨벙첨벙, 목발 밑으로 샘을 만들면서 가다 쓰러졌다.

"아이 추워. 큰일났네!"

형수는 그대로 모래사장 위에서 뒹굴었다. 조금은 차가운 기온이지만 아무래도 좋았다. 형수가 기어다니면서 모은 각기 다른 조개껍데기들보다 더 많은 종류의 인간들이 떠올랐다. 그중 한 사람이 바로 내 아들 형수일 것이다.

오늘 반 동무 150명 가운데 한 사람도 이상하다거나 불편하니까 물놀이를 가지 말자고 하지 않았다. 반 친구들이 빙 둘러 모여 바닷물 속에서 건져 온 해초, 주워 온 돌멩이와 조개껍질 등을 꺼냈다.

"형수야, 이거 니 해라."

그 누구보다 풍성한 현장 학습이다. 마치 왕자라도 된 듯이 으쓱한 행복감을 형수한테서 엿보았다. 내 아들 형수는 그대로 느낄 수 있을 테니까. 고마운 친구들이었다. 어떤 차별 없이 형수를 있는 그대로 봐 주는 선생님들께 감사했다. 친구들과 선생님들에게 오늘은 물론 먼 훗날 더욱 진한 감사를 전하고 싶었다.

1982년 7월 4일 엄마, 정말 나도 잘 걸을 수 있겠나?

"엄마, 정말 나도 잘 걸을 수 있겠나?"

"우리 그때 약속했잖아. 학교에 들어갈 때쯤 목발 짚고서라도 걷게 된다고. 그래서 그토록 아픈 치료도 참고 열심히 받았는데 뭐. 또 목발 짚는 연습, 훈련 열심히 받으면 좀 더 잘 걷게 될 거야."

나는 약속했다. 지금까지 엄마로서 형수에게 약속한 것 그대로 되지 않은 게 있었던가.

그런데 왜 그렇게 바닥을 미끄럽게 설계했을까. 양쪽으로 전시된 상품 때문에 통로는 겨우 형수 혼자만 지나갈 수 있을 정도로 좁았다. 다른 이들이 지날 때면 넘어질까 봐 내가 잡기도 위험천만하다. 그래도 처음 보는 지하상가를 구경하고 싶고 걷고 싶었다. 지하상가는 계단이 많은 데다가 급경사라 그야말로 위험한 곳에였다.

하지만 그 어떤 것도 상관없었다. 우리는 이미 대문을 나서 지하상가로 구경을 나섰다.

아직은 형수가 일반 버스를 타기는 쉽지 않았다. 차라리 목발이 없으면 업든지 손을 잡아서 타겠지만 위험 부담이 컸다. 버스 기사의 눈총도 만만찮을 것이다. 이 또한 우리 모자는 상관없었다. 하지만 체력을 위해서 오늘만큼은 택시를 타기로 했다. 택시에서 내리는 순간부터 우리는 마치 무슨 시험을 치는 심정으로 오갔다. 그 거리가 200미터쯤 되었다.

아무 곳에라도 주저앉아야 하는 이 절박함을 형수와 나 말고 누가 알까. 휴게실에 앉아 큰 숙제라도 푼 듯 기쁜 마음으로 아이스크림을 사 먹었다. 1시간가량을 긴장으로 수축해 버린 근육 탓일까. 입으로 가져가는 손이 부들부들 떨린다. 눈 맞춤을 하면서 형수와 이야기했다.

"손은 왜 이래, 다리가 수고했는데?"

"다리를 잡느라 지도 수고했을끼다."

턱까지 아이스크림 뒤범벅이 된 형수의 얼굴을 닦으면서 "와, 내 아들 이쁘다"고 했다. 그래서 또 한 번 웃어야지!

1982년 7월 20일 얼마나 재미있는데

외로운 방학, 아니 얼마나 즐거운 방학인가. 방학이 뭐 그리 중요한가!

"와, 좋다. 우리 누구누구하고 어디 어디 갈 건데, 형수는?"

"난 병원에 열심히 가고 외할머니 집에 갈 거야!"

몇 달 동안 단 한 번도 지각, 결석, 조퇴를 하지 않는 알차고 즐거운 학교생활을 했다. 아무리 피곤해도 "학교 가야지" 하고 일찍 깨웠다. 남들보다 1시간가량 일찍 일어나야 하는데도 사명감처럼 군소리 한 번 없이 등교했다.

"오늘 비도 오는데 학교 가지 말고 집에서 책 읽고 공부하자."

"안 된다. 절대 안 된다. 큰일난다. 얼마나 재미있는데."

두말할 틈을 주지 않았다. 은근히 역자극을 가하는 엄마의 생각을 모르는 채 울상을 지었다. 마치 엄마 아빠가 데려다 주기 귀찮아서 하는 말인 줄 아는 듯했다. 그때마다 얼마나 후회했는지 모른다. 학교생활의 즐거움을 송두리째 꺾어 버린 어른들의 단순하고 짧은 생각이 얼마나 잔인한가.

1982년 8월 중순 엄마는 모르죠?

"똑바로 잘만 가르쳐 주면, 나도 형아 말 잘 듣는다."

약간은 불만스러운 형수의 대꾸에 잠깐 멍해졌다. 실수가 있었는가. 반성할 기회를 얻은 듯 생각을 더듬었다. 거의 없었다.

어른인 부모도 잠깐씩 잊고 아무 생각 없이 행동할 때가 있는데, 하물며 겨우 두 살 터울의 비슷하게 사고하는 또래인데 오죽할까. 하지만 첫째는 어느 한순간도 야단맞을 만큼 눈살을 찌푸리는 행동을 보인 적이 없다. 어렵거나 때로는 난처한 심부름을 시켜도 거절한 기억이 없다.

그러고 보면 오늘 텔레비전에 나온 가족보다 우리 아들들이 더 감탄스러울지 모른다. 텔레비전에 국민학교 저학년인 누이동생과 한 반 짝꿍인 뇌성마비 오빠가 나왔다. 아주 중증이라 목발에 겨우 의지하고 손이 불편했다. 어른 못지않게 오빠를 보살피는 정성에 반 동무 누구 한 사람 놀리거나 비웃지 않았다. 고맙게도 모두 너무나 잘 보살폈다.

"형수야, 너도 저 방송처럼 어떤 경우에도 형아가 시키면 잘 듣는 동생이 되겠지?"

"내가 얼마나 잘 듣는지 엄마는 모르죠?"

잘만 가르쳐 주면 그랬다. 정말 그랬다. 오늘따라 더욱더 첫째가 고맙고 형수가 대견스럽다. 변함없이 형제애를 유지하리라는 희망을 품었다. 그러나 형에게는 쉽지 않은 일이다. 죽을 때까지 동생을 보살펴야 한다는 부담감이 얼마나 클까. 염려스러움에 마음이 무겁다.

1982년 8월 하순 나도 친구들이랑 꼭 같이하고 싶다

"나도 친구들이랑 꼭 같이하고 싶다."

형수의 말에 그저 미안하다고 할 뿐이다. 형수는 교실 바닥에 반쯤 누운 자세로 기어다니다가 엎드리기도 하며 한 달여 동안 그림 한 장 한 장을 그렸다. 그걸 정리하느라 손은 물론 양말이 반쯤 벗겨진 채 새까맣게 크레용 뒤범벅으로 왔다. '아차' 하고 후회했다.

"왜 신발을 벗었어? 걷지도 못하는데 그냥 책상에 놓고 의자에 앉아서 정리하지."

엄마인 나조차 이렇게 말하는데, 누군들 형수 마음을 헤아릴 수 있을까. 후에 형수의 설명을 듣고서야 "그렇구나!" 하고 반성했다. 부끄럽게도 엄마인 나는 자격 미달이다. 새삼 엄마에게 깨달음을 주는 형수의 지혜가 한층 더 고마웠다. 이래도 즐겁고 저래도 재미만 있을 뿐 형수 입가에서 끝없는 희망의 미소가 넘쳤다.

"그림 그리는 게 정말 재미있다."

진작 보낼 걸 그랬다.

"다음 겨울방학 되면 또 여기 미술학원에 오자."

반짝이는 눈망울 가득히 담긴 희망을 누가 막으리. 내가 생각이 짧아서 유아기에 일찍 시작하지 못한 게 참으로 미안했다. 그동안 형수의 능력을 과소평가해 한발 늦게 시작했다는 걱정 때문에, 형수가 자칫 어린 마음에 자신감을 잃지 않았으면 했다. 다행스러운 건 형수가 늦게 시작했다는 것에 개의치 않고 어떤 일이든 즐겁고 자신감 있게 임한다는 사실이었다. 형수의 그런 모습이 나에게는 희망을 품게 하는 힘이 되었다.

처음으로 자신의 꿈을 그린 이 그림들이 소중한 재산이 될 것이다. 더더욱 이런 꿈을 그릴 수 있도록 배려해 주신 미술학원 원장님 이하 선생님들께 감사드리고 싶다. 원장님이 "형수도 무슨 일이든 혼자 할 수 있겠네. 그렇게 하도록 노력하자. 꼭 할 수가 있으니까" 라고 가볍게 던진 그 한마디만으로도 아이들은 얼마든지 큰 꿈과 희망을 품을 수 있으니 말이다.

"엄마, 오늘부터는 집에서 기다려요. 내 혼자 올 수 있어요. 선생님이 오줌 눠어 주고, 책가방 챙겨 주시고, 수위 아저씨가 운동장까지 안아다 내려 주시고, 조수 형님이 차에 태워 좋은 자리 앉혀 주고. 친구들이 넘어지려면 잡아 주고, 이야기하고. 얼마나 재미있는지 몰라요. 너무 좋아요."

말 한마디 끼어들 틈을 주지 않고 단단히 준비라도 한 듯 줄줄 말했다. '정말일까? 그럴 수 있겠지. 그래 믿으마' 하며 반신반의했다. 그럼에도 내 입가에는 환희가 맴도는 듯, 천하에 모든 것을 다 얻은 듯, 부자가 된 듯했다.

이제 더 바랄 게 없다는 내 마음을 그 누가 짐작이라도 하겠는가. 하지만 '이것이 나와 형수에게는 최상이고 전부가 아닐까?' 하는 두려움이 함께 밀려 왔다. 주변의 친절이 형수한테 보탬으로만 돌아올까. 언제나 작든 크든 어떤 친절 뒤에 가려지는 두려움이 있었다. 어른인 나도 아직 확실한 주체 의식이 만들어지지 않았는데, 하물며 어린 형수한테야 어떤 기대를 할 수 있을까. 지금까지의 얕은 지식과 나름의 철학밖에는 믿을 데가 없었다.

형수가 원하는 범위까지만 다른 사람들이 응하기를 바랐다. 그 누구도 그 범위를 판단하기에 애매하기 때문이다. 다행히 형수는 스스로 원치 않으면 절대로 받아들이지 않았다. 이는 홀로서기에 큰 밑거름이 될 것이다.

1982년 9월 하순 운동회 참 재미있네

"엄마, 달리기하는 운동회 참 재미있네."

맨 앞자리 모랫바닥에 형수가 앉아 있었다. 정문에 들어서자마자 한눈에 목발이 보였다. 그런데 나란히 목발이 두 쌍 놓여 있었다. 형수 옆에 앉은 아이는 3학년이다. 이 친구도 장애가 있다. 둘만의 운동회를 하는 듯 자갈을 모으고 모래를 파 쌓았다. 누구보다 즐거워 보였다.

하지만 나는 그렇지 않았다. 아이의 백분의 일만큼도 즐거움을 느끼지 못했다. 그 어리석음이 순간순간 부끄러우면서 뭉클뭉클 서러움이 북받쳐 올랐다. 당황스럽게, 하늘로 얼굴을 들기도 전에 주르륵 눈물이 흘러내렸다. '왜 이러나?' 생각할 겨를이 없었다. 이토록 눈물을 참기 힘든 적이 없었는데 내 마음과 몸이 허약해진 탓일까.

그럼에도 나는 웃기로 했다. 저렇게 아이들이 즐거워하니 그걸로 되었다. 몸은 모랫바닥에 앉아 있어도 운동장에서 뛰는 동무들 그 누구보다 밝은 표정이니까. 그렇게 스스로 위로하면서 옆에 앉았다.

문득문득 부끄러웠다. 그리고 아무 일 없는 듯 흐르는 눈물을 지웠다. 나보다 더 지혜로운 형수는 뛸 수 없는 다리를 하나도 의식하지 않는 듯 모래 파고 자갈 줍는 것을 즐긴다. 나는 그 반만큼도 따라가지 못했다.

아침에 등교하려 할 때 남편이 형수에게 말했다.

"달리기도 못하고 다른 종목에 참석도 안 하는데 학교 가지 말고 병원에나 가자."

남편은 형수를 배려하는 척 몇 마디 던지고 출근했다. 반 친구들이 달릴 때 손뼉 치며 응원하고, 넘어지면 찡그리면서 아파할 줄 아는 지극히 평범한 내 아들의 희망을 박탈할 자격이 감히 누구에게 있는가.

1982년 11월 10일 케이크 사 오실까?

할 일이 많아 몸과 마음이 바쁜 형수에게는 케이크보다 잠이 필요했다. 저토록 찌그러진 케이크가 내 눈앞에 올 때까지 기다리고 기다렸다. 아이들의 잠든 얼굴을 바라보면서 얼마나 긴 시간을 기다렸는가. 왜일까. 그 케이크를 내가 먹고 싶어서일까, 아이들이 먹고 싶어 해서일까.

오늘따라 비바람이 유난히 세차게 불어 대문 여닫는 소리가 들릴 때면 아이들은 "이젠 아빠 온다. 케이크 사 오실까?" 하고 기대했다. 몇 번이고 바람을 원망하다가 쏟아지는 잠을 이기지 못해 아이들이 곯아떨어졌다.

"내일 아침에 일찍 깨워 주세요."

터질 듯한 꿈을 가득 안고 아이들은 잠에 들었다. 차라리 잠들기 전에 아빠가 케이크를 갖고 오는 건지 안 갖고 오는 건지를 확인해 주고 싶었다.

빗물 속을 철벅철벅 내딛는 발걸음과 동시에 현관문이 열렸다.

반쯤 찌그러진 케이크 상자가 눈에 보였다. 그때만큼 반가운 얼굴로 남편을 맞이한 적이 지금까지 몇 번이나 있었던가. 아이들이 기대하는 이상으로 내 마음도 황홀하게 기뻤다. 그토록 기다리는 아이들의 얼굴을 누구보다 확실하게 느낄 수 있는 이가 바로 나이기 때문이다. 그동안 간간이 남편한테 불만과 섭섭함을 보였던 과거의 수많은 날에 비해 오늘의 고마움이 한층 빛나는 탓인지 유독 고마웠다. 어느 쪽이라도 상관없다 싶다. 오늘의 이 고마움이 중요하니까. 그동안 불평했던 것에 대해 반성했다. 나의 그런 불평이 혹 아이들의 아빠에 대한 불신감을 키우지 않았는지 뒤돌아 차분히 생각했다.

1982년 12월 초순 왼손 주머니

이제 형수 왼손의 주머니를 풀자! 얼마나 다행인가. 처음 왼손에 주머니 씌울 때 얼마나 갑갑하고 답답했을까. 형수의 그 마음이 느껴져 진저리를 쳤다. 이제는 오른손으로 연필을 잡고 쓰는 게 습관이 되었다. 비록 아직은 글씨가 서툴러 알아볼 수 있는 사람은 담임 선생님과 우리 가족 정도이지만 말이다.

이렇게라도 오른손으로 글씨를 쓰는 습관을 들이는 것은 글씨도 글씨지만 운동능력 때문이었다. 장애가 심한 오른손을 조금이라도 발달시키기 위해서였다. 글씨는 오른손으로 써야 예쁘다는 핑계로 형수한테 자극을 주었다. 또 한 가지 핑계가 있었다. 2학년이 되면 도시락을 싸 와서 아이들과 함께 먹어야 한다. 다른 친구들은 오른손으로 먹는데 형수만 왼손으로 먹으면 놀림 받고 부끄러우니 열심히 훈련하자는 말로 담임 선생님께서 형수를 북돋워 주셨다.

내 나름의 철학을 아이에게 강요해 혹시나 어린 동심을 혼란스럽게 하나 싶었다. 어떤 것을 시작할 때마다 계산하고, 무언가를 시작하는 데는 다 이유가 있다고 강요하는 엄마가 되는 건 아닐까. 지난날을 뒤돌아보면 작든 크든 계획을 세우고 약속했고, 그날쯤이면 약속대로 비슷하게나마 도달하는 행운과 마주했다. 아주 빗나간 경우는 거의 없었다. 그래서 한결 약속에 대한 믿음이 생겼다. 오른손으로 글씨 쓰는 것 역시 마찬가지였다.

"1학기만 왼손을 쓰지 말고, 힘들고 어렵더라도 오른손으로 훈련하면 꼭 오른손으로 예쁜 글씨를 쓸 수 있어."

처음에 형수와 약속했을 때, 그때는 정말 아득했다. 연필은커녕 어느 것 하나 오른손으로 잡을 수 있는 능력이 없었다. 왼손은 힘겹게 밥 먹을 수 있는 능력이 전부였기에 이 얼마나 무모한 바람이었을까. 아무런 빛이 보이지 않는데 아이와 약속을 굳게 한 것은 위험천만한 태도가 아닌가. 만에 하나 이루어지지 않는다면 형수의 좌절을 상상할 수 없었다. 그러나 거기까지 계산하지 않았다. 어떠한 어려움도 문제없었다. 어떻게 해서라도 이루어야지, 이런 일념 하나로 고통과 시련을 각오할 수 있다고 생각했다. '내 아들, 형수야. 어떤 어려움이 있더라도 가능성은 있단다. 그러므로 열심히 노력하고 인내하면 무엇이든 이룰 수 있단다. 엄마만이라도 약속할게.'

형수의 글씨는 선생님과 엄마 외에는 아무도 알아볼 수 없다. 위아래 끼워 맞추기를 여러 번 해야 겨우겨우 글자가 되었다.

"우리 담임 선생님께 카드 보내야 하는데."

마음먹은 그 순간부터 온몸이 긴장하고 손과 팔은 긴장을 이기지 못해 뒤틀리기 시작했다. 그래도 써야 한다는 집념으로 해냈다.

"선생님, 감사합니다."

뒷말을 이어갈 줄 모르는 여느 아이들과 조금도 다를 바 없었다. 하지만 형수의 글씨체만큼은 다른 아이들과 달랐다. 선생님은 겨우겨우 읽고 답장으로 예쁜 카드를 보내 주셨다. 이렇게 해서 형수는 엄마와의 약속을 지켰다. 그리고 누가 봐도 불가능이라 생각하는 실오라기 같은 희망을 가능으로 바꾸었다. 노력을 통해 얼마나 힘겹게 얻은 대가인지 아무도 모를 것이다.

1983년 1월 초순 외할머니의 사랑

어느 곳, 누구한테 가면 제일 편안할까. 어떤 허물도 탓하지 않고 가슴으로 안아 줄까. 형수가 웃을 때마다 함께 웃어 줄 수 있는 이는 누구일까. 외할머니에게는 설사 걱정을 듣는다 해도 조금도 서럽거나 야속하지 않을 것이다. 내가 염치없이 혼자 욕심을 부리나 반성하지만, 아이들의 눈망울에서 확신을 얻었다.

포장하지 않은 마당의 자갈과 흙에 넘어지면 무릎에서 피가 심하게 났다. 그럼에도 아이들은 신나게 놀았다. 겨우 몇 발짝 옮길 수 있는 넓지 않은 흙바닥이지만 마음만큼은 넓은 공터였다. 아이들은 지금까지 땀 나게 뛰놀지 못한 한풀이라도 하는 듯 놀았다.

발바닥에 닿는 흙의 촉감을 느낄 수 있는 곳이 있다는 것만으로도 얼마나 행운인가. 비록 낡은 시골의 흙집이지만 이런 외가가 있어서 다행이다. 좁디좁은 도시에서 활동 범위가 제한된 형수의 마음은 어떠할까. 상상만으로도 답답해졌다.

나 또한 어디로 갈 수 있을까. 거창한 여행이 아니면 어떠한가. 내 아들 형수가 해맑게 꿈을 키울 수 있는 곳이면 충분하다. 멈칫멈칫하던 남편은 혼자 낚시를 떠났다. 남편에 대한 섭섭함은 그리 크게 문제 되지 않는 양 친정 나들이가 편안하기만 했다. 나만이 느낄 수 있고 찾을 수 있는 특권일까. 두 외손자의 얼굴에 끝없이 사랑을 퍼붓는 외할머니의 표정이 즐겁기만 하다.

1983년 1월 하순 실기시험 합격

몇 년 동안 망설이기만 했다. 우리에게 자동차는 생계 수단보다 더 절실한 것이었다. 어린 형수를 업고 다닐 때 지금보다 더 불편했다면 일찍 운전면허 딸 생각을 했을 것이다. '유아기에만 잠깐 치료를 받으면 괜찮겠지' 하는 마음에 굳이 위험천만인 운전을 감당할 생각이 없었다.

그동안 틈틈이 이론을 공부해 합격했기에 실기시험은 자신 있었다. 그런데 학창 시절 입학시험이 이만큼 긴장되고 초조했던가! 몸과 마음이 온통 얼어붙은 듯 추운 겨울바람만큼이나 아렸다. 추워서 그런 건지, 떨려서 그런 건지 잘 모르겠다. 애써 긴장을 달래면서 실기시험을 치렀다. 합격의 부름 소리가 하늘을 찌를 듯 크게 들렸다. 순간 눈이 훤해졌다.

"이제부터는 출근하는 아빠에게 재촉하지 않아도 되겠구나. 내 아들들과 더욱이 형수도 느긋하게 준비할 수 있겠어. 빨리빨리 하라고 재촉하지 않아도 되겠구나."

"빨리 해라." 그때마다 움직임이 쉽지 않아 얼마나 마음고생했나. 그것 때문에 형수의 성격 형성에 지장이나 주지 않는지 노심초사했다. 이제부터는 열심히 연수해서 애들을 데리고 다녀야겠다. 트럭이면 어떠한가. 내 아들에게 자동차가 자유로운 발걸음이 될 수 있다면 더 이상 바랄 것이 없다.

1983년 3월 2일 똑같이 2학년이 되고

무서운 계단 앞에 섰다. 깡충깡충 계단을 오르내리는 앙증스러운 발걸음을 상상했다. 형수는 겨우겨우 목발 짚고 위험을 무릅쓰고 죽을힘을 다해 오르내려야 했다. 안타까운 동정은 필요 없다. 형수에게는 '할 수 있다'는 벅찬 승리의 감격이 더 중요했다.

다른 반 친구들은 어려워서 못 하는 수업이라는 생각에, 교내생활을 형수 혼자서 해 낼 수 있는 양 내 어깨가 으쓱해졌다. 엄마의 이런 마음을 누구에게든 자랑하고 싶었다. 하지만 이 얼마나 하찮은 자랑인가. 말도 안 되는 사건이라 할 수 있지만 나는 너무 자랑스러웠다. 형수가 국민학교에 입학해 공부하고, 똑같이 2학년이 되고, 또한 2학년 교실이 있는 2층 계단을 오르내릴 수 있는 학생으로 발전하고 있음이 가슴 벅차게 자랑스러웠다.

학교에 다닐 수 있을까. 선생님 말씀을 알아들을까. 반 동무들과 어울릴 수 있을까. 화장실은 어쩌지. 계단까지 오르내리면서 수업 받을 수 있을까. 이것은 걱정이 점차 복잡해지고 많아지고 발전하는 엄마의 욕심, 과욕일까.

과욕으로만 머물지 않게 함께 노력하는 내 아들 형수의 인내와 자신감이 더없이 고마웠다. 이 자신감은 혼자 노력해 얻은 게 아니다. 반 친구들과 여러 친절하신 선생님들의 영향이 큰 몫을 했다. 한 계단을 오르고 내릴 때마다 응원과 격려를 해 주었다. 그전에는 상상도 못 한 일이 아니던가. 누가 그렇게 시킨 것이 아니다. 그 어떤 이도 방법을 일러 주지 않았다. 각자의 지혜를 보태고 더해 만들었다. 그들의 사랑을 받아서 그 어떤 궂은일, 좋은 일도 모두 내 것인 양 소화하는 형수의 긍정적인 성격이 고맙다.

1983년 3월 8일 형과 아우의 동승자

막상 결론을 내리고 나니 문득문득 '아닐까?' 하는 두려움이 있다. 동생의 아픔을 덜기보다 형한테 또 다른 아픔을 안기는 건 아닐까 걱정이 되었다.

"동생과 함께 같은 학교에 다니는 것이 좋겠나? 지금처럼 다른 학교에 다니는 편이 좋겠나?"

"내는 아무래도 상관없어요. 아무래도 형수한테는 보탬이 되지 않겠어요? 책가방이랑 목발이랑 들어 주기도 좋고, 가끔 스쿨버스도 함께 타기도 할 테니까."

정말 느낀 대로 말하는지, 의무감에 말하는지 망설임 없이 이야기했다. 그동안 순간순간 불안하고 초조했는데 자신 있게 결정할 수 있도록 도와 주었다. 얼마나 믿음직한 형이고 아들인가. 누구한테 자랑하고 싶었다.

하지만 내심 걱정되었다. 형수 때문에 학업에 지장을 받고 상처를 받는다면, 이 또한 부모로서 엄청난 실수이고 돌이킬 수 없는 후회가 될 것이기 때문이었다. 그러지 않기 위해 그 어느 것도 놓쳐서는 안 된다. 형제지간의 상처는 용납할 수 없었다.

"형수야, 약속 하나 하자. 어떤 경우에도 형이라고 도움 청하지 말자. 단지 넘어지거나 위험할 때, 옷에 실수할 때만 형한테 도와 달라 하자. 그때만 형이 도와 줄 수 있다는 의미야."

형수와 굳게 약속하고 다짐했다.

연제국민학교에서 사립인 동래국민학교로 첫째를 전학시켰다.

1983년 3월 중순 형수의 체육 시간

"형수 어머님. 형수도 체육 시간에 참여시키는 것이 좋겠지요. 자기가 하려고 하니깐요. 아마 정신 건강에도 도움이 될 거예요."

담임 선생님이 운동장 한구석 저만치서 지켜보고 있는 나한테로 걸어오더니 말씀하셨다. 그렇지 않아도 오늘, 내일에는 꼭 '형수도 체육 시간에 참여하게 해 달라'라고 말할 기회를 노리고 있었다. 아니, 선생님에게 부탁할 생각이었다.

형수가 반 동무들과 같이 체육을 하게 되면 별도로 신경 써야 하는 부분이 있을 것이다. 귀찮다고 생각할 수 있다. 그럼에도 형수를 위해서 체육을 하게 그냥 내버려 달라고 말하고 싶었다. 할 수 있는 동작은 따라 할 테고, 할 수 없으면 스스로 중단하더라도 개의치 말고 진행하라고 말씀드렸다.

동작이 안 되고 힘이 드니까 포기하고 형수에게 체육 시간에 멍하니 교실만 지키라고 하는 부정적인 교육은 원치 않았다. 체육이 이런 것이구나를 느낄 수 있고 맛볼 수 있는 권리를 누리게 하고 싶었다. 어느 것 하나 빠트리고 싶지 않았다. 물론 형수가 앞으로 감당해야 하는 어려움이 있을 것이다. 하지만 체육 시간에 생기는 불만 정도는 스스로 터득해 해결하는 과정이 공부 아닐까.

이따금 내 태도가 욕심을 부리는 이기적인 행동인가 뒤돌아본다. 반 정원 수는 생각지도 않고, 은근히 내 아이한테 특별히 신경 써 달라고 강요하는 것 같아 죄송하고 부끄럽다. 하지만 '내가 좀 죄송하고 부끄럽다고 형수의 의식 발달에 불이익을 받을 수는 없지 않은가'라는 위안으로 나를 다스렸다.

1983년 3월 하순 배신감

평소 불장난을 재미있어했다. 어떤 이유에서인지 아직도 잘 모르겠다. 지금까지 큰 문제가 생기지 않았지만, 혹시나 하는 불안감에 주의하고 주시할 뿐이다. 아이들을 두고 외출하는 날이 흔하지 않지만, 잠깐 나가려고 형수한테 협조하라는 식으로 약속을 받았다.

"형수가 숙제하는 동안 엄마 잠깐 외출하고 올 테니 약속하자, 불장난하지 말고. 엄마 형수를 믿어도 되겠지? 믿게 해 주면 엄마가 외출하고, 그렇지 않으면 외출할 수 없다. 어떻게 할까? 믿을까, 말까?"

"믿으세요."

분명히 약속받고 나섰다. '아차' 하고 불길한 예감이 영 가시지 않아 되돌아 방문을 열었다. 불 냄새와 함께 종이 타는 냄새가 났다. 그토록 굳게굳게 맺은 엄마와 아들의 약속이었다. 그럼에도 형수는 그 약속을 지키지 않았다.

'그래 형수의 입장이 되어 보자. 형수의 머릿속에, 가슴속에 들어가서 헤아려 보자. 아마도 이 정도의 사건으로밖에 판단하지 않는 의식을 할 때라서 그렇겠지.' 다시 한번 형수와 약속하며 아이가 성장하게 도와야겠다고 다짐했다. 스멀스멀 커지는 불안을 믿음으로 다스리려고 애썼다. 그리고 다시 한번 "엄마는 내 아들을 믿는다"라고 말했다.

1983년 6월 초 엄마, 나도 편지 받았다

형수가 도착하기 바쁘게 소리 지르며 들어왔다.

"엄마, 나도 편지 받았다."

호주머니에서 꼬깃꼬깃한 편지 두 장을 숨 가쁘게 꺼내 보였다. 반 여자아이한테 받았단다. 보고 또 보느라 저토록 수세미처럼 구겨졌을까. 부끄러움을 감추느라, 말을 제대로 듣지 않는 손가락으로 호주머니에 숨기느라 구겨졌을까. 얼른 나오지 않는 편지를 꺼내기도 전에 숨이 턱에 닿도록 마음부터 바빴다.

얼마나 감격했을까. 형수를 가장 잘 이해하고 감수하고 전부를 알고 있다는 가족들도 형수가 장애아라는 사실을 순간순간 잊고 지냈다. 그렇지만 형수는 아마 또래에게 소외감을 느껴 왔을 것이다. 그런데 얼마나 다행인가. 아이들은 형수를 오히려 그냥 친구로 대한 모양이다.

긴긴 편지가 선생님이 제자에게 말하듯, 천사의 사랑이듯 느껴졌다. 형수에게 용기와 위로를 주는 것 같았다. 이런 편지가 동무들 사이에는 지극히 평범한 일일지 모르지만, 편지 한두 장 건네는 관심이 형수한테 얼마나 힘이 되는 사랑인가! 내가 바란 것이 이처럼 반 친구들과 편지를 주고받는 평범한 아들이 아니었던가. 어린 가슴들에게 고마움을 보낸다.

1983년 7월 초순 물리치료사의 등짝을 후려쳤다

얼마나 자주 물리치료사가 바뀔까. 예측할 수 없을 만큼 많은 숫자일 테지. 단순히 의학적인 치료라면 바뀐다고 그리 큰 문제가 될까. 처방이 비슷할 테니 약도 비슷할 것이다. 하지만 물리치료는 엄격히 말하자면 마음의 치료이고, 아이가 자신을 형성하는 과정이다. 난 그렇게 생각하기에 물리치료사의 인격에 큰 비중을 두었다. 그동안 고맙게도 물리치료사가 기대 이상으로 형수를 잘 이끌어 주셨다. 아프거나 지루해서 심술부릴 때면 달래면서 해 달라고 부탁할 수 있을 정도로 인간미가 좋았다.

그런데 이번에 바뀐 물리치료사는 정말 너무 아니었다. 물리치료사 선생님이 입대하고 나서 새로 온 후배라고 하지만 너무나 아니다. 숨이 막혀 헉헉거릴 정도로 아파 울어댈 때도 하기 싫은 꾀병이라며 함께 짜증을 냈다.

"너는 울어라. 나는 정해진 시간 안에 빨리해야지."

애가 울어도 아랑곳하지 않고 마치 기계 다루듯 형수의 관절을 마구 꺾어댔다. 그러면 형수는 악을 쓰면서 울었다. 그에 대항하듯 물리치료사는 있는 힘을 다해 꺾었다. 참고 참고 또 참다가 오늘은 물리치료사의 등짝을 후려쳤다.

"달래 가면서 하세요."

마치 동생을 나무라듯이 말했다.

"팔다리만 꺾는다고 물리치료가 되는 게 아닙니다. 잘은 몰라도 의술 이전에 마음의 기술이 더 필요한 물리치료가 되어야죠."

단숨에 이렇게 말을 퍼붓는 내 모습에 나도 아연실색했다. 전문의인 그에게 사정이 아닌, 협조도 아닌, 호소는 더더욱 아닌 통보를 해 버린 것은 실수였다. 내 마음은 소리치고 싶은 아픔이었다.

내 아들의 아픔을 느낄 수 있는 물리치료사라면 이토록 무지하게 퍼붓는 말투를 이해하고 헤아리리라. 아픔을 지닌 모든 장애아를 위해 훌륭한 물리치료사의 자질을 기대해 본다.

1983년 8월 초순 왜 사람 없는 곳만 골라 놀러 가노?

"엄마, 우리는 왜 사람 없는 데만 골라서 놀러 가노?"

이렇게 묻기까지 아이들은 얼마나 망설였을까.

"조용하고 빨리 갈 수 있으니 좋지."

아이들의 물음에 적절한 대답이 되었나 모르겠다. 망설임 없이 대답하긴 했지만, 마음 한구석이 내내 불편했다. 좀 더 구체적이고 설득력 있는 대답이 있을 텐데 하는 아쉬움이 들었다. 누구한테 자문을 구해 볼까. 아니다. 형수와 가까운 가족 말고 가장 잘 아는 이가 누가 있을까. 가장 잘 아는 이가 전문의나 다름없다. 엄마인 내가 바로 전문의다. 물론 다소 표현력이 부족하고 방법이 미숙할 뿐이다.

엄마로서 아이들에게 넓고 높고 깊고 좋은 것만을 접하게 하고 싶었다. 하지만 아이들은 아직 그런 내 마음을 미처 깨닫지 못하는 나이다. 평범한 가족들이 흔히 가는 바닷가나 물놀이장이 아닌 깊고 깊은 산골짜기로 떠나는 여행이었다. 아이들이 풀 한 포기, 돌멩이 하나만이라도 온전히 느끼고 자연에 몸과 마음을 마음껏 풀어놓게 하고 싶었다. 그래서 아무도 없는 곳이어야만 했다. 그래야만 그 누구와 나누지 않고 온전히 누릴 수 있었다. 서투른 손짓발짓으로는 자신이 원하는 것과 불만을 제대로 이야기할 수 없으니 서럽기도 하고 화가 나기도 했다. 아직은 아이들이 잘 느끼지 못하지만, 곧 세상을 보는 눈이 점차 넓어지면 가장 먼저 감당해야 할 부분이기도 하다. 하지만 내가 택한 이 방법이 최선은 아니다. 비교할 수 있는 지혜를 키우려면 어느 쪽도 무시하면 안 된다. 그래서 지하상가처럼 여러 종류의 물건들과 사람들을 볼 수 있는 곳을 빼놓을 수 없었다. 지하상가는 미끄러운 돌바닥이라 목발을 옮겨 걸으려면 얼음판을 걷는 것만큼이나 위험과 어려움이 따랐다. 그래도 걷고 도전하면서 터득해야 했다. 남편은 아직도 이해 안 된다는 식으로 이야기했다.

"오늘 되게 할 일이 없었나 보네. 팔자 좋네."

나의 깊은 뜻을 헤아리기는 귀찮고 그저 성가신 듯했다.

"우리의 이 뜻을 알 리가 있나."

마치 우리만이 가장 귀한 보물을 찾아낸 듯 여기에 몰입하고 싶었다. 그리고 의기양양하게 "두고 봐라"라고 말할 뿐이었다.

1킬로미터가량 되는 지하상가를 점포마다 기웃거리며 관찰하고 아이들과 모험했다. 언젠가 우리 아이들은 지금 느끼는 아픔보다 몇 배 더 많은 어려움이 있는 현실 속을 함께 가야 할 것이다. 힘없이 미끄러지는 목발에 의지하면서 이 험한 길을 헤치고 이겨 내야 할 텐데…. 형수는 미끄러지지 않으려고 긴장하고 온몸에 힘을 주느라 땀범벅이었다. 그러니 휴게소에서의 아이스크림 하나가 얼마나 시원하고 달콤할까. 영문도 모르면서 아이스크림을 고된 탐험의 대가로만 여기는 아이들의 저 가슴에 내가 해 줄 수 있는 것은 무엇일까.

1983년 9월 초 엄마, 나도 상 받았다

형수가 신나서 뒹굴뒹굴했다.

"엄마, 나도 상 받았다. 와, 나도 상 받네! 상, 상, 상 받았다."

저 한 장의 상장이 이토록 위대한 힘이 될 줄 몰랐다. 그동안 여러 번 상장을 받아 오는 첫째를 대할 때마다 한껏 축하해야 하는데

반의반도 축하할 수 없었다. 형수의 눈치를 살펴야 했기 때문이다. 마음 놓고 기뻐할 수가 없었다. 오늘만큼은 마음껏 기뻐하자. 상이 크든 작든 상관없었다. 마음껏 좋아할 수 있는 기회가 왔다는 것만으로 족했다. 마음껏 용기 내고 기뻐하고 자신감을 가져도 누구 하나 탓하지 않으리라.

방학 동안 하루도 빠짐없이 충실히 일기를 써서 받은 상이다. 다른 아이보다 우수할 뿐 아니라, 개인적으로 용기 낼 수 있도록 배려해 주신 선생님의 마음을 형수가 얼마나 헤아릴 수 있을까. 겨우겨우 학교생활 적응하나 싶었는데 이 한 장의 상장으로 형수는 태산보다 큰 자신감을 받았다. 그 어떤 이론보다 참되고 값진 교육에 감사했다. 앞으로 형수를 키울 수 있는 방향이 잡히는 듯 든든하고 자신감이 생기고 위로가 되었다.

"그래 형수는 잘할 수 있다. 상장을 받을 만큼 최고로 하면 된다."

지금부터 그 자신감을 더더욱 온몸에다 심어 주리라.

1983년 9월 하순 형수의 지혜

나만 유별나서 그런 것일까. '따르릉' 하고 울리는 전화를 쿵쾅거리는 가슴을 누르면서 받았다.

"엄마, 형수예요."

반쯤 겁에 질린 듯한 목소리였다. 조심스레 말하는 형수의 모습이 눈에 보이는 듯했다.

"엄마, 옷에 설사했다. 팬티는 벗어 책가방에 넣어 놨다."

"아이고, 어쩌노."
"팬티 벗고 안 춥나?"
"수위 아저씨께 부끄러워서!"

다른 말은 하고 싶지 않았다. 내 아들 마음의 상처만 중요했다. 엄마는 이것이 걱정이었다. 그래서 내 아들이 약해질까 봐 기죽어 소심해질까 봐 염려되었다. 뒤치다꺼리하시는 여러분들이나 반 동무들의 수고쯤은 형수가 마음 다치는 것에 비하면 아무것도 아니었다. 그들의 수고는, 불편함은 감수할 수 있지 않을까. 하지만 원하지 않는 장애 때문에 감수해야 하는 몸과 마음의 고통은 그 어떤 것과 비교가 안 된다.

"응, 수위실에서 아무도 몰래 팬티 벗어 신문지에 싸서 넣었다. 엄마, 빨리 와야 해."

또래의 보통 아이에게도 얼마나 엄청난 사건인가. 그러나 스스로 처리할 수 있는 지혜가 있다는 것에 장애란 없었다. 장애가 없는 또래에 비해 훨씬 높이 평가할 수 있었다.

수위 아저씨한테는 좀 미안하지만, 큰일을 저지르지 않았기에 괜찮다고 말하고 싶었다. 그런데 형수가 먼저 나를 위로했다.

1983년 10월 24일 오락실에 간 형수

형수가 발목에 석고 붕대를 해서 거동이 더 불편해졌다. 기어다니는 것이 힘들었다. 그런데도 오락실에 가고 싶단다. 며칠 전 형이 오락실에 간다고 했을 때 안 된다고 말렸다. 오락실이라는 공간 자체의 분위기가 나쁘니 만류했다. 하지만 형이 간다고 하니 형수도 가고 싶은 건 당연하다. 형수의 마음을 헤아려 오락실에 보내기로 했다. 물론 걱정이 되었지만, 형수가 오락실 의자에 앉는 데는 별문제가 없었다.

놀이할 수 있는 공간도, 범위도 좁디좁은 형수한테는 오락실 기구 놀이가 필요했다. 그런데 학교생활, 병원 생활 등에 바빠 시간을 내 오락실에 갈 엄두를 못 냈다. 더군다나 엄마가 함께 따라가야 하니까 번거로웠다. 그렇다고 가지 말자 하고 형만 오락실에 보내는 것은 더더욱 안 될 일이었다.

큰아이는 혼자서 갈 수 있다. 형수도 마찬가지다. 제 발로 가면 된다. 단지 불편하다고 해서 참으라고 하거나 나중에 가라고 하는 것은 내 사전에 없었다. 단지 바쁜 일과 때문에 형수의 바람을 소홀히 여긴 야속한 엄마가 되어 버렸다. 어제는 형이 갔다 왔다는 걱정과 동시에 본인 때문에 형이 야단맞았다고 자책했을 것이다. 엄마로서 후회스러웠다.

오늘은 만사 제치고 오락실에서 실컷 즐기자. 컴컴하고 요란한 소음에 기함할 듯했지만, 형수는 금세 적응하면서 흥분한 나머지 온몸에 힘이 들어가 몸이 장작처럼 굳었다. 하지만 형수의 눈동자는 마치 불이라도 품어낼 듯 활기찼다.

저 아이에게 불가능이란 무엇이란 말인가. 나는 형수의 눈을 보면서 다시 한번 용기를 얻었다. 지금까지 나쁜 점만을 상상해 오락실 출입을 미룬 나의 태도가 너무 후회스러웠다. 그래, 나쁜 점이 있으면 어떠한가. 선택은 내 아들들이 올바르게 할 텐데 미리 겁을 먹었구나 싶었다.

1983년 11월 하순 오기로 버스 타기

몇 대가 지나갔을까. 택시 승강장 앞에서 정직하게 서서 기다리면 우리 먼저 태울 것이라 생각했다. 하지만 택시는 우리가 있는 승강장 멀찌감치에 세우고 다른 이를 태웠다. 야속한 나머지 문을 두드려 출발하는 택시 기사한테 반쯤 울분 섞인 말투로 항의했다.

"먼저 잡아서 그래요."

타당한 변명이라 생각하는 것일까. 승강장은 여기라고 항의하면 "지키는 사람이 얼마나 있나요?"라고 하기 일쑤였다. "미안하다"고 말하거나, "다음 차를 타면 된다. 그까짓 일로 뭘 그렇게 따지냐?"는 대답이 돌아왔다.

하지만 우리에게는 큰 사건이다. 이는 우리가 꼭 해결해야 할 문제였다. 우리에게도 외출할 권리가 있다. 우리는 차별받지 않고 원할 때 대중교통을 이용할 수 있는 평등한 시민이다. 국민으로서 권리를 당연히 찾지 못해 싸우고, 싸우고 또 싸워야만 그 권리를 찾을 수 있었다. 순간순간 포기하고 싶고, 그러는 편이 훨씬 에너지 소모가 적고 심적 갈등이 적지만 그렇게 하고 싶지 않았다.

30여 분 동안 택시를 여러 대 보냈다. 초겨울의 바람 많은 날이었다. 아직 시간 여유가 있었다. 승객이 적고 좌석이 비어 있어서 버스를 타기로 했다. 버스를 타는 것도 형수에게 필요하다 싶었다. 어릴 때는 내 등에 업혀 버스를 탔다.

버스를 타자고 결정하는 순간 우리 모자는 가벼운 마음으로 버스 승강장으로 향했다. 한발 한발 버스 계단을 올라갈 때 버스 기사님이 느긋하게 기다려 주었다. 그렇지 않아도 가끔 형수는 "엄마, 우리도 버스 한번 타 보자"라고 했었다. 버스 타는 게 신기해 보여서 한번 해 보자고 이야기한 것이다. 우리는 아무 탈 없이 버스를 타고 내렸고, 형수는 이 세상 바람을 다 이룬 듯 환한 표정이었다.

우리의 용기와 지혜가 기특하고 훌륭했다. 우리는 흔들리는 택시보다 덩치가 큰 버스를 탔다. 택시보다 훨씬 훌륭했다. 지금껏 왜 굳이 택시와 실랑이하면서 마음을 다쳤을까. 이유는 하나다. 내 아들 형수의 안전을 위해서였다. 버스를 탄 것은 우리에게 더 강한 힘과 용기를 얻을 수 있는 전화위복의 기회가 되었다.

외출하는 장애인에게 아주 작은 배려를 베풀어 응원을 보낸다면 얼마나 좋을까. 나와 같은 처지의 장애 가족의 표정이 한결 밝아지고 사회 또한 밝아질 텐데. 물론 강요하고 싶지 않다. 스스로 베풀 수 있는 사랑이 더없이 고마울 따름이다.

1983년 12월 초 엄마, 내 3학년 되면 잘 걸을 수 있을까?

"엄마, 내 3학년 되면 잘 걸을 수 있을까?"

"응, 그래. 의사 선생님도 3학년 때부터 걸을 수 있다고 했는데, 벌써 2학년 때부터 시작해서 지금 3학년이 되기도 전에 처음보다 훨씬 잘 걷고 있으니 3학년 때는 물론이지!"

아주 자신만만하게 대답했다. 만약 그렇게 되지 않으면 누가 어떻게 책임을 지려는지. 막연히 형수와 나의 노력 하나만을 믿을 뿐 대책 같은 것은 없었다. 순간순간 뒤따라올 실망감을 상상도 하지만, 죽을힘을 다해 긍정적으로 살아 보자는 믿음뿐이다.

주어지는 대로의 현실을 받아들이기보다 목표를 정하고 그 목표에 도달하도록 죽기 살기로 매달렸다. 어떤 희생을 감수해서라도 '나는 할 수 있다. 할 수 있을 것이다'라고 생각했다. 과연 어린 내 아들은 그렇게 될 수 있을까. 가끔 반성과 분석을 했다. 이내 '지치는 그 순간까지 노력하고 그 노력이 습관이 되도록 채찍질해야겠다'라는 결론을 내렸다. 엄마의 방법과 철학이 손해나 역효과만 남기지는 않을 것이라 믿었다.

5

책임을 묻겠습니다

서른넷~서른다섯 살

1984년 1월 5일 형아, 숙제 안 하나?

새해의 다짐인가! 아이들은 새해를 맞이하며 한결 의젓해지고 뭔가 각오를 한 듯한 표정이었다. 그동안 학교생활의 규칙적인 시간 속에서 쫓기듯 지내온 탓인지 긴장이 풀린 듯했다. 방학이 시작된지 열흘이 지났건만 이제야 숙제, 방학 과제를 시작하려는 눈치였다. 하루도 쉴 틈 없이 짜인 터라 그동안 미루어 쌓인 진도(학습) 걱정이 될 테지.

"형아, 숙제 안 하나?"

"니는 얼만큼 했는데?"

"걱정이 돼서 물어보잖아."

저들은 금세 똑같은 사정임을 반성이라도 하듯이, 제일 먼저 걱정되는 일기부터 그날 날씨 어떠했나를 의논하면서 정리했다. 독서 숙제도 했다.

"형아, 이 책 재미있나?"

마치 방학 생활의 토론장처럼 어른스레 흘러가는 분위기였다. 좁은 방에 책들을 늘어놓고 분주했다.

"형아, 문제집 채점 해 줄래?"

"지금 나도 바쁘다. 나중에 해 줄게."

건넛방에서 바느질하다 말고 얼른 건너가서 '엄마가 해 줄게'라고 하고 싶었지만 참았다.

형제간에 시작된 대화에는 끼어들지 않고 우선 지켜보다가 끝내 요청이 올 때만 도움을 주겠다는 게 내 철칙이었다. 어찌 보면 야속한 도움이다. 아직은 촌각을 다투는 조급함이 아니다 싶어 나의 성급함을 꾹꾹 눌러 참았다.

1984년 1월 8일 엄마 잔다, 조용히 해라

실컷 떠들썩하게 소리치는 것도 때로는 필요했다. 유난히 추워 바깥출입이 겁이 났다. 감기 기운에 힘이 빠진 듯 아이들이 독서한답시고 책 한 권씩을 안고 아랫목 이불 속에 다리를 넣고 엎드렸다. 엎드려 독서하는 습관이 나쁜지 잘 알지만, 한참 동안 책상 앞에 앉아 있다 보면 손과 발이 시렸다. 특히 행동반경이 좁은 형수는 손과 발이 얼음장만큼이나 차갑다.

냉기를 녹일 겸 이불 속에서의 조용한 독서가 시작되었다. 내가 제일 먼저 단잠에 빠졌다. 아이들이 숨죽이며 열중해서 책을 읽어 더욱더 곤히 잘 수 있었나 싶었는데, '팡팡', "으악"하는 소리가 잠결에 크게 들렸다. 마음은 깨고 싶어도 몸은 깨지 않았다. 귓가에 민수의 걱정이 들렸다.

"엄마 잔다, 조용히 해라."

이따금 한 번씩 웃음이 터져 나왔다. 절제 못 하고 참다 오히려 더 크게 "깔깔", "껄껄" 숨넘어갈 듯 웃었다. 그러다 스스로 소스라치게 놀라 뒹굴었다. 이런 소리에 단잠이 깬다고 아이들에게 짜증을 퍼부을 건가. 그저 피식 웃고 말았다. 웃음이 절로 흘러나왔다.

지친 학습 생활을 위로하지도, 방학이라고 해서 함께 놀아 주지도 못하면서 피곤을 못 이겨 잠드는 엄마였다. 둘만의 세계에서도 엄마를 배려하려는 대견함에 오히려 내가 미안할 따름이다. 이런 의젓함이 혹시나 알게 모르게 어른들의 지나친 강요 때문일까 싶어 더 세심한 배려가 필요하다 싶었다.

아이들이 그 나이답게 재밌게 놀았으면 좋겠다. 지금의 아이들 나이라면 총싸움이나 장난감을 두고 다툰다든지 아이들처럼 놀아야 하는데 말투가 애어른 같다. 이런 태도가 남들에게 피해를 주지 않으니 좋은 태도라 할지 모르나, 난 그렇지 않았다. 그럴 때마다 걱정스러웠다. 부모로서, 어른으로서 어떻게 해야 할지 공부하고 싶다.

1984년 3월 2일 형수 만세! 엄마 만세!

3학년 등교 첫날이다. '교실의 위치가 어디인가? 화장실과 가까운가? 몇 층인가?'부터 살폈다.

또 '담임 선생님은 어떤 분인가? 반 친구들은 착한 아이들이 많이 들어왔을까?' 걱정했다.

교문을 들어설 때쯤 더더욱 걱정되어 처음 입학할 때만큼 차분해졌다. 불안한 나머지 교실 문턱을 마음 놓고 열지 못했다. 살금살금 복도를 걷다가 3-1반을 들여다봤다. 창문으로 칠판 밑 귀퉁이 구석에 가지런히 놓인 목발이 눈에 들어왔다. 형수가 놓았을까. 선생님께서 정리해 주셨을까. 나는 언제나 등교 때마다 책가방 챙기듯 목발을 정리해야 한다고 말했다. "목발이 네 다리"라며 잘 챙기라고 했다. 아무 곳에나 두면 다른 아이들이 걷다가 넘어뜨리고 저도 다칠 수 있기 때문이었다. 그럴 때 누구를, 어떻게 탓하겠는가.

그러나 아직은 그런 일이 한 번도 없었다. 내가 걱정하는 이상으로 대접받는 목발이다. 아이들이 배려해서 늘 고마웠다. 심지어 형수 친구 중 누군가가 형수를 대하듯, 조심스레 환자 대하듯 목발을 간수했다. 선생님의 특별한 교육 탓인가. 고마움을 잔뜩 담아 선생님을 바라보았다.

'아! 김인선 선생님이시다. 1학년 때의 담임 선생님이시다.' 시선이 맞닿는 순간 '만세! 만세!'라고 속으로 외쳤다. 이렇듯 내 욕심만 챙기는 듯해 곧 죄송한 마음이 들었다. 불편한 내 아들을 두 번씩이나 맡아 주신 고마운 마음에 죄송스러웠다. 1년 동안 모든 제자보다 형수를 더 배려해야 해서 업무량이 많으셨을 것이다.

죄송하고 미안한 감정이 크지만 그래도 나는 얼마든지 김인선 선생님을 다시 선택할 것이다. 형수한테는 최선이고 권리이고 의무였다. 내 아이를 교육해야 하는 교육자의 자격이라면 교육받으려는 제자의 권리만큼은 박탈하지 않으리라 믿고 싶었다. 어느 한

점도 빠짐없이 교육받아 김인선 선생님의 존재를 기억할 수 있는 제자로 키워 보답하리라. 감사하고 존경하는 마음으로 지금의 죄송함을 모두 씻어 드리리라.

1984년 3월 5일 형수 짝지의 엄마

형수 짝지한테 물어볼까. 아니면 선생님께 물어봐 달라고 할까. 형수 스스로 해결하도록 그냥 둘까. 그러다가 혹 상처라도 받지 않을까. 하지만 짝지 관계에서의 문제는 정상아든 장애아든 누구한테나 있을 수 있다. 그리고 선택의 기회 또한 있다 싶었다.

큰 산이었던 담임 선생님 걱정이 끝나고 나니 슬그머니 다른 걱정이 고개를 들었다. 무엇보다 형수의 판단이 중요하다 싶었다. 엄마의 입장과 태도는 겨우 도움을 보태는 정도일 뿐이다. 오늘도 집에 도착해 한참 짝지 이야기로 상기된 얼굴이었다. 그러나 그냥 듣고만 있어야 했나. 지금까지의 짝지에 대한 인상이 언제까지나 변치 말기를 바랐다. 그래서 혹시나 갈등이 생겼을 때 어떻게 해야 할지에 대한 훈련이 필요했다.

"형수야, 짝지한테 솔직히 말해. 짝지 하기 불편하면 언제라도 말해라."

물론 충분히 설명했다. 손놀림이 서툴러 책상 위 정리는 물론 방해가 많이 될 수 있다고 이야기했다.

"형수는 혼자 책상을 이용해야만 편한데 혹시나 짝지한테 불편을 주게 될까 걱정이 된다."

“아니다. 여자 짝지가 많이 도와 준다. 걱정 없을 것 같다.”

이런저런 이야기로 한참이나 짝지 이야기를 나누는 데 전화가 왔다.

“저 형수 짝지 엄마예요.”

그 이야기를 듣는 순간 온몸이 바싹 얼어붙는 것 같았다. 채 한마디도 듣기 전에, 차라리 내가 선수치려고 운을 먼저 띄웠다.

“형수하고 짝지 하면 귀찮을 때가 한두 번이 아닐 거예요. 저나 형수는 아무래도 괜찮아요. 짝지 없어도 서운해 하지 않을 테니 염려 마세요.”

전화 인사 나누기 전에 내 말만 해 버렸다. 한참을 우리의 진심, 형수의 진심을 변명처럼 말했다.

“아니에요. 짝지 된 거 때문에 전화드린 게 아니에요.”

난처한 듯 서툰 태도가 오히려 미안했다.

“형수 담임 선생님이 김인선 선생님이라 정말 좋겠네요. 정말 다행이죠. 내 딸한테도 정말 잘된 일이다 싶은데, 형수 엄마는 얼마나 좋을까 싶어 전화드려요. 그리고 짝지가 되었다니 더 반가워요.”

담임의 말에는 얼마든지 주책스러울 정도로 좋아하겠지만, 짝지 엄마가 우리 애와 짝지가 되어 반갑다고 말하니 어떻게 해야 할까. 난 다시금 내 입장을 이야기했다. 처음에 반가워하던 마음이 나중에 미움이 될까 봐, 형수가 상처받을까 봐 두렵다고 솔직하게 말씀드렸다. 그때의 상처를 미리미리 예방이라도 해야 하나. 기뻐할 만한 일인데도 제대로 기뻐하지 못하는 못난 엄마의 마음이다. 이렇게 사사건건 근심스러웠다. 후에 내 아들이 상처받을까 봐 두렵다.

1984년 4월 26일 난 1등이다

"엄마, 나도 수 받았다. 90점, 95점."

앞니가 벌어져 발음이 새는 데다 급하다 보니 얼른 무슨 말인지 알아듣기 쉽지 않았다. 옷은 엉덩이까지 흘러내려 아슬아슬하고 얼굴 군데군데에 점심 반찬 국물이 묻었다. 신발은 모래투성이다. 그 모습을 보니 엄마인 나는 입이 딱 벌어졌다. 함께 앉아서 오는 친구 중 누군가가 "형수가 너무 더러워서 같이 놀 수 없어요"라고 해도 전혀 이상하지 않았다.

차에서 내려 업히는 형수에게 "잘 가. 내일 만나자"라고 친구들이 인사했다. 손목을 겨우 흔들며 친구들에게 답례하고 한 손으로 엄마 목을 부둥켜안았다. 그리고 숨 가쁘게 설명했다.

"시험 문제 1개, 2개 틀려도 수 받았다."

"아이고, 억울해라."

"만점 받을걸."

"만점이나 다름없지. 몰라서가 아닌 아는 문제를 실수로 틀렸으니 앞으로 가능성이 더 있다. 다음 시험에는 더 공부해서 자신 있게 보면 된다."

업힌 형수의 목소리 또한 맑고 크다. 이런 모습을 첫째가 겸연쩍은 듯 바라보았다. 형수 목발을 들고 책가방을 지고 들고 주춤주춤 걸어갔다. 이제는 제 말을 할 차례인가 보다.

"난 1등이다."

형수와 난 할 말을 잊은 듯 멍하게 보다가 놀라서 물었다.

"정말?"

"진짜?"

"이번 시험은 쉬운 문제였는데."

어른스러운 말투에 더더욱 미안했다. 마치 형수를 편애라도 하는 듯해서 첫째에게 미안했다. 민수는 다 이해하겠지, 헤아릴 수 있겠지! 민수는 당연히 무엇이든 잘하는 아들이다. 형수는 당연히 부족하니까 작은 성과에도 큰 기쁨이 되었다. 언제나 부족하고 불만족한 속에서도 자신감을 가져야 했다. 그것이 형수한테는 유일한 재산이고 무기였다. 그 무기는 결코 형수 개인의 것만이 아니었다.

남편이나 나보다도 형제끼리 어쩌면 더 가까워져야 할지 모른다. 이런 세뇌 교육 같은 것을 큰애가 오해 없이 액면 그대로 받아들이기를 간곡히 원했다. 앞으로 내가 아들 둘한테 할 부탁이자 강요였다. 이게 가장 고민스럽다. 어떻게 교육해야 민수나 형수 어느 쪽도 상처받지 않고, 부담 느끼지 않고 긍정적으로 현실을 수용할 수 있을까.

1984년 5월 18일 형수야, 현장 학습 가나?

"형수야, 현장 학습 가나?"

"당연히 가지. 왜 못 가!"

정말 자기 자신을 알고 있는 건가, 아니면 반항인가. 짝꿍하고 오가는 이야기에 나도 담임 선생님도 아무런 말을 할 수가 없었다.

더욱이 담임 선생님의 "스쿨버스로 오가니까"라는 말씀이 채 끝나기도 전에 나는 선생님의 난처함을 들어주기라도 하듯이 "제가 따라갈게요. 정 힘들면 차 안에 그냥 있을게요. 참석만이라도 할게요"라고 말했다. 야외에서 천방지축인 수십 명의 아이들 돌보는 것도 쉬운 일이 아닌데 형수까지 부담을 드리는 듯해서 단호하게 결정을 내렸다. 담임 선생님은 내가 다시 고민할 겨를도 없이 "그러십시오"라고 대답하셨다. 형수가 현장 학습을 포기할 거라 짐작하신 걸까.

현장 학습이 제일 필요한 사람은 형수라고 생각하는 건 나만의 욕심일까. 그 누구한테도 폐 끼치지 않게끔 뭐든 수발하리라. 염치 불고하고 그 누구의 눈치도 아랑곳없이 가기로 했다. 반 아이들과 여울의 풀, 흙, 개구리, 물 등등을 보고 짝꿍이 잡아 온 개구리를 구경하면 얼마나 좋을까. 처음에는 차 안에서 차창만 보면서 형수는 얼마나 부럽고 서러웠을까. 옷이 젖으면 어떤가.

논두렁을 걷다 넘어졌고 강둑을 걸었다.

"엄마, 나도 개구리 잡아 보고 싶다."

친구들이 잡아 온 개구리만으로는 성에 차지 않는 모양이었다. 형수는 주저하지 않고 흙탕물 속에 꿇어앉아 용기 있게 개구리를 잡았다. 오히려 다행이었다. 처음에는 거부감에 망설이는 줄만 알았다. 반 아이들도 마찬가지였다. 우르르 서너 명이 몰려와 이야기했다.

"형수야, 우리가 손잡고 걸어 줄게. 강둑으로 걸어가자. 아니면 업고 갈게."

서슴없이 다가오는 동심들. 그들 앞에서 잠시나마 주저하면서 스스로 문을 닫고 주춤거린 내 태도가 부끄러워 반성했다. 내 가슴이 탁 트인 듯했다.

형수는 눈앞에서 헤엄치는 올챙이와 뛰어다니는 개구리를 보며 내 몸만큼 귀한 생명의 소중함을 느꼈다. 그래, 그것만으로도 충분하다.

1984년 5월 26일 해 주기 싫어요

첫째는 동생이 장애자라는 이유로 자신이 모두 양보하고 희생해야 한다는 사고를 어찌 감당할까. 이따금 내 눈치를 슬금슬금 보면서 마지못해 형수의 시중을 드는 듯한 표정을 알면서도 무시했다. 그리고 의도적으로 '해야 한다'는 방향으로 유도했다. 그래서 형한테 반발이 생긴 탓일까. 늦은 시각까지 둘이 숙제하다 티격태격했다. 첫째는 깔끔한 성미인데 형수는 온 방을 어질러 놓기 일쑤였다. 안 그래도 좁은 방인데 지저분해지니 형이 짜증이 날 만도 했다.

"좀 치워라."

"그래, 기다려. 내가 치울게."

그냥 넘기면 되는 평범한 사건인데 괜히 내가 끼어들어 화근이 되었다.

"형이 도와 줘서 빨리 끝내자. 그리고 자자."

어느 한쪽이 아닌 둘을 함께 책망하느라 말한 것이었다.

"해 주기 싫어요."

민수가 정색하면서 말했다.

그동안 큰아들한테 내가 너무 무심했나. 너무 많은 것을 형수보다 요구했던가. 항상 염려와 걱정은 했지만, 민수가 그렇게 반발하는 순간 앞뒤 생각할 겨를 없이 왈칵 눈물이 쏟아졌다. 서러움, 기대 이상의 섭섭함 그 어느 것도 아니었다. 막연히 겁이 났다. 나는 어른들의 얕은 생각으로 어린아이에게 배려를 강요한 나머지 감당하기 어렵다고 아우성치는 몸부림으로 들었다. 첫째에게 얼마나 미안한지 모르겠다. 표현할 수 없을 만큼 미안했다. 더불어, 깊이 상처받아 허물어질 수 있는 첫째가 걱정되었다. 그리고 고마웠다. 엄마에게, 어른들에게 앞으로 더 공부할 기회를 준다고 생각했다.

1984년 5월 27일 천여 명의 우리

성격 탓인가, 환경 탓인가. 아이들은 언제나 극과 극이었다. 어떤 상황이든 형수는 긍정적이었다. 반대로 민수와 아버지는 부정적이었다.

"하면 뭐 하노?"

"걷기 대회에 나가는 게 소원이자 우리에게는 기회예요."

'걷기 대회'는 색다른 대회라고 말해도 소용없었다. 어느 쪽이 양보하는가. 아니다. 언제나 그랬듯이 그냥 통보다. 내 고집으로 밀어붙였다. 남편한테 되묻지 않았다.

간밤에 걱정으로 잠까지 설쳤다. 행사의 성패가 문제가 아니라, 다음 날 학교 수업이 계속 있는데 무리하게 걷느라 몸살이라도 날까 봐 염려해서였다. 처음 참가하는 행사인지라 준비도 걱정이었다. 겨우 목발에 몇 발짝 의지하겠지만 만약의 경우를 대비해서 대책이 필요했다. 그래서 다른 이들보다 행사장에 일찍 도착해 살펴본다. 다행히 여유분의 휠체어가 준비되어 있었다. 얼마간 걸었는데 땀에 흠뻑 젖었다. '걷기 대회'다운 행사에 참여한 듯 뿌듯했다.

천여 명의 대열 속에 함께한다는 것 자체가 대단하다고 위로하면서 걸었다. 첫째도 휠체어에 탄 형수한테 의지하면서 10킬로미터를 걸었다. 민수는 걷는 것보다 형수가 엄마한테 업히는 것을 늘 부러워했다. 반면 형수는 업히는 것보다 걷기에 성취욕을 불태웠다.

오늘만큼은 한뜻으로 동참하는 형제이면서 함께라는 포용력을 경험했다. 그리고 특상과 3등의 상품을 받았다.

1984년 7월 2일 안쪽 다리가 짧은 것 같아요

학교 공부와 재활치료 중에 뭐가 더 중요한가. 오늘은 한 달에 한 번 정기 진찰하는 날이다. 오후까지 수업이 있어서 도시락을 쌌다. 오늘만의 고민이 아니다. 공부와 재활치료 그 어느 것도 소홀히 할 수 없다는 결론을 내렸다.

점심시간, 그 틈을 이용하자. 배고픔은 아무 문제가 아니다. 택시를 타고 학교에 도착해 교실 문턱에 들어서니 점심시간 종이 울렸다. 형수가 비틀비틀 교실 밖으로 걸어 나왔다. 선생님께 양해를 미리 구했으니 형수만 데리고 가면 된다. 배고픔을 뒤로한 채 형수를 등에 업고 차도까지 뛰었다. 내 등은 물론 형수 앞가슴까지 땀으로

홍건하고 미끌미끌했다. 이 또한 문제가 되지 않았다. 땀을 닦지도 못한 채 침대에 누워 그동안의 물리치료 과정과 기간, 일상에 관해 묻고 답하는데 뭔가 이상했다.

"안쪽 다리가 짧은 것 같아요. 골반 쪽이 이상합니다. 물리치료는 잘되고 있는데. 일단 엑스레이 사진부터 찍어 봅시다."

이 무슨 악몽인가! 이게 무슨 말인가. 의사 선생님의 "검사를 해 보자"는 말이 "뇌성마비예요"라는 말보다 더 야속했다. 온몸에 전율이 흐르고 눈물이 흘렀다.

어느새 형수의 얼굴에도 어둠이 내렸다. 그토록 명랑한 표정에 그토록 무거운 그늘이 내리기는 처음이었다. 저토록 무거운 그늘을 내가 무슨 수로 거두어 줄까.

오늘부터 숙제가 하나 더 늘었다. 언제까지 얼굴에 그늘만 드리우고 있을 수만은 없었다. 방법을 찾아야 했다. 발병 원인을 찾을 수 있고 치료 방법이 여럿이라고 하니 우리가 뜻과 용기만 잃지 않으면 희망이 있다.

"형수야, 용기 잃지 말자."

이 또한 우리를 시험하는 숙제일 뿐 절망은 아니다. '찾으면 된다'고 약속하자! 나와 형수는 굳게 결심했다.

1984년 7월 15일 엄마는 더 아프지?

"엄마, 팔 아파 죽겠어요!"

형수가 자기 말이 채 끝나기도 전에 물었다.

"엄마는 더 아프지?"

이제는 "더 좀 힘줘서 엄마 목을 잡아"라고 말하지 않아도 알았다. 눈치가 빠른 편이다. 그럴 때마다 뭉클하다.

어찌 내 팔이 아프다고 불평하겠는가. 장대 같은 소낙비가 눈 앞을 가릴 만큼 퍼부어댔다. 비 때문에 한 손은 엄마 목을 움켜잡고, 한 손은 엉거주춤 우산을 겨우겨우 받쳐 들었다. 그러면서도 엄마 옷 젖을까 걱정했다.

"엄마, 옷 안 젖지요?"

이런 애타는 정성에도 불구하고 등은 땀으로, 아랫바지는 비로 흥건하게 젖었다. 이런 일은 예사다. 앞으로도 얼마든지 그럴 수 있다. 뭐 그리 억울하다고 가슴 아파하고, 눈물짓고, 여유 부릴 수는 없었다. 그런데도 집에 도착할 때쯤 자꾸만 눈가에 열이 올랐다. 이것이 최선은 절대 아닌데.

1984년 7월 20일 넘어져도 좋다

장애인 가족도 마음껏 즐길 수 있을까. 형수가 외할머니 집 헛간 구석에서 먼지와 거미줄에 엉킨 낚싯대를 찾았다. 형수 얼굴이 기쁨으로 벌겋게 상기되었다.

첫째는 엉거주춤하게 서서 바짓단을 접어 올리고 강으로 들어갔다. 바지는 결국 물에 다 젖었다.

"야, 미꾸라지다. 새우다. 개구리도 있네."

"어디 보자. 형아, 나도 잡아 보자. 물속에라도 들어가고 싶다. 넘어져도 괜찮다."

그런데 오늘만큼은 왜 이렇게 둔할까. 얼른 해결책이 생각나지 않았다. 무슨 일이든 그때그때 지혜가 생기곤 했는데 오늘은 그렇지 않았다. 형수 엄마로서 자격 미달일까.

"오늘은 그만 잡자."

고기 잡으러 물속에 그토록 들어가고 싶어 하는 마음을 왜 몰랐을까. 왜 헤아리지 못했을까. 이토록 후회한 적이 없었다. 설사 불가능하더라도 처음부터 형수 마음의 기를 꺾어 버렸다. 형수의 아픈 마음을 어찌할까. 후회스럽다. 실수라 반성하지만 이미 지나간 일이었다. 불가능과 가능은 형수 자신만이 결정할 수 있는 권리인데 엄마가 그 권리를 빼앗았다.

형수한테 용서받을 수 있을까. 잠자코 보는 것만으로도, 만지는 것만으로도 입가에 웃음을 잃지 않는 내 아들이었다. 그래, 오늘만큼은 너의 형의 날이라고, 언제나 동생 시중으로 마음껏 즐길 수 없었던 형에게 양보하는 날이라고 말한다면 엄마를 이해하겠지.

1984년 7월 하순 함박스테이크

함박스테이크란 것을 먹으러 지하상가에 있는 식당에 갔다. 아이들은 어떤 상상을 하고 있을까. 한껏 부풀어 마냥 즐거움만 있는 듯, 어떤 불편함도 문제가 되지 않았다. 집 앞에서 서면 지하상가까지 택시를 타면 요금이 2,000원이었다.

지하상가 바닥은 미끄러워 목발을 짚고는 한 걸음도 뗄 수 없었다. 그래도 밟아야만 하고 걸어야만 했다. 걷거나 밟는 게 아닌 미끄럼을 타면서 걸어갔다. 그래도 100미터가 넘는 긴 지하상가를 끝까지 갔다. 미끄럼을 견디느라 발가락에 힘을 주다 보니 멍이 들고 따갑고 쥐가 났다. 오가는 행인들이 슬금슬금 쳐다봤다. 아예 비켜서서 신기한 듯 물끄러미 바라보는 사람이 있었다. 그래도 우리 셋은 즐거웠다. '왜 그렇게 쳐다볼까?' 하면서 말이다. 우리는 지극히 평범한데, 그들과 똑같이 걷고 있는데 왜 그럴까. 한바탕 전쟁을 치르듯 식당에 도착했다.

"자, 이제 함박스테이크 양식당에 도착했다!"

의자마다 아이들과 어른들이 와글와글했다. 얼마나 맛있는 함박스테이크일까. 마치 우리는 선택받은 행운아들처럼 우쭐댔다. 쳐다보는 이들의 시선은 아랑곳하지 않았다.

서툰 포크 솜씨에 소스와 채소가 줄줄 흐른다. 내가 생각하던 함박스테이크 맛이랑 전혀 달랐다. 그럼에도 아이들은 상관없다는 듯 맛있게 먹었다. 양식당이라는 분위기로 먹는 것이었다. 무슨 큰 숙제를 해결한 듯 참으로 많은 일을 했네. 우리의 큰 숙제를 끝낸 날이자, 귀한 하루였다.

1984년 8월 6일 아빠도 설거지할 줄 아네

"아빠도 설거지할 줄 아네. 빨래도 밥도 하고. 집에서는 못 하잖아. 여행할 때면 낚시도 하고 텐트도 치고 걷기도 하고. 참 이상하네."

첫째의 말대로 남편도 할 줄 알았다. 게다가 온갖 시중을 마다하지 않았다. 5일 동안 아빠로서의 할 일을 했다. 그전에도 종종 하긴 했지만, 이번만큼 완벽한 서비스는 아니었다.

엄마의 시중을 받을 때면, 아이들은 당연히 받아야 하는데도 꼭 그렇지는 않은 듯 엄마의 수고를 걱정했다. 아빠를 원망하는 듯한 눈치도 엿보였다. 그럴 때마다 남편이 조금만 아이들의 이런 마음을 헤아릴 수 있기를 은근히 바랐다. 쉽게 달라지지 않는 남편이 아쉬웠고 섭섭할 때가 많았다. 그런데 오늘은 달랐다. 이제야 깨달은 것일까. 아니면 알면서도 실천이 안 된 것일까. 상관없다. 이런 남편의 태도를 긍정적으로 받아들이자. 편안하게 눈치 보지 않고 아주 자연스레 아빠의 서비스를 받았다.

순간적으로 생각할 때는 참 다행이다 싶었다. 그런데 이런 내 판단이 옳은 판단일까. 다시 한번 곰곰이 살펴보자. 아니면 전문가한테 상담이라도 해 볼까. 이런 태도와 판단이 아이들에게 나쁜 영향만 끼치는 것은 아니므로 좀 더 관찰하면서 자문받고 싶었다. 어쨌든 아이들의 혈색이 훨씬 밝아진 것만으로도 옳은 영향이라 믿고 싶다.

1984년 9월 10일 선생님께 그 책임을 묻겠습니다

두 아들은 나에게 조금도 다를 바 없는 존재다. 절대로 다르지 않다. 그러나 나도 모르게 똑같이 대하는 게 불가능하다고 느꼈을지 모른다. 그래서 정답 없는 숙제를 풀기라도 하듯이 늘 공부했다.

첫째 민수의 담임 선생님과 면담을 하기로 했다. 아이가 얼마나 열심히 공부하고 있는지도 궁금했다. 성적이 잘못 나오면 왜 그런지 묻거나 앞으로 어떻게 해야 하는지를 의논하기 위해서였다.

"엄마, 내 공부 좀 더 열심히 할게요. 선생님 말씀 잘 듣고 있으니 걱정하지 마세요."

아이는 단순히 제 성적이 걱정되어 면담하는 것으로 생각했다. 그럴 수밖에 없다. 하지만 담임 선생님과 의논할 말이 너무 많아 목구멍까지 가득 차 있었다. 성적이 대수인가. 처음부터 성적을 걱정할 만큼 민수가 공부를 못 하는 것은 아니었으니까 말이다.

제일 고민은 첫째의 교우관계였다. 몸이 불편한 동생이 있으니, 학교에서 친구들과 어떻게 지내는지 궁금했다. 동생을 보살피라고 같은 학교로 전학까지 시켰다고 다들 생각했다. 하지만 내 뜻은 그것만이 아님을 아무도 쉽게 헤아리지 못한다. 형제지간의 갈등이라면 엄마인 내가 감당할 수 있는 몫이다. 하지만 교우관계는 나 혼자만의 노력과 어떤 지식으로도 부족했다.

담임 선생님의 남다른 관심이 필요하다고 말씀드렸다. 사정과 부탁과 요구를 담아 말했다. 어쩌면 전적으로 '요구'가 될 수 있음에도 뻔뻔하게 부탁했다.

"아이한테 몸이 불편한 동생이 있다고 반 아이들에게 상처 주는 분위기라면 엄마로서 절대 수용할 수 없습니다. 저는 담임 선생님께 그 책임을 묻겠습니다. 그 대신 공부 못하는 것쯤, 그 외의 어떤 책임도 묻지 않겠습니다."

이 얼마나 당돌한 요구인가. 이렇게 맹목적인 요구를 일방적으로 강요할 수 있는 내 성격이 대단하다.

학칙이나 교육법은 잘 모른다. 상식도 없다. 내 아들은 장애라는 또 다른 이름으로 살아야 한다. 그에 따른 권리를 함께 갖고 살아야 한다. 내 아들은 그 누구보다도, 어떤 아픔보다도 아픈 현실을 살아야 한다. 아무런 아픔 없이 사는 나를 비롯한 모두로부터 그 정도의 배려와 협조는 받을 수 있는 권리가 보장되어야 한다는 것이 내 주장이다. 선생님은 할 말을 잊은 듯 물끄러미 쳐다보신다.

"네, 네."

"한편으로는 원망스럽다 생각하신 적도 있으시죠?"

"물론 걱정은 했지요. 동생이 그러면 본인 공부에 지장이 있지 않을까 하고요. 그런데 공부도 잘하고 성격도 아주 활발하고 당당해요. 더군다나 작년에 전학을 왔는데 잘 지내고 있습니다. 오히려 저희를 기죽이고 있어요. 다른 친구들도 형수를 돌봐 주기도 하는데 정말 놀랐어요. 엄마의 정성 덕분이라 생각합니다. 여러 학우에게 본보기가 될 수 있으니 정말 고맙습니다. 앞으로 더더욱 노력할게요. 아이의 학교생활은 아무것도 걱정하지 마십시오."

지금껏 내가 생각하고, 말하고 싶고 요구하고 싶었던 담임 선생님의 표상과 조금도 어긋나지 않았다. 너무나 적중했다. 교실 문을 열고 나오는 순간 왜 그리 뿌듯할까. 그 어떤 것을 얻은 것 이상으로 나는 부자다. 자신감이 차올라 그 어떤 문제도 두렵지 않았다.

지금까지 형제간에 장애 동생이라는 굴레에서 오는 갈등은 없었다. 오히려 그 누구보다 충실하게 학교생활을 이어가고 있다니 기대 이상으로 보람차다. 그 보람이 의기소침해지려던 우리 가족들에게 응원과 용기를 주었다.

'장애 동생을 가진 형 때문에 반 분위기에 지장이 있습니다'라는 말을 예상하면서 면담을 요청했다. 하지만 그런 말은 없었다. 나는 "화이팅!"을 외쳤다. 시골에서 얻어 온 아카시아 양봉 꿀을 대병에 담아 갔다. 투명한 꿀 색깔만큼이나 내 마음이 맑고 밝아졌다.

"지칠 때 꿀 좀 타서 드세요. 수고로우시겠지만 앞으로도 잘 부탁드립니다. 저도 선생님 이상으로 열심히 노력하고 도울게요."

1984년 10월 2일 외손주 운동회

친정엄마가 외손주 운동회라고 오셨다. 잔뜩 부푼 심경으로 오셨다. 올해, 내년이 지나면 외손주 운동회는 영영 볼 수 없을지 모른다. 대접한답시고 별미를 해 드렸는데, 딸과 외손주들을 볼 생각에 간밤에 들떠서인지 그만 배탈이 나셨다. 구경도 못 하고 병원 신세만 졌다. 즐거운 운동회 축하는커녕 온 가족이 오히려 우울했다. 약간은 두려웠다. 친정엄마는 작은 환경 변화에도 과민반응을 일으키곤 하셨다. 급기야 내가 즐겁게 해 드린답시고 한 일로 엄마는 마음고생만 하신 셈이다.

친정엄마는 거무스레 군데군데 벌레 먹은 자국이 앙증맞게 난 토종 밤을 삶아서 오셨다. 동글동글 굴러가듯 밤톨같이 생긴 놈들이 예뻤다. 단술 만드느라 밤새도록 가마솥에 불을 지폈을 텐데 얼마나 피곤하셨을까.

"아이고, 죽겠네. 외손주 운동회 갈려고."

현관문 틈에 털썩 걸쳐 앉으시며 숨이 턱에 닿아도 아랑곳하지 않는 듯했다. 민수의 무뚝뚝한 표정에도 즐거움이 가득하신 표정이셨다. 엄마는 늘 형수 차지라 오늘만큼은 민수가 외할머니를 독차지해서 좋은 듯 의기양양하다. 눈물이 목에까지 차올라도 친정엄마는 늘 자식을 위해서 희생하셨다. 엄마가 오늘은 짐꾸러미를 들고 먼 길을 낑낑대며 오시지 않도록 배려해야 하는데, 나는 왜 그런 딸자식이 못 될까. 엄마의 짐꾸러미를 받아 들다가 온몸에 전율이 흐르면서 서글픔이 솟구쳤다.

하지만 듣고 말하는 이 모두가 서럽고 안타까울 뿐 달리 방도가 없었다. 지금껏 최선에 최선을 다하는 분이 바로 내 엄마다. 나는 단 만분의 일이라도 엄마의 희생에 보답하고 싶어 온갖 수단과 방법을 가리지 않고 최선을 다해 노력하고 있다.

먼 훗날 엄마에게 모든 기쁨을 안겨 드릴게요. 그토록 입술 깨물면서 외로움에 서러움을 삼키던 아픔에 두 외손주가 성공하는 기쁨을 꼭 드릴게요. 오늘의 섭섭함을 침 한번 삼키듯 삼켜 주세요.

1984년 10월 22일 케이크와 생일

케이크와 생일. 이 둘 중에 어떤 게 더 중요한가. 아이들한테는 케이크가, 나에게는 생일이 더 소중했다. 그러나 어느 쪽이 중요하다고 고집지는 않으마.

"와, 맛있겠다!"

"아빠, 케이크 사 오시네!"

케이크 상자 한 개, 빵 봉지 가득 하나만으로도 아이들한테 우쭐해 보이는 것 같다. 아빠 노릇 또한 완벽히 잘하는 멋진 남편이다.

오늘만큼은 돈 추궁을 하지 말자. 형수 태어날 때의 그 아픔, 오늘까지의 서러움도 잊자. 이 순간의 행복감 외에는 아무것도 추억하지 말자. 아이들과 함께 케이크를 자르고, 빵 봉지를 손에 쥐고 행복해 하는 아이들의 눈길만을 생각하자. 더불어 그동안 무뚝뚝하고 남처럼 대하는 아버지의 모습은 잊자. 때로는 방해꾼처럼 "조용히 공부해라. TV 그만 보고"라고 호통만 칠 줄 아는 아버지를 잊자.

아버지에 대한 인식을 변화시킨 케이크의 위대한 힘을 다시금 깨닫는다. 그동안의 무심함을 케이크로 다 날려 버렸다.

1984년 11월 15일 엄마, 내가 먼저 봐야지

형수의 편지 쓰기 숙제가 있었다. 형수의 글씨를 알아보고 읽어주기는커녕 그렇게라도 글을 알고 표현하려는 형수의 정성과 아픔을 누가 알아 줄까. 열 손가락은 물론 온몸, 온 마음을 한 자 한 자에 죄다 쏟아부었다.

그러나 글자를 만드는 예술가처럼 아무리 있는 힘을 다해도 글자들은 만들어지려다 흩어졌다. 형수의 편지를 읽으려면 종이를 아래위, 양옆으로 눈치껏 당기고 밀면서 읽어야 했다. 시간 또한 몇백 배, 노력은 몇천 배다. 불가능할 것이 확실한데 형수는 걱정은커녕 오히려 즐거워했다.

"선생님께 편지 써야 한다. 숙제니까. 할 말이 너무 많은데 무슨 말부터 할까? 많이 써야지."

순간 난 어이없는 표정을 감추느라 당황했다.

"형수의 멋진 글씨로 편지 쓰는 것쯤이야 문제없지만, 선생님이 그 편지 읽으시려면 꽤나 고생하시겠네."

조금도 망설임 없이 형수는 멋지게 대답했다. 누군가가 함께 듣지 못한 아쉬움이 일 정도였다.

"내 글씨가 얼마나 멋진 글씨인데! 우리 선생님은 충분히 알아보신다."

누구한테 확인할까. 형수일까, 담임 선생님일까. 하지만 알아보고 말고가 뭐 그리 큰 문제인가.

며칠 후 아이들의 편지에 답을 보내 주신다고 약속했단다. 정말 그 약속이 형수한테도 닿을까. 서툰 글씨를 읽기 귀찮아서 답을 생략이라도 하신다면, 실망할 형수의 아픔이 벌써부터 두려웠다. 형수가 혹시라도 실망할까 봐 면역력을 주듯이 "기다리지 말자"라면서 며칠을 대문 편지함을 살폈다. 어제, 오늘, 그렇게 대문을 오갔다.

하굣길에 편지함을 들여다보니 엽서 한 장이 있었다. "김형수 앞." 편지에는 앞면, 뒷면에 새까맣게 적힌 글씨가 있었다. 형수가 보낼 때는 짧은 내용이었다. 온통 형수를 격려하고 칭찬과 용기를 주는 내용들이었다. 마치 평소에 내가 말하는 것들을 선생님께서 말씀하시는 것 같았다.

사실 은근히 걱정이 되었다. 엄마야 으레 할 수 있는 욕심이니 그리 생각할 때가 있을 것이다. 하지만 선생님의 말씀은 어느 아이에게나 법이기 때문이었다. 그 말씀을 언제나 듣고 믿고 행할 것이다.

그런데 그것이 실현 불가능한 현실이 된다면 어떻게 해야 할까. 얼마든지 형수에게는 그럴 수 있는 부족함이 있다. 자칫 실망하고 좌절할 거라 상상이나 하셨을까.

"엄마, 내가 먼저 봐야지. 남의 편지 읽지 마!"

입가에 흐르는 저 환희를 누가 부정할까. 금방이라도 가슴이 터질 듯한 희망으로, 넓고 깊은 꿈나라를 저토록 그리는데 어떻게 부정할 수 있을까.

1984년 11월 30일 나만 야단맞네!

형제지만 두 아이 성격부터가 아주 다르다는 것이 점차 확실해졌다. 첫째가 아이답지 않게 조용하고 말썽을 피우지 않는다고 좋은 것만은 아니었다. 형수는 사사건건 알고 싶은 게 많고 거리낌 없이 다니다 보니 내가 일일이 간섭해야 한다. 그러나 형수가 할 수 있는 것은 극히 제한되어 있었다. 시간적으로나 건강 면에서나 다 할 수는 없다. 그러다 보니 수발하는 사람이 나 말고도 한 사람 몫이 더 필요했다. 그 몫을 분담한다고 해서 해결되는 문제는 물론 아니다. 그럼에도 나는 어느 것도 포기하지 않으련다.

지금은 학교 공부를 겨우겨우 하는 데다 운동치료를 받기에 시간이 부족했다. 이것을 하다 보면 저것이 안 되었다. 저것을 하다 보면 또 이것이 안 되는 상황이다. 어떤 것도 가능한 게 없었다. 점차 해야 할 일이 많아지면 뭔가를 포기해야 했고, 좌절 역시 피할 수가 없었다.

요즘 형수가 부쩍 자기주장이 뚜렷해지고 강해졌다. 그런데 현실 파악에는 어두웠다. 하고 싶다는 욕망만 있지 그 과정을 아직 생각하지 못하는 나이였다. 하고 싶은 것을 다 할 수 없다는 걸 알게 되면 점차 어떤 갈등이 있을 거라 어렴풋이 알고 있다. 하지만 형수는 아직은 하고 싶다는 욕망뿐이니 엄마의 이 아픔을 모를 것이다. 대처 방안이라곤 엄마 눈치를 살피면서 임시방편으로 눈가림할 뿐이었다. 점차 자신이 할 수 있는 일을 그 범위에서 해결하리라 믿는다. 이 또한 성격 탓에 쉽지 않을 듯하다. 타고난 것이라 해도 지금의 현실을 외면할 수는 없다.

밤 11시가 넘었는데 숙제가 많이 남았다. 텔레비전을 봐야 하고 물리치료를 해야 한다. 목욕도 해야 한다. 잠을 청하는 데 한참 걸린다. 학교생활이 힘겨우니 푹 자야 적절히 체력을 유지할 수 있다. 지금은 학생 신분이라 공부하는 데 전력을 쏟아야 해서, 숙제 먼저 끝내고 책가방을 챙기라고 몇 번을 간절히 말하건만 듣지 않았다.

아직도 방 가득 방바닥에 흩어져 있는 교과서며 필통을 밀어젖히면서 "얼른 자"라고 한바탕 소리를 쳤다. 그리고 억지로 잠자리에 들게 했다. 이 무슨 추태인가. 어찌 잠이 오려나. 나야 홧김이라지만 할 일이 하나도 끝나지 않은 채 잠이 올 리 없었다. 다시 불을 켜면서 재촉했다. 제 잘못을 반성이라도 하는 건가. 이제야 하겠다는 듯 서둘렀다.

"형아는 야단 안 치고, 나만 야단맞네!"

불평인지, 의문인지 후회라도 하듯이 중얼거렸다.

"형아는 벌써 다 했다. 너 때문에 잠도 못 자고 엄마한테 야단만 맞고."

"형아는 야단 안 친다 아이가."

"임마, 나도 같이 야단맞는다 아이가. 빨리 해라."

둘이 주고받는 대화가 그럴싸했다. 하지만 명백히 잘잘못은 가려 주어야지 싶었다.

"형아한테는 야단치는 거 아이다. 왜냐하면 형아는 순서대로 시키는 대로 잘하고 있어. 형수 너 때문에 형이 피해를 보는 거야. 또한 너 야단맞으니까 형아 기분도 우울해진다. 형제도 가족이니깐 같은 기분이 되거든. 그래서 가족은 서로 위하면서 살아야 하지."

알아듣기라도 하는 듯 주춤주춤 책가방을 챙기고, 둘이 서둘러 잠자리에 들었다. 이만하면 알아듣는데, 왜 순간적인 짜증으로 화풀이하듯 소리를 질렀던가.

평범한 인간이라 내 감정 또한 평범하다. 하지만 그 감정에 휩쓸려서 부끄러운 방법을 썼다. 형수 엄마, 조금 다른 아이를 키우는 엄마이기 전에 그저 아이 키우는 엄마도 때로는 짜증을 부릴 수 있다. 아이들 뒤치다꺼리에 지칠 수 있을 테니까. 나 자신을 이해하고 반성하면서 부끄러움을 달랜다. 그리고 지혜롭게 내 마음의 그릇을 키워야겠다 싶다. 많은 방법이 있을 테니까 한번 찾아보자.

1984년 12월 29일 희망에 찬 주판알 소리

주판알 하나를 움직이는 데 저토록 힘이 많이 들까. 얼굴 근육, 팔과 손은 물론 다리까지 온몸을 움직여야만 그 작은 알 하나가 올라가거나 내려갔다. 누구에게는 작은 알 하나에 불과하지만, 형수한테는 그리도 무겁고 광대한 돌덩어리였다. 겨우겨우 어찌어찌해서 주판알이 움직이면 힘없이 '딸깍' 하는 희미한 소리가 들렸다.

"왼손으로 하면 어때? 그러면 잘될 텐데. 그래도 오른손으로 해야 되지?"

"그래 잘 알면서, 잘할 수 없어도 괜찮다."

셈을 하기 위해서만 주판알을 잡는 것이 아니다. 오른손 훈련이 목적이다. 처음 하는 방법이다. 밤늦도록 '딸깍딸깍' 하는 소리의 간격이 점점 좁아지고 힘 있게 들렸다. 희망이 온다는 알림 소리 같았다.

"그만 자거라. 내일 또 할 텐데."

형수 귀에는 마치 야단치는 소리로 들렸을까. 금세 소리가 죽더니 잠시 후 또 들렸다. 얼마나 재미있으면 계속할까. 남들보다 10배 이상의 시간과 노력이 필요한 데도, 그 대가가 남들보다 작은 데도 포기하지 않는 용기와 집념. 어쩌면 집착 같은 것인지 모른다. 이렇듯 열심히 하는 것만으로도 기뻤다. 남몰래 피식 웃음이 나왔다. 어떤 이는 너무 작은 소망이라 비웃을 수 있다는 두려움이 있었다. 하지만 우리에게는 엄청난 행복이다. 그 행복을 누군가가 빼앗을까봐 몰래몰래 감추고 싶은지 모르겠다. 정말 고맙고 감사했다. 누구에게라도.

누구나 마음이 흔들릴 수 있는 계절이다. 하지만 우리 형편에 계절 탓은 사치 아닐까. 난 지금껏 그렇게 생각하면서 때로는 그렇게 믿으려고 안간힘을 쓰고 있는지도 몰랐다. 내가 뭔가 이상하다고 느낀 지는 벌써 1년이 다 되었다. 남편의 방황은 진작에 눈치챘었다. 애써 거짓말로 감추거나 꼬드기는 사기꾼의 기질이 있는 성격은 아니기에 남편을 믿었다. 아무도 모른다 해도 부부간에는 조금이라도 이상한 기류를 제일 먼저 느낄 수 있다.

원래부터 가정적이고 자상한 성격은 아닐지라도 우리 가정의 가장, 나아가 장애아를 가진 아버지라면 최소한의 기본을 저버리는 상식 밖의 태도는 하지 않기를 바랐다. 그런데 요즘은 그 선이 무너지는 듯했다. 신뢰의 위험 수위를 넘나드는 모습에 원망스럽고 안타깝기만 했다.

이런 내 감정 따위는 아랑곳하지 않으리라. 휩쓸리지 않으리라. 내게는 그럴 만한 그 어떤 여유가 없었다. 오늘도 출근하려는 남편을 앞에 두고 새벽을 넘긴 귀가 시간, 잠꼬대를 떠올렸다. 그럼에도 등교하느라 정신없이 바쁜 형수와 하루를 시작해야 하므로 그런 생각들이 오래 머물 수 없었다.

남편이 자신을 위해서라도 곧 제자리로 돌아오기를 바란다. 어떤 방황일지라도 어떤 이유나 결과, 과정에 아이들과 나한테는 아무런 영향을 주지 않기를 바란다. 그저 당신의 몫으로만 감당하기만을 간곡히 바란다.

1985년 4월 12일 수학여행

기대하지 않았기에 실망은 없었다.

"엄마가 마중 나올 거라고 생각도 못 했어."

수학여행에서 돌아오는 기차역으로 나갔다. 아이가 마중 나온 엄마를 보면 얼마나 반가울까 하는 마음으로 도착 시간에 맞춰 나갔는데 보이지 않았다. 반에서 제일 큰 키라 쉽게 눈에 띌 것 같은데 역문을 나올 때 보지 못했다. 광장에 줄을 섰을 때 알아보고는 미안한 표정으로 눈을 맞췄다.

"다른 친구들은 엄마가 나와서 반겨 주는데 내 엄마는 없네. 형수 때문에 안 나왔나, 이래 생각했나? 얼마나 섭섭했을까!"

첫째는 아직 엄마의 사람을 충분히 받고 싶은 나이고 사랑받을 권리가 있다. 그 사실을 인정하는 것은 지극히 당연한 부모의 의무다. 작디작은 소외감 같은 것을 느끼게 해서는 절대로 안 된다. 더욱더 부모 공부를 해야겠다 싶다.

1985년 6월 10일 겨우겨우 만든 혼자만의 시간

알고 싶은 것이 무엇일까. 그럴 수 있을까. 하고 싶은 것 또한 무엇일까. 하고 싶은 것이 있을까. 오늘 밤 문득 자정이 가까운데도 비어 있는 옆자리를 바라보다 말고 생각했다. 유난히 바쁜 하루였는데 쉽게 잠이 오지 않고 아쉬움만 밀려왔다. 무엇을 얼마나 더 해서, 얼마나 더 바빠야만 이 '아쉬움'에서 벗어날 수 있을까.

아침 9시 30분부터 한자 공부하러 학원에 갔다가 꽃꽂이 전시회장으로 향했다. 형수 학교로 달려가 물리치료를 받게 하고, 그 시간에 민수를 데리고 안과에 가고, 도중에 태권도 도장에 민수 보내고, 약국에 가서 민수 코감기 약을 처방받아 짓고, 형수가 있는 병원으로 다시 와서 데리고 집에 도착하니 오후 7시였다. 이것저것 챙겨 저녁 먹고 치우고, 아이들 복습·예습을 하고 숙제를 점검했다. 이제 겨우겨우 혼자만의 시간이 되었다. 밤 11시가 넘은 이 시각까지 남편이 오지 않았다. 남이 아닌 아이들의 아빠이자 나의 남편으로서 지금의 나와 아이들처럼 바삐 희망과 꿈에 열중하고 있을까.

난 푼수처럼 하고 싶은 것, 알고 싶은 것이 많다. 그걸 헤아리는 것이 버릇일 정도로 많다. 형수도 마찬가지다. 어쩌면 형보다 하고 싶은 욕망, 알고 싶은 것이 많다. 민수는 철이 조금 더 들어 그걸 표현하지는 않는다. 우리 모자는 작을지라도 차츰 변화하고 있다. 하지만 남편은 가슴이 비좁을 정도로 커지는 우리의 욕망을 단 한 번도 묻지 않고 알려고 하지 않았다. 또한 변화하려는 태도를 느낄 수 없었다. 물론 새삼스럽지 않다. 하지만 이런 불만을 가슴에 품고 안주해도 괜찮은 입장인가를 문득문득 물었다.

부모라는 자리는 얼마나 중요한가. 부모로서의 임무를 감당해야 하고, 아이들과 영향을 주고받을 뿐 아니라, 때로는 결정권을 행사해야 한다. 남편은 스스로 변화할 수 없는 사람인가, 아니면 가능성이라도 있는 사람인가.

처음으로 나도 자식이구나 싶었다. 아이들을 태우고 외가로 달리는 차 속에서 '꿈은 아니다'라고 생각했다. 내가 자처해서 하는 일이라는 생각에 얼굴이 편안해졌다. 이런 순간들이 앞으로 가끔 있기만을 마음속으로 빌었다.

엄마 혼자서는 추운 겨울날 땔감을 마련할 길이 없었다. 마치 산속에 있는 듯한 낡은 집이었다. 엄마 혼자 무슨 힘으로 톱질을 할 수 있을까. 여기저기 흩어진 짚으로 겨우겨우 군불을 땔 수밖에 없었다. 썰렁한 아랫목에 이불을 깔고 몸을 녹이는 군불에 불과하다.

폐목을 뒤지니 온통 흙과 먼지, 각종 기름으로 뒤덮인 군불거리뿐이다. 그래도 산에 가서 캐기보다는 쉬워서, 톱으로 자르고 패고 쌓는 데 온통 먼지와 땀으로 온몸이 뒤범벅되었다. 만약 시어머님이 그걸 봤으면 어떠셨을까 하는 생각이 들었다. 순간순간 갈증이 나서 샘물을 마시는 남편 얼굴을 보며 더욱 고마움을 느꼈다. 엄마는 마치 당신이 일할 때만큼이나 땀을 함께 흘리며 지켜보셨다.

"쉬엄쉬엄하게나. 때때로 내가 치울게."

그러나 난 외치고 싶었다.

'엄마. 얼마든지 해 드리고 싶고 해 드려야 하는데 엄마 딸의 삶이 이래요. 엄마께서는 헤아려 주시리라 믿어요. 당신의 외손주 형수 뒤치다꺼리가 '나의 할 일'이라는 핑계만 댑니다. 엄마도 내 마음 알지요?'

1985년 7월 31일 책상 위의 메모지 한 장

서울의 큰 병원으로 정밀검사를 다녀왔다. 첫째는 아빠 따라 출근길에 가게로 보냈다. 처음으로 홀가분하다. 형수와 낯선 서울에서 이곳저곳을 진찰하느라 며칠 고생할 것을 생각하면 아득하지만 말이다.

"엄마, 먹을 밥만 많이 해 두면 나 혼자도 있을 수 있어요."

첫째의 어른스러운 말투에 한결 마음이 놓였다. 또한 이런 기회가 아이에게 보탬이 될 수도 있다는 데 위안을 삼았다.

첫날 밤은 워커힐에 묵으면서 처음으로 느긋한 마음으로 목욕을 하고 긴장을 풀었다. 편안하게 잠을 청하려 했지만 마음대로 되지 않았다. 낯선 장소에서의 잠자리가 불편하고 호텔이 처음이라 침대 위의 밤이 길기만 했다. 그래도 가장 소중한 내 아들과 함께하니 행복감이 들었다. 곤히 잠든 형수의 얼굴을 보니 이 모든 것이 감사하게만 느껴졌다.

내일 아침 일찍부터 주정빈정형외과에서 특진이 있다. 긴장하지 않도록 충분히 잘 자야 정확한 진단을 받을 수 있다. 쌕쌕 잠든 뽀얀 형수 얼굴은 더없이 편해 보이건만, 내일의 진찰 결과에 대한 걱정과 불안으로 나는 쉽사리 잠이 오지 않았다.

사실 몇 달 전부터 예약한 것이라 지체하지 않고 올라왔다. 하지만 결과가 불안했다. 어떤 방향이든 희망적이라면 더는 욕심내지 않기로 했다. 여기서 멈추는 상태가 아니라면, 절망적인 상태가 아니라면 좋겠다.

다행히 어떤 변형 없이 물리치료가 잘 되고 있으니 지속적인 물리치료가 필요하고, 수술은 더 두고 보자고 말씀하셨다. 수술은 자칫 회복이나 재활 불가능한 손실을 얻을 수 있어 천만분의 일만큼이라도 위험 부담을 감수해야 할 경우가 있단다. 희망적인 결과에 힘이 좀 났다. 얼마 전에 뒤꿈치 인대 수술을 했는데 효과가 없어서 수술한 것을 후회했다. 그런데 그 수술이 큰 손실만은 아니었다는 위로 섞인 말씀에 후회가 사그라들었다.

다음 날은 한양대 부속병원 재활의학과 이광목 박사의 정형외과 진찰 및 근육 이완 주사 치료를 받으러 갔다. 병원에서 몇 차례 옷을 벗고 입히기를 반복하면서 온몸이 땀범벅이 되었다. 지칠 대로 지친 진찰 속에 주사를 맞고, 함께 간 아이네와 인맥이 있는 여의도 관광호텔에서 하룻밤 묵었다. 그리고 비행기를 타고 부산으로 내려왔다.

비행기를 처음 탄 것이기에 형수는 마냥 재미있는 표정이었다. 근육 주사를 맞은 후유증으로 점차 부어오르는 다리의 통증에도 불구하고 마냥 신기한 듯이 대기실에서 뒤뚱뒤뚱 걷는다고 잡아달라는 시늉을 했다. 나는 비행기가 착륙하면서 오르내리는 반동을 감당하지 못하고 토해 버렸다. 그러다 한참 동안을 고통 속에서 헤매는 촌극을 연출했다.

겨우겨우 공항에서 차를 몇 차례 갈아타고 집에 도착했을 때가 오후 6시였다. 집에 가까이 갈수록 첫째 걱정으로 마음이 바빠지기 시작했다. 현관문을 열기가 두렵다. 마루부터 어수선하리라 예상했는데 아무도 없다. 책상 위에 달랑 메모지 한 장이 있다. 차라리 안도의 마음이다. '엄마를 기다리면서 울상이 되어 혼자 있지 않겠구나'라는 생각이 들어 한결 마음이 놓였다.

'오늘 오후 3시에 작년 여름방학 때 피서 갔던 곳으로 출발한다. 뒤차로 오는 일행과 함께 올 수 있으면 와라.'

멀미로 지쳐 있지만 엄마가 오기를 기다리는 첫째, 나들이를 마다하지 않는 형수를 생각해서 가야 했다. 하지만 내 몸과 마음이 최상이 아니었다. 다시 마음을 고쳐먹고 '여행지에서 핑계 삼아 쉬면 될 테지' 하면서 뒤따라가기로 했다. 일행을 기다리다 잠시, 이 세상에서 가장 편안한 내 집에서 단잠에 빠졌다.

1985년 8월 20일 여자들이 건방지게 차 끌고 다니는 꼴불견

지금까지 살면서 결심을 실행하는 데 망설인 경우가 몇 번이나 있었던가. 나는 남의 말을 귀 기울여 들으려고 하지 않았다. 독단적으로 결정할 때가 많았다. 그런데 단 한 가지, 마음속으로 오래전에 결정했지만 행동으로 옮기는 데 스멀스멀 불안해지는 것이 있었다. 나 혼자만이 아닌 아이들한테 영향을 끼칠 '만약'이란 낱말이 내 머리에 자리 잡았다. 그래도 결론은 언제나 '운전해야 한다'였다.

이미 2년 전에 면허증을 취득했으면서 망설였다. '이번 방학 동안에는 꼭 연수를 받아서 자신감을 충분히 갖추고 운전을 시작해야지'라고 생각했다. 그리고 지금껏 한마디도 꺼내지 않았던 운전 이야기를 했다.

"연수 시작하게 차를 두고 출근하셔요."

"정비 검사받은 후부터 해라."

겁을 먹고 조심스레 건넸는데 남편은 아무런 군소리가 없다. 남편의 대답이 그토록 큰 용기가 될 줄이야.

아직 한국 사회에서는 여자들이 운전하는 걸 두고 '건방지게 차 끌고 돌아다니는 꼴불견'이라 한마디로 잘라 말한다. 그러나 속사정을 모르고 하는 소리다. 핸들을 잡기 전부터 뿌리 깊은 사회 통념에 긴장부터 했다. 남편의 사고에 민감한 나였는데, 나답지 않은 나의 또 다른 일면이 놀라웠다. 작년부터 형수에게 필요하다고 느낄 때면 나도 모르게 전후좌우 생각지 않고 무슨 일이든 실행에 옮겼다. 처음으로 그간 망설이느라 손해 본 것이 억울하게 느껴졌다.

1985년 9월 18일 친정엄마와의 짧은 바다 여행

누군가 "누구에게 가장 죄스러운가?"라고 묻는다면 나는 망설임 없이 대답할 수 있다. 바로 단 한 순간도 놓치지 않고 생각나는, 늘 내 마음속에서 함께하는 친정엄마다. 엄마를 생각하면 내 마음은 온통 죄스러움으로 가득하다. 이 무거운 마음을 언제쯤 가볍게 비울 수 있을까. 괴로움에 지쳐 그 순간을 포기할 때가 있을까. 과연 그날이 내게 올까.

어제는 엄마가 오셨다. 1년에 한 번 오실까 말까인데 그렇게 드문 '딸 집 나들이'에 한없이 반갑고 감사했다. 어찌 나보다 더 안타깝지 않으리. 하지만 당신은 눈곱만큼이라도 딸에게 성가실까 봐 딸 집에 잘 오지 않으셨다. 그것이 순수한 모성애 아닐까. 그래서

딸인 나는 더더욱 가슴의 멍이 짙어졌다.

형수 때문에 지친 내 모습을 보기만 해도 가슴이 찢어진다고 말씀하셨다. 넋두리일망정 하늘을 쳐다보면서 원망하셨다.

"내 복이 네 복이구나."

이렇게 쌓인 한을 형수 아빠가 헤아리기라도 한 걸까.

"장모님, 바다 구경도 하고 횟감도 먹으러 가십시다."

늙으신 엄마는 무슨 낭만이 남아서 바다 구경일까 하셨지만, 아이들 여행을 핑계 삼아 같이 가자고 했다. 비록 고급은 아닐지라도 오랜만에 회 먹고 가족과 함께하는 시간을 갖자고 말이다. 남편의 말이 끝나기 전부터 혹시 엄마가 거절하실까 봐 조바심이 생겼다.

"너희들이 횟감 먹을 돈이 어디 있다고."

"우리가 없으면 엄마가 사 주시면 되지. 안내는 우리가 하고요."

한바탕 웃으면서 엉겁결에 자식 노릇을 하는 양 가볍게 말했다. 탁 트인 바닷가 외곽을 달리는 차 속에서 밝고 느긋한 표정의 아이들을 보며 '참 잘했구나' 싶었다.

기다리는 동안을 참지 못해 모래사장에 서 있는 아이들을 보았다. 파랑주의보라는 일기예보에도 아랑곳없이, 휘청거리는 목발에 물 밑으로 모래가 퍼지는데도 두려움이 없었다. 거대한 파도의 바람 속에 온몸을 던지듯 모래사장을 헤맸다.

"정말 맛있다. 동네 친구들이랑 이따금 먹지만 이 맛이 아니던데."

행여나 또 딸의 사정을 헤아려 걱정하실까 봐 내내 두려웠다. 하지만 어느 쪽이 부모로서 자식에 대한 배려인지를 잘 아시는 듯했다. 지혜로운 엄마와 우리 아이들이 함께할 수 있어서 큰 위로가 되었다.

1985년 10월 9일 엄마, 엄마 뒤에 좀 봐요

"엄마, 엄마 뒤에 좀 봐요."

운동장 라운드 안쪽에 나란히 목발까지 진열하듯이 앉아 있었다. 운동장 어디에서든 찾을 수 있었다. 우리 뒤에는 학부모 구경꾼들이 둘러앉아 있지만, 그 뒤에 우뚝 서 있는 한 사람이 보였다. 유난히 큰 키라 금방 눈에 띄었다.

첫째는 놀라움, 반가움에 '아버지 왔어요?'라는 말까지 잊은 듯했다. 황당해서겠지. 기대는 했을까.

입학 후 처음으로 학교 행사 때 아빠가 오셨다. 형수와 각각 다른 학교일 때야 더더욱 참석할 마음이 없었을 것이다. 두 아이가 같은 학교에 다니는데, 참석을 피하거나 무관심할 이유가 있을까.

아침에 출근할 때 그냥 모른 채 넘기려 했다. 한편으로는 아버지의 반응이나 대답에 따라 아이들에게는 혹이나 상처가 될까 봐 두렵기도 해서 망설이다가 운동회가 있다고 말했다. 경상도 남자 특유의 단순하고 무뚝뚝한 대답이 돌아왔다.

"맛있는 거 해서 가라. 내가 가면 뭐 하노."

나는 아무런 생각 없이 던진 말이었다. 남편을 이제 충분히 이해할 수 있었다. 형수는 눈으로만 즐기는 운동회였다. '함께하지 못해 가슴앓이만 하는 운동회가 될 텐데….' 그 운동회에 참석하는 기분,

아들의 속상함을 모른 척하는 모습을 목격해야 하니 순간적으로 갈등이 생겼을 것이다.

많은 이들이 '아이가 달리기도 할 수 없는데, 가슴 아프게 운동회에 참석하는 부모가 있을까?'라고 생각할 수 있다. 물론 남편도 처음에는 대부분 그들의 생각과 비슷했을 것이다. 그러다가 다시 한 번 생각해 참석하겠다고 해서 정말 고마웠다. 남편의 얼굴과 눈이 마주치는 순간에는 형수가 달리기해서 일등 했다고 소리치고 싶었다. 다른 학부모들이 놀라도록 응원하면서 이렇게 외치고 싶었다.

'나도 재밌게 논다. 나도 운동회 즐길 줄 안다.'

1985년 11월 3일 경주 도투락 월드

여행은 '장소'보다 '어떻게'가 중요하다. 누군가에게는 아무 상관없는 일이지만 형수한테는 큰 문제가 될 수 있다. 목발을 짚고 혼자서 걸을 수 있는 장소여야 한다고 나는 강조했다. 최악의 경우, 누군가가 업어서 가면 된다. 어쨌든 형수한테 불이익을 주면서까지 여행을 강요할 수는 없었다.

조금만 형수를 배려하는 마음만 있으면 얼마든지 가능한 일이었다. 나는 어떤 상황에서도 형수와 나를 따로 떼어 상상한 적이 없었다. 그래서 언제나 약간의 충돌이 시작될 수 있음을 늘 염두에 두었다. 하지만 남편은 단 한 번도 형수를 포함한 우리 가족의 상황을 배려한 적이 없었다. 다수가 결정하면 소수인 형수가 따라야 한다는 생각이었다. 형수의 사정은 개인 사정에 불과하니 불만이 있으면 포기하라 말했다. 한 치의 양보도 없었다.

처음에는 정말 야속하다고 생각했다. 말 한마디 못 건넬 정도로 매정한 태도에 가슴앓이만 했다. 혹시나 형수한테 상처가 될까 봐 가슴 조이면서 여행이나 나들이가 끝나는 시점까지 죽을 듯 괴로워 여행의 즐거움을 맛보지 못했다. 형수의 표정을 살피는 것만으로도 버거웠다. 그래도 어릴 때는 덜 예민하니 안 가는 것보다는 가는 게 얻을 것이 많았다. 울며 겨자 먹기이지만, 첫째한테는 자유를 만끽할 수 있는 기회였다.

네 집이 어울려 가족 여행을 가자는 말을 듣고 나는 당당히 요구했다. 내 뜻이 관철되든 말든 아랑곳하지 않고 말했다. 형수가 마음껏 걷고 보고 느낄 수 있는 넓고 탁 트인 장소가 좋다고 당당히 말했다. 불편한 장소라면 나와 형수는 불참하겠다고 통보했다. 그동안의 불평을 쏟아붓기라도 하듯이 거침없이 내뱉는 말을 누가 막을 틈이 없었다.

주위가 조용해졌다. 사람들은 할 말을 잊은 듯 분위기가 한층 가라앉았다.

"형수 엄마, 미안해요."

기다렸다는 듯 차례로 겸연쩍은 대답을 건넸다. 우리가 먼저 신경 쓰고 말해야 하는데, 그동안 불평 없이 함께 응해서 상관없는 줄 알았단다. 언제나 "괜찮다"라는 형수 아빠의 말을 듣고 그대로 믿었다고 반성하듯, 속죄하듯 말했다. 그 말이 진심인지는 모르겠지만, 이로써 형수 아빠의 고집스러운 인식에 대전환이 일어났다. 하지만 집에 와서 아이들한테나 나한테 화풀이를 다 할 텐데 어찌 감당할까. 어찌 되었든 일단 속은 시원했다.

경주 도투락 월드는 넓은 평지가 대부분이었다. 가는 길도 탁 트인 고속도로를 선택했다. 우리에겐 최적의 여행이었다. 진입로에서부터 낙엽이 뒹구는 터널이 시작되었다. 그 모두를 하나도 빠뜨리지 않고 형수가 눈 속으로, 가슴 속으로, 살갗 속으로 담기를 바랐다. 이 모든 것이 형수에게 양식이 되기만을 바랐다.

주위의 가족들에게 고마웠다. 잊지 않고, 받은 만큼 되돌릴 수 있을 그날을 위해 열심히 노력할 것을 다짐했다.

1985년 11월 10일 자동차 운전석의 나

자동차 운전석에 앉은 내 모습을 상상했다. 내가 운전하는 게 정말 가능할까.

나는 늘 조수석 아니면 뒷좌석에 형수를 태우고, 목발을 싣고, 책가방을 실었다. 온몸으로 운전대를 잡아도 부족한 초보인데 씽씽 달리는 실력이 된 듯 순간순간 건방을 떨었다. 겁도 없이 위험천만이다. 왜 운전을 진작 시작하지 못했던가! 욕심 어린 후회를 했다. 온몸의 신경을 운전에다 집중하느라 머리는 터질 듯하고 다리는 근육통으로 팅팅 부어오른 듯했다.

차에 오르면 남편의 눈치를 보느라 형수의 근육은 더욱 긴장했다. 형수는 남편에게 "몸도 가눌 줄 모르는 개구쟁이"라는 핀잔을 많이 받았다. 나는 속으로 다짐했다. '나는 형수한테 그러지 말아야지. 형수가 뒹굴어서, 곤두박질쳐서 차 안이 흙투성이가 된다 해도 아무 말 하지 말아야지.' 형수 스스로 발을 털고 닦을 수가 없으니 당연했다. 그런데도 형수가 차에 오를 때마다 나와 남편은 실랑이를 벌였고, 나는 죄지은 듯 고개를 숙이고 앉은 형수의 표정만 살폈다. 자동차는 형수에게 편의를 제공하는 도구였다. 그 자동차가 전시품이나 사치품이 아닌데, 지나치게 아이에게 불평을 해서 어느 때는 형수에게 비참함마저 느끼게 했다. 너무나 당연한 일인데도 친절, 배려라고 칭하며 생색낼 때가 많았다. 나는 차츰차츰 체념하거나, 순간의 평화를 위해서 묵인하곤 했다.

지금까지의 현실에서는 최선이라 고집하고 싶었다. 언젠가는 남편이 보고 듣고 체험하면서 스스로 뉘우치고 변화할 것이라 기대했다. 충돌은 가급적 피해야 했다. 생각을 바꾸는 것이 쉬운 일은 아니기 때문이었다.

6

꽃은 유일한 친구

서른여섯~서른일곱 살

1986년 1월 1일 해운대 달맞이고개

해돋이를 보러 갔다. 해운대 달맞이고개 위에 우리 식구가 도착할 때쯤 바닷속에서 떠오르는 햇살! 올라오는 햇살의 풍경에 우리 모두 할 말을 잊었다. 그 정도로 감격스러운 풍경이었다.

낑낑대며 뒤뚱뒤뚱 올라가는 형수의 모습과 해돋이를 위해 올라온 관광객들의 모습이 너무나 대조적이었다. 저들의 소원도 얼마나 절박할까. 내 마음이 점차 평온해졌다. 이 세상에는 나보다 훨씬 더 큰 절망과 불행을 겪는 이들이 있을 것이다. 그들 또한 소원이 있을 것이다. 어떻게 보면 난 행운아다.

해돋이를 보러 온 것은 이 시각에 다시 한번 나와 형수의 의지를 확신하고 소원을 빌기 위해서만은 아니었다. 저 찬란한 햇빛을 맞이하고 즐길 줄 아는 긍정적인 마음을 심어 주기 위해서였다. 가슴 깊숙이까지 따스한 햇살을 담고 언젠가는 받은 그 햇살을 되돌려 주리라.

우리는 한껏 받은 햇살을 머금은 채 동해 쪽으로 차를 몰아 영덕에 도착해 게를 먹었다. 형수는 스스로 발라먹을 수 없으면서도 게를 제일 좋아했다. 게살이라는 말만 들어도 군침을 삼켰다. 주변의 눈총은 아랑곳하지 않았다. 관광객 인파 속에 우리가 함께한다는 것만으로도 의미 있었다.

1986년 2월 20일 졸업식

큰아들의 졸업식이다. 기쁘고 의젓한 아들의 졸업. 한편으로는 서운하고 걱정스러웠다. 다른 졸업생들 엄마의 심경은 어떨까. 나는 이제부터 혼자 학교에 다닐 형수 때문인지 착잡하고 힘이 빠졌다.

자꾸만 눈물이 고이고 어느 한 부분이 떨어져 나가는 듯 허전했다. 졸업을 축하하러 온 친지들이 별로 없는 탓일까. 집집마다 이모, 고모, 조부모 등등 여러 명이 와서 카메라 플래시를 터뜨리느라 좁은 복도가 시끌벅적했다. 교실 문 앞이 복잡해 아이 얼굴을 볼 수 없었다. 졸업식이 거의 끝나갈 무렵, 복도 저쪽에서 금방 알아차릴 수 있는 멀쑥한 키에 익숙한 얼굴이 보였다.

6년 동안 학교 방문은 이번이 두 번째다. 참 많이 망설이면서 어려운 발걸음을 했다. 6년의 개근상, 우등상, 장한 어머니상 등 상장과 졸업장, 앨범이 한 아름이다. 감격으로 가슴 벅찬 졸업식이었다. 치맛바람으로 학부모 명단에 들기라도 했더라면 졸업식장에서 주목받았을 것이다. 하지만 우리는 모범적인 교육상과 우리 가족 네 사람의 축하만으로도 충분했다. 우리는 돼지갈비 숯불고기를 점심 만찬으로 선택했다. 콜라 한 잔에도 온 천하가 내 것인 양 아이는 자신만만했다.

1986년 2월 28일 선생님은 행운아입니다

3월이면 형수가 5학년이 된다. 매년 그랬듯이 전 담임과 새 담임 사이에 형수에 대한 설명이 필요했다. 물론 선생님들이 원해서는 아니었다. 처음 입학 때는 시간마다 설명해야 수업이 진행될 만큼 선생님들은 장애인에 대한 인식이나 개별 교육에 캄캄했다. 마치 환자를 다루듯이 할 뿐 교육은 엄두조차 내지 못했다.

그래도 지금은 관심 있는 선생님들이라서 그런지 일반 수업에는 별다른 설명이 필요치 않고, 다만 좀 더 세심한 부분에서 가이드가 필요했다. 특히 잠재 능력, 즉 개별 교육에 도움을 받고 싶었다. 일반적인 학부모의 극성이라 할 수 있고, 형수도 똑같이 교육받을 권리를 보장받고 싶다는 욕심일 수 있다. 어떤 이들은 선생님들이나 의사 선생님에게 그냥 봉투나 드리라고 했다. 그러나 직접 만나 설명하고 대답을 듣겠다는 나의 의지를 눈치챈 듯 선생님들은 순순히 "그러세요"라고 하셨다.

"소주 한잔 기울이면서 된장국에 밥 한 끼 대접해 드리려고 합니다."

나의 제의에 얼마나 고마우신 배려인가.

"형수의 수업, 학교생활, 교우관계 등 모든 것을 대충 파악하고 있으니 너무 걱정하지 마시고. 그리고 부족하면 무엇이든 여쭙겠으니 마음 편히 가지세요. 그리고 무엇이든 불만스러우면 얼마든지 상의하도록 합시다."

무슨 대화가 더 필요할까. 예의를 갖추고 "감사합니다"란 인사로 끝맺음했다.

"선생님은 행운아입니다. 장애 학생에 대한 교육을 공부할 수 있는 좋은 기회로 고맙게 생각하셔야 합니다."

이런 농담을 던져 긴장을 풀었다. 선생님과 한껏 편안하고 친숙한 사이라고 착각해도 상관없다고 생각했다.

1986년 3월 12일 첫째가 실장이 되었다

첫째가 중학교에 입학한 후 성적 순위 시험 결과가 발표되었다. 떠도는 소문에 의하면 사립 국민학교 졸업생은 중학교 입학 때면 거의 전교 10등 이내로 반마다 1등을 차지한단다.

집에서 학교까지 주택가를 거쳐 산 중턱으로 걷는 거리가 왕복 4킬로미터 가까이 되었다. 언덕빼기가 한참이고 아직은 걷는 게 익숙하지 않아서 집에 오면 씩씩대며 축 늘어졌다. 오자마자 도시락도 꺼내지 않고 책가방을 내던졌다. 오늘은 가벼운 숨소리에 착 가라앉은 목소리로 조심스레 말했다.

"엄마, 나 실장 됐다."

무슨 즐거운 일이 있으리라 짐작했지만, 듣는 순간 나는 반쯤 입을 벌린 채 어떤 말도 못 하고 멀뚱멀뚱 아이 얼굴만 바라보았다.

민수는 무슨 잘못이라도 한 양 겸연쩍은 표정으로 웃지도 울지도 못했다.

"내가 반에서 1등이고 전교에서도 1등이다. 또 3등이 될 수도 있고. 동점이 3명이니까."

많이 재잘대고 날뛰듯 좋아해도 괜찮을 텐데, 평소 할 말만 하던 아이는 오늘도 글을 읽듯 말했다.

"내일부터 30분 일찍 가야 한다. 실장이라서."

제일 먼저 알려 주고 싶은 이는 누구일까. 이웃 친구도 친지들도, 그리고 아빠도 아니다. 멀리 혼자 계시는 내 엄마, 나의 엄마다! 모든 것을 감수하면서도 어떤 내색 없이 살아가는, "모두가 내 몫이다"라고 말씀하시는 분. 그러나 전화를 할 수 없었다. 나에게 좋은 일을 전할 소식이 없으니, 전화가 필요 없다고 하셨다. 진작에 전화를 놓지 못한 것이 가슴 아팠다. 나에게도 오늘같이 좋은 소식 전할 거리가 생겼는데 할 수 없다니.

민수는 지금부터 더 막중한 의무감을 가지고 잘해야만 한다. 1등은 늘 등 뒤에서 누가 쫓아오는 듯한 강박감에 시달리기 마련이다. 그러다 보면 주위를 살피고 배려하는 인간미를 잃어 버릴 수 있다.

"최선을 다해라. 할 수 있는, 할 수 있는 데까지만 해라. 1등이 아니라도 좋다."

이런 엄마의 말을 어디까지 헤아릴 수 있을까. 어렵게 풀이하려고 하지 말고 글자 그대로, 말 그대로 받아들여 실천하기만을 바랄 뿐이었다. 누구든 억지 욕심으로 탐하다 보면 다른 사람에게 피해를 줄 수 있기 때문이다. 내 몸과 마음을 움직이려 할 때마다 주위를 생각하고 살필 수 있는 여유를 습관처럼 지녀야 한다. 이를 일상으로 녹여 내는 인간다운 사람, 학생이 되려고 노력해야 한다. 함께 실천하면 절대로 어려운 일이 아니다. 그것이 바로 폭넓은 지식, 교양 등을 얻는 밑거름이 될 것이다.

1986년 3월 31일 협력자

스쿨버스에서 내리려 내게 안기는 순간, 형수가 더 기다리지 못하고 흥분하면서 말했다.

"오늘 아침에는 아빠가 교실까지 책가방을 들어 주고 가셨어요."

형수는 언제나 "저 혼자서도 할 수 있어요"라고 이야기했다. 하지만 그 누가 판단해도 형수 혼자 하기 어렵고 불가능한 일이 많았다. 그런데도 고집인지, 반항인지, 용기인지 혼자 한다고 늘 주장했다. 나는 '용기'라고 의식적으로 단정 짓는다.

그런데 오늘 아빠의 친절을 감격스레 표현하는 형수 얼굴에서 지금까지 반신반의했던 것에 안주해서는 안 되겠다는 생각이 들었다. 좀 더 형수의 마음 깊은 곳까지 더듬고 헤아리는 카운슬링을 해야겠다고 결심했다.

그동안 형이 시중을 다 들어 주었는데, 새삼 혼자서 해결해야 하는 학교생활에 불안하고 힘겨운 고비, 고비가 있었음을 직감했다. 물론 예상하지 못한 것은 아니었다. 예방하는 차원에서라도 좀 더 폭넓게, 좀 더 속속들이 아이의 눈높이에서 점검하고 준비해 형수가 의지할 수 있도록 해야겠다.

난 오늘 형수의 감정과 앞으로 형수를 대하는 우리의 태도에 대해 남편과 토론했다. 항상 작은 일에도 형수의 의사를 묻고 함께 결정하는 생활방식으로 이끌어야겠다. 남편은 전과 달리 아이 교육에 관해 반대 의사 없이 흔쾌히 응했다. 무심한 듯, 내가 하는 대로 지켜보는 것을 곧 애정 표현이라 생각했는데 그게 아니었다. 협력자가 한 사람 더 생긴 듯 든든했다.

1986년 4월 5일 기어다니기라도 마음대로 할 수 있는 넓은 집

기어다니기라도 마음대로 할 수 있는 넓은 집으로 가고 싶었다. 꼭 좋은 집이 아니어도 좋았다. 형수는 제 처지에 투정이 가당치 않다는 걸 일찍부터 아는지 비좁은 집을 불평한 적이 한 번도 없었다. 기어다니다가 발에 걸려 밥상이 뒤집히고, 책상인지 쓰레기하치장인지 모를 단칸방에서 생활하느라 힘들었을 터. 첫째는 소리 없는 투정으로 짜증을 대신하기도 했다. 이런 아이들 마음을 모르는 게 아니다. 진작에 헤아리고 있었기에 이사를 서둘렀다. 비록 바로 위층이지만 단칸방에 비하면 엄청나게 큰 집이다. 방 세 칸에다 단독이니 우리 네 식구한테는 과욕일 수 있었다.

위층에는 큰 마루에 부엌방, 큰 베란다가 있었다. 표현을 제대로 안 하지만, 책을 올리느라 분주히 2층을 오르내리는 첫째의 발걸음이 가볍다. 형수는 형과 함께 이삿짐 나르는 걸 돕지 못해 미안한 듯 멀찌감치에서 서성였다. 그럼에도 내내 감격스러운 표정으로 바라보았다. 마음 같아서는 형과 맞잡고 오르내리고 싶은 충동을 참느라 군침만 꿀꺽꿀꺽 삼키는 듯했다.

나는 앞으로의 관리비 걱정은 뒤로한 채, 형수의 표정 속에 여러 감정이 오가는 걸 살폈다. 어느 순간에도 형수의 감정을 그냥 지나치면 안 되니까.

"형수야, 넓은 집에서 더 열심히 운동해서 치료될 수 있도록 노력하자. 최선을 다해 보자."

1986년 4월 14일 독서실에 갔다

첫째가 독서실 체험을 하러 갔다. 독서실은 공부하려도 가고 공부하는 척하면서 동무들과 만나러 가기도 하는 곳이다. 요즘 아이들이 "독서실 간다"라고 할 때면 대개 공부를 열심히 하는 것으로 생각했다. "우리 누구누구는 새벽까지 독서실에서 공부한다"라고 엄마들이 자랑처럼 말했다. 그럴 때마다 나는 속으로 독서실인지, 또 다른 목적을 위한 장소인지 한 번쯤 염려나 생각을 해 본 적이 있는지를 묻고 싶었다. 자식의 말을 믿고 안 믿고를 떠나, 아이들을 상대로 한 장소이니만큼 내 자식이 먼저 관심 가지기 전에 미리 잘 살펴야 한다.

요즘 동네마다 독서실이 많이 생겼다. 국민학생도 드나든다고 하는데 시험 때면 빈자리가 없다. 그래서 미리 자리 잡아 두는 경우가 많단다. 3개월 전쯤 몇 군데를 미리 알아 본 적이 있는데, 그곳 중 1/3 정도는 책상 위에 책가방과 책을 펼쳐 놓기만 했다. 그 학생들은 몇 시간씩 자리에 없었다.

'독서실 내에서는 정숙'이라는 규칙이 있어 실내 분위기가 조용했다. 주위 환경을 살펴보니 곳곳에 만화방, 오락실 등이 많았다. 독서실보다 몇 배의 인원을 수용할 수 있는 규모였다. 부모들이 조금만 관심을 기울이면 속사정까지 충분히 알 수 있을 것이다. 특히 엄마들은 자식들의 입장이나 환경 등에 턱없이 관대해 이런 부분을 지나칠 수 있다.

'아차!' 하는 순간에는 그저 노발대발하기만 한다. 모든 원인과 결과가 아이들 본인에게 있다고 여긴다. 그리고 치료나 교정의 방법에 대해서 고민하지 않고 벌칙이나 채찍으로 아이들을 키우려고 한다. 그때마다 나는 그들의 부모가 되어 고민해 보기로 했다.

나 역시 오늘에서야 실전을 치른 듯했다. 이사하고 집 정돈이 덜 된 데다가 수리하느라 어수선하기 이를 데 없었다. 방바닥까지 뜯은 상태라 더 어지러웠다. 첫째는 첫 시험을 앞두고 아주 긴장하고 있었다. 그래서 학교 아니면 독서실에서 공부하고 싶다고 했다. 그런데 휴일에는 학교에 감독 선생님이 계시지 않아 분위기가 별로 안 좋을 때가 있단다. 그렇다고 독서실에 보내기에는 독서실 주변 환경이나 분위기가 걱정되었다.

슬쩍 아이에게 물어보니 나처럼 반신반의하고 있어 오히려 안심이었다. 미리 알고 가면 대처할 능력이 생기니까.

"가 보고 아니다 싶으면 집으로 올게요."

아이는 들뜬 발걸음으로 책가방과 도시락을 준비했다. 가서 독서실 전화번호를 알려 주기로 하고 공부하러 갔다. 중학생이 되어 경험하는 수많은 변화에 아이가 과연 얼마만큼 적응할 수 있을까.

국민학교 때보다 사회성을 요구하는 중학교 생활에서는 자발성 또한 필요하다. 좁은 집에서 넓은 집으로 이사하고 중학교 생활에 적응하는 등 아들에게 여러 변화가 있었다. 믿는 만큼 되어 주는 게 자식이니 잘해 낼 수 있도록 응원해야겠다.

1986년 5월 1일 누가 낚시 여행 가자고 보챈 적이 있던가

어젯밤 얼큰히 취해 퇴근한 남편이 식탁에서 한마디 친절한 말을 던졌다.

"이번 시험도 끝났으니, 공부하느라 갑갑했을 거야. 날씨도 화창하고, 시원한 바닷바람도 실컷 마시자. 아빠가 좋아하는 낚시도 해서 횟감도 맛보는 거 어떠냐?"

누구도 거부할 이유가 없는 제안이었다. 말 그대로 상상만 해도 황홀한 기분이 드는 1박2일의 여행이었다. 처음은 아니다. 첫째가 내 등에 업혀 있을 때부터 갔던 낚시 여행이다. 그러나 말처럼 단 한 번도 즐거운 여행이나 나들이가 아니었다.

출발 때부터 남편은 앞서서 차에 타고 진득하게 기다리지 않았다. 나는 반찬거리를 마련하고 형수가 읽을 책을 챙기고 보조기를 신기느라 바빴다. 남편은 어느 아이들이고 탁 트인 앞자리를 차지하려고 옥신각신한다는 것을 이해하지 못했다.

"어떤 집 아이들은 여행 데려가지 않는다고 가자고 애걸하기도 한다는데 너희들은 호강에 겨워서 불평들인가. 무엇이든 감수하고 즐겁게 가야지."

그동안 아버지로서 미흡했던 걸 보상하기 위한 여행이라는 핑계로 온갖 생색을 다 냈다. 난 아무 말도 하지 않았다. 아이들과 남편의 마음, 양쪽 모두를 너무나 잘 알기 때문이었다. 끝내 아이들은 아무런 대꾸를 하지 않은 채 기분 상한 얼굴이었다. 차창만 물끄러미 생각 없이 바라보았다.

'지금 우리에게 이런 여행이 어떤 의미가 있는가?'라는 생각에 닿는 순간, 차 문을 열고 내리고 싶었다. 차라리 상상으로 즐기는 게 나았다. 그러면 기대했다가 기분이 망가져 받는 상처는 없을 것이다. '누가 낚시 여행을 가자고 보챈 적 있나?'라는 표정의 아이들을 보면서 나도 울분이 치밀었다.

남편은 자기가 바다 낚시하는 데 우리를 들러리로 세우고 마음에 없는 형식적인 아버지 노릇을 했다. 그리고 유치한 표현으로 아이들 속을 끓였다. 우리들의 얼굴에서 화를 읽을 눈치마저 없을까. 참으로 순진하고 어리석은 사람이다. 안타깝고 답답했다.

차라리 여느 때처럼 혼자서 매정함을 남기고 가지 왜 같이 가자고 했을까. 하지만 그러려니 하고 우리 셋이 적당히 감수해야 한다. 그러다 보면 때로는 그 마음이 열어질 수도 있을 것이다.

1986년 5월 20일 엄마의 걱정스런 표정 앞에 위로하듯

며칠째 형수가 아팠다. 열감기에 시달려 얼굴이 핼쑥해진 데다 눈빛마저 흐릿했다. 그래도 결석하면 안 된다는 집념으로 학교에 갔다. 도시락을 한 숟갈도 먹지 못한 채 물통의 물로만 오르는 열을

식히고 종일을 참아 냈다. 오늘까지 3일째다.

형수에게 '결석하고 집에서 쉴래?'라고 말하지 않았다. 모성애가 부족한 탓일까. 교실 책상 앞에 앉히고 돌아서면서 몇 번이고 당부했다.

"고통스러워 견디기 힘들거나 열이 심하면 경기할 수도 있으니 담임 선생님한테 엄마한테 전화로 연락해 달라고 해. 엄마가 집에 꼭 있을 테니까."

"괜찮아요. 참을 수 있어요."

우리 모자는 서로를 위로하듯 안타까운 시선을 주고받았다. 불편한 몸에다 열감기의 고통, 그리고 학교생활의 아픔까지 이 모든 걸 다 감수하고 참아야 하는 내 아들의 삶을 지켜보는 것이 고통이었다.

혹시나 학교에서 급히 전화할까 봐 화장실을 드나들 때도 불안했다. 다른 전화가 오면 아들 핑계 삼아 빨리 통화를 끝냈다. 청소기를 돌리면서도 혹 소음으로 벨소리를 못 들을까 걱정이었다. 온 신경이 전화기에 가 있었다. 순간순간 불안이 엄습해 손발에 식은 땀이 흘렀다. 하루해가 길게만 느껴졌다.

하교 시각까지 기다릴 인내심이 부족해 훨씬 이른 시각에 데리러 갔다. 복도 창문으로 보니 친구들과 도란도란 씩씩한 모습으로 공부하고 있었다. 한숨 돌리고 수위실에서 기다렸다. 앉아서 곰곰이 여러 방향으로 다시금 엄마로서의 '나'를 반성했다. 장애인 아들과 엄마에 대해서도 좀 더 구체적으로 생각해 보았다.

이윽고 하얗고 핏기 없는 얼굴로 목발 짚고 휘청거리며 내려오는 형수를 만났다. 나는 '잘했구나'라고 칭찬하지 않았다. '해야 한다'는 의지로 잘 참아 낸 아들이 정말 대견스러웠다. 마음속으로 이 정도 고통쯤은 참을 수 있어야 한다고 수없이 말하고 싶었다. 말 없는 엄마의 태도를 보고 형수는 이미 알아차린 것 같았다.

"낮에는 열이 오르지도 않았어요. 그냥 힘만 없었어요. 도시락도 입맛이 없어서 못 먹었어요."

엄마의 걱정스러운 표정 앞에 형수가 위로하듯 말했다.

1986년 6월 6일 딸자식 노릇

오늘은 현충일이다. 나는 얼굴을 전혀 기억하지 못하는 아버지의 제삿날• 같은 날이다. 친정엄마는 군청에서 현충일을 기념하는 행사에 초대되어 당신의 옆자리를 되새기신다. 이렇게 조촐한 행사일지라도 되새길 수 있어 얼마나 다행인가. 나는 아버지에게 흡족한 딸자식 노릇을 해 드릴 수 없는 처지가 비참해 하늘만 쳐다볼 뿐이다.

현충일 아침이나 전날에 전화하면 엄마는 늘 "행사장에 간다. 오려거든 전날이나 다음날에 오던지"라고 말씀하셨다. 오늘은 마침 오전 수업만 있는 토요일이다. 그리고 엄마한테 하나뿐인 사위의 생일이기도 했다. 나는 조그만 케이크 한 개와 엄마가 좋아하시는 수박 한 덩이를 일찌감치 장만해 두었다. 서둘러 아이들 숙제며 준

• 이순희의 아버지는 6·25때 전사했다.

비물을 챙기고 씻겼다.

해가 어스름이 넘어갈 때쯤 남편을 기다렸다. 오늘 바깥일은 어땠을까. 조심스럽기는 하지만 오늘만큼 좋은 날이 없다고 생각했다. 딸자식 노릇을 이만큼이라도 할 수 있게 해 준 남편이 고마웠다. 엄마에게 오늘은 외손자 둘과 딸, 사위까지 함께하는 좋은 날이다. 왁자지껄 모두 함께하니 텅 빈 집이 꽉 찼다. 형수는 어둠이 이미 짙은데도 목발을 짚고 마당을 서성이면서 외할머니를 기쁘게 맞이했다. 형수도 엄마도 기쁨 이상으로 들뜬 모습이다. 이보다 더 행복한 순간이 있을까!

1986년 6월 17일 면역력이 필요하다

전교생이 함께하는 마라톤 행사가 있는 날이었다.

"나도 마라톤에 참석해야지."

아침 등굣길에 형수가 마라톤 참석을 선언했다.

처음 입학해서 얼마 동안은 학교에 어떤 일이 생길 때마다 나오는 구체적인 해결 방법 등을 내가 먼저 극성스레 걱정했다. 그러면 형수는 이미 각오하고 있다고 대답했다. 언제나 그랬듯이 오늘도 그러려니 생각했다. 그래도 이런 행사는 처음이라 조금 걱정이 되긴 했다. 아니나 다를까. 집으로 돌아오는 스쿨버스에서 내리는 순간 형수의 표정이 어둡다. 여기까지는 무슨 불쾌한 일이 있겠거니 했다. 그런데 입을 삐죽삐죽거리며 울먹였다. 이런 적은 처음이었다. 무슨 일일까.

선생님(남자 학생 담당)께서 뛰지 말고 차를 타고 따라오라고 하셨단다.

"혹시 엄마 따라오셨나?"

"아니요. 괜찮아요."

형수가 괜찮다고 해도 "위험해서 안 된다"라며 차에 태워 버렸다. 제 주장을 내세울 새도 없이 차를 출발시킨 것이다. 물론 담임 선생님이 아니어서 모를 수 있다. 또한 학교가 아닌 교외 밖 차도에서의 행사라 왜 그랬는지 충분히 이해했다. 단, 사전에 의사를 묻지도 않고 형수를 강제로 안아서 차에 태운 게 문제였다. 뭔가 무시당한 불쾌감이 들었다. 처음으로 뼈아프게 후회했다. 현장까지 따라가서 좀 더 세심하게 신경을 써야 했다. 잘 적응할 수 있다고 대범한 척하지만 아직 아이라는 것을 미처 헤아리지 못했다.

친구들과 같은 행사에 참석할 수 없어서 슬픈 게 아니었다. 선생님의 배려, 아니 무시가 불쾌하고 서러웠을 것이다. 그 순간 형수는 얼마나 고통스러웠을까. 이런 마음을 헤아릴 수 있는 이가 내 가족 말고는 이 세상에 아무도 없다고 생각했을 것이다.

쉽게 가라앉지 않는 마음의 상처를 달래고 면역력을 키우기 위해서는 점차 이런 사건을 맞닥뜨려야 한다고 생각했다. 앞으로 오늘 같은 상황이나 사건이 수도 없이 생길 것이다. 이런 사건을 면역력을 키우는 기회라 여겨야 했다.

어쨌든 다시금 미리 준비하고 노력해서 아이가 울먹일 정도로 상처받지 않도록 해야겠다고 다짐했다. 세심한 부분과 다양한 상황까지 공부하는 나의 자세가 필요함을 절절하게 느꼈다.

"원망하는 마음으로는 스스로가 성장하거나 발전할 수는 없다."

나와 형수가 열심히 공부할 수 있는 귀중한 기회를 주셨다. 형수의 여린 마음이 건강한 마음으로 성장할 수 있도록 분발해야겠다.

1986년 6월 29일 이거 내 동생 목발이다

친구를 데리고 온 적이 거의 없는 첫째가 반 친구들을 5명이나 데리고 집으로 들어섰다. 시험공부를 함께하기 위해서란다. 자주 있는 일이 아니라 반갑기도 하고 한편으로는 걱정도 되었다. 성장과정에서 친구들을 집에 데려오는 건 사회성 형성에 바람직하고 형수한테 또 다른 본보기가 될 수 있다. 또한 형수는 형수대로 장애로 생기는 소외감을 떨쳐 낼 수 있는 기회가 된다.

첫째는 지금까지 동생 때문에 창피하거나 귀찮은 내색을 한 적이 없다. 그래도 시시때때로 시간, 환경, 장소 등에서 제약을 받고 사람들한테 무시당하는 등 어릴 때는 몰랐다 해도 이제는 시야가 넓어지니 여러 생각이 많아질 터. 자신이 생각하는 것과 현실이 다 맞지는 않을 것이다. 나는 눈에 보이지 않는, 말로 표현할 수 없는 걱정으로 가득했다. 장애 아들인 형수보다 혹시 큰애와 갈등이 생길까 봐 더욱 걱정했다. 형수는 처음부터 자신의 현실을 알고 받아들였다. 반면, 첫째는 형수의 감정을 간접적으로 수용하면서 시시때때로 자신을 바꾸어야 했다. 지금까지는 별 저항 없이 내가 하자는 대로 따랐다. 하지만 이것이 언제까지 가능할지, 큰애에게 최선일지 모르겠다. 그냥 막연히 나의 마음을 알 것이라 믿고 싶었다.

민수는 아무런 망설임 없이 동무들에게 이렇게 이야기했다.

"이거 내 동생 목발이다. 다리가 아프거든."

첫째가 이렇게 믿음직할 줄이야. 친구들한테 당당하게 설명하는 태도가 멋지고 새삼 든든했다.

"나도 한번 짚어 보자."

한 동무가 익살스레 말하자 첫째가 유연하게 대처했다.

"야, 그럴 시간이 어디 있노. 빨리 시험공부나 하자."

큰 상을 펼치고 둘러앉아 토론 형식으로 제법 진지하게 공부했다. 형수도 이에 질세라 자기 방에서 공부해야 한다고 들어갔다.

내 가슴에 뿌듯함이 꽉 차올랐다. 내가 줄 수 있는 모든 것을 주고 싶을 정도로 행복했다. 이것저것 간식거리를 있는 대로 챙겨 주기 무섭게 모두 비웠다. 형수까지 6명의 먹성에 보기만 해도 배가 불렀다.

1986년 7월 30일 엄마와 함께 엄마의 엄마에게로 가자

방학이라 학교 수업이 없어서 병원 물리치료를 더 집중적으로 받았다. 학원 수업은 1개월 과정으로 예능을 지도받았다. 처음에는 더 빠듯하게 계획했지만, 우선순위를 따져 비중을 달리했다. 며칠을 고민한 끝에 결단을 내렸다. 결단을 내리고 나니 마음이 급해졌다. 몸과 마음에 엄청난 생기가 솟았다.

"재미있을 거 같은 책 한 권씩만 골라. 시골이니까 간식거리도 약간 챙겨서 가자. 외갓집에 가자. 엄마와 함께 엄마의 엄마에게로 가자."

엄마가 밟고 자란 마당의 흙을 밟고, 기어다니는 귀여운 지렁이를 같이 보자. 울타리 숲으로 뛰어가는 개구리를 잡고, 밤이면 모기떼에 물려도 보자. 거름 밭에서 날아드는 파리 떼가 앉은 보리밥을 물에 말아 된장 찍은 고추와 함께 먹자. 단출한 밥상일망정 맛있게 다 먹을 수 있는 마음 편한 엄마의 집으로 갔다.

친정집은 엄마와 함께라면 뭐든지 할 수 있는 곳이었다. 목발 짚고 시골 동네를 헤매고 다녀도, 돌부리에 차여서 뒹굴어도 누구 하나 얼굴 찡그리지 않는 오직 정만이 가득한 곳이었다. 그곳으로 갔다. 아이들은 흙 속에 기어다니는 개미들을 잡아서 서로 싸움 붙이며 즐거워했다. 형수는 도망가려는 여치를 잡아 함께 놀자고 중얼거리며 털썩 풀섶에 주저앉았다.

1986년 8월 25일 엄마, 빨리 오네요? 천천히 와도 되는데

출근 시간에 막힐까 봐 서둘러 병원에 도착했다. 의사 선생님과 물리치료사 선생님이 안 오셔서 1시간 넘게 기다려야 하는데 마음이 바빴다. 치료 끝나고 병원 가까이 있는 미술학원에 수업이 있어서 옆에서 뜨개질하며 끝나기만을 기다렸다. 학부모가 수업을 참관하면 방해되겠지만 나로서는 다른 방법이 없었다.

나 역시 마음이 불편했다. 그러나 이러지 않으면 우리는 미술학원에서의 수업을 포기할 수밖에 없다. 이 또한 나의 욕심일까. 내가 수업을 참관해서 학원이 받는 학원의 피해와 그 피해 때문에 형수가 포기했을 때의 손해 가운데 무엇이 더 클까를 따져 보았다. '당당히 요구할 만한 가치가 있다'라고 결론내렸다. 장애를 지닌 형수한테는 다른 이들에게 방해가 된다고 포기하면 그 피해가 자신에게 돌아간다.

어느새 한나절이 훨씬 지난 시각에야 집에 왔다. 지금부터는 아이들 스스로 각자 학습에 열중해야 한다. 잠시 모르는 척해도 되는 시간이다. 한 서너 시간 정도인 그 시간에 옆방에서 쉰다는 핑계로 아이들한테 부담을 줄까 두려웠다. 차라리 일을 할까.

시장으로 쇼핑을 나섰다. 아이들한테 간식을 주고 불조심을 당부하고 나갔다. 바깥출입을 함부로 하지 않는 첫째라 마음이 놓였지만 그래도 불안했다. 유별히 옷 코디하기를 즐기는 사촌 여동생과 바쁜 마음에 택시를 타고서 시장으로 갔다.

언제나 형수 운동시키기에 편한 헐렁한 몸빼바지에 티만 입고 다녔는데, 꽤 마음에 드는 치마와 블라우스를 골랐다. 과용인가 싶으면서도 평소의 옷가지에 비하면 '이 정도야!'라고 위로하면서 한 벌에 3만 원을 치렀다. '공부하면서 형이 동생을 잘 챙기고 있겠지' 하면서도 불안해서 집에 가기 바빴다. 한걸음에 도착한 듯 현관문을 열었다.

"엄마, 빨리 오네요? 천천히 와도 되는데. 우리 공부 잘하고 있잖아요. 챙겨 준 간식도 아직 안 먹었어요."

그래도 행복하구나. 이만큼이라도 따라와 줘서 고맙다.

1986년 9월 8일 꽃

벌써 가을의 문턱인가. 시장통 꽃집 앞에 가을을 말해 주는 꽈리며 화초가 한창이었다. 울긋불긋 뒤섞인 마른 꽃꽂이 소재도 눈에 띄었다. 한옥 문틀에 매달면 1년 내내 고운 주홍빛을 볼 수 있었다. 그러다 검붉은색으로 변하는 과정이 아름다웠다.

'또 한 해가 가는구나'를 확인하는 정겨운 풍경들이다. 몇 번이고 눈길을 멈추고 지갑을 열어 보다 오늘은 그만 유혹당하고 말았다. 까치밥, 연밥, 말린 고추까지 다해서 5,000원이다. 그래, 어쩌면 이 금액의 몇 배보다 더 많은 것을 얻으리라, 그렇게 되도록 하리라 다짐했다. 누군가가 책망이라도 할라치면 충분히 납득시킬 수 있다고 중얼거리면서 말이다. 부엌, 안방, 아이들 방에도 벌써 평안하고 넉넉한 냄새가 가득한 듯했다.

난 결혼 전부터 꽃을 좋아해서 그 꽃을 그냥 그대로 두지 못하는 성미였다. 내 손으로, 내가 원하는 대로 자르고 휘어서 꽃꽂이하고 싶었다. 말로는 다 표현할 수 없을 정도로 그 순간이 가장 행복했다. 어떤 방해가 있다 해도 더 이상 미루지 않고 어떤 형태가 되든지 꽃을 가까이할 것이다. 배우는 자세로 점차 나만의 예술로 일궈 사랑하리라. 꽂혀 있고 걸려 있는 저 열매들과 약속이라도 하는 듯, 응원을 구하는 듯 바라보았다. 그리고 이 역시 가족의 풍요롭고 편안한 삶에 힘이 되고 사랑이 되리라 믿었다.

1986년 9월 18일 추석, 여행

추석 전야였다. 밤늦도록 동서들끼리 이런저런 이야기하느라 잠을 설친 탓일까. 식구 모두 푸석푸석한 얼굴이었다. 일찌감치 차례를 준비했다. 분주히 정성을 담아 차린 차례상 앞에서 드는 피곤함은 어쩔 수 없었다. 서둘러 차례를 지내고 설거지를 채 끝마치기도 전에 커피 주문과 함께 활기찬 이야기가 오갔다. 간간이 불평과 함께 걱정하는 어른들 말씀이 들렸다.

남자들은 남해 섬 방파제로 낚시하러 가고 여자들은 보리암 사찰을 관광했다. 난 형수하고 가려면 산을 오르는 것보다 방파제가 수월하다 싶었다. 결국 구경할 만한 섬을 여러 군데 거쳐 모두 함께 낚시터로 향했다. 부산에서 전주까지보다 더 먼 거리였다.

어른들을 따라 형수도 낚싯대를 쥐고 던지는 폼이 제법 그럴싸했다. 눈먼 고기가 억울하게 매달려 왔다. 아이들은 또 다른 고기가 도망칠까 봐 환호의 말을 잃은 듯 조용했다. 낚싯대가 흔들리는 그 맛에 형수는 바닥에 거의 드러누워 낚는 재미에 푹 빠졌다.

여자들은 어떤가. 돌 틈으로 꼬물거리면서 드나드는 파도를 보며 여러 감정을 느꼈다. 고동, 조개, 새끼게 등의 앙증스런 걸음에 홀린 듯 쫓아가며 또 다른 생동감을 느꼈다. 바위틈을 오르내릴 때 보이는 산과 해, 그리고 하늘과 하나가 되는 바다. 우리들만이 볼 수 있는 이 풍경에 감탄하며 "아까워라" 하고 환호할 뿐이었다.

1986년 10월 11일 형아도 가겠지?

휴일에 열리는 운동회였다. 가족들과 함께하는 운동회라서 언젠가부터 운동회 일정을 휴일로 잡았다. 학생 수는 다른 학교의 1/4뿐인데 참가 인원은 훨씬 많았다. 종일토록 엄청 많은 종목을 하느라 학생들이 지칠 정도였다. 경기뿐 아니라 별의별 게임을 다 했다. 학부모 게임, 졸업생 게임, 지역 어른들 게임 등으로 온통 축제판이었다. 어른들 못지않게 아이들도 들뜬 마음에 재잘댔다.

"내일 김밥 많이 싸 주세요. 오징어랑 과자도 주스도요."

첫째의 특별 주문이었다.

"무엇보다 물을 많이요."

"엄마, 내일은 좀 더 일찍 가야지? 자리 잡게."

무슨 말을 빠트린 듯 머뭇거리면서 형수가 말을 이었다.

"형아도 가겠지?"

말이 채 끝나기도 전에 불안감이 스쳤다.

"야, 난 중학생인데?"

민수는 대답할 겨를을 주지 않고 잘라 말했다.

"졸업생 게임도 있고, 형도 가야지."

첫째가 엄마의 걱정을 헤아렸을까. 형수의 부러운 눈치를 알아차린 걸까.

"그까짓 게임, 다 내 차지다. 전부 1등 해 주지 뭐."

긴장한 가슴에 뜨거운 물이 흐르듯 화끈해졌다. 내일 운동장 모습을 상상하며 미소를 지었다.

기다란 목발 한 쌍이 모랫바닥에 의기양양하게 누워 있었다. 형수는 점심 도시락 보따리를 움켜잡고 있었다. 양반다리로 자세를 교정하듯 신을 괴고 앉아 있었다. 그 옆에서 첫째는 "뭐 줄까?"라며 과자를 꺼내 형수 입에 넣어 주고 빨대로 주스를 먹여 주었다. 그러면 또 형수는 형에게 "좀 천천히 줘"라며 옥신각신했다. 이윽고 졸업생 게임이 이어지려는데, "형이 간다"라며 형수가 소리치고 껑충껑충 뛰는지 걷는지 운동장으로 나갔다.

1986년 10월 12일 등 뒤에 장승처럼 서서 두리번거리는 모습

운동회 전날 밤의 설레는 마음을 어디에다 비할까. 그런 설렘이 쓰리고 쓰린 아픔이 되어 잠을 이룰 수 없는 엄마의 마음을 누가 알까. 형수는 들뜨고 설레는 듯했다. 함께 뛸 수 없으면서도 설레는 형수의 쓰리고 쓰린 아픔을 아무도 모를 것이다. 그러나 엄마는 안다. 김밥을 싸 달라고 부탁하고 오징어, 주스, 과자, 과일도 사라며 떠드니 고마웠다.

여느 날과 똑같이 등교했다. 끝까지 참가해서 구경했다. 구경꾼이 아니라 직접 참여하고 싶은 마음을 알기에 기특하고 애처로웠다. 싱겁게 어찌 운동회 구경을 가겠느냐는 첫째에게 맛있는 점심을 사겠노라고 말했다. 엄마 마음을 알 리 없는 형수의 심경을 헤아리기를 은근히 바랐다.

다행히 얼른 눈치챈 형의 마음 또한 고마웠다. 건장한 첫째가 관중석에 앉았다가 졸업생 달리기에서 3등을 하고 게임도 해서 선물

을 한 아름 받았다. 그 순간 축 늘어져 있던 형수의 어깨는 물론 엄마의 멍든 어깨가 어느새 쭉 펴지며 힘이 솟았다. 아빠가 참석하지 못해 섭섭한 마음이 조금은 가시는 듯했다.

오후 게임이 막 시작될 때쯤 어떻게 집에 갈지를 걱정했다. '운동회가 다 끝나기 전에 병아리 몇 마리 사서 복잡한 경기장을 빠져나와야지'라고 생각했다. 그때 바로 등 뒤에 장승처럼 서서 두리번거리는 남편을 보였다. 점심시간이니 관중이 다 모여 있지 않아서 쉽게 눈에 띄었다. 바빠서 운동회에 참석하지 못한다고 해서 기대하지 않았다. 그래서 더 깜짝 놀랐다. 이토록 반가운 순간이 평생 몇 번 있겠는가. 형수 또한 병아리 두 마리, 메추리 두 마리를 들고 남편을 반겼다. 한 게임이라도 함께 구경하길 바랐지만, 반강제로 아이들을 남편 차에 태우고 집으로 왔다. 조금 더 구경했으면 하는 섭섭함에 콧잔등이 시큰했다.

1986년 11월 4일 엄마가 없었다

갑자기 엄마가 보고 싶어서 추석에 불쑥 친정에 다녀왔다. 일찌감치 서둘러 출발했는데, 세 번이나 차를 갈아타야 해서 12시 넘어서야 친정에 도착했다.

어설프게 비뚤어진 방문을 열면서 "아이고, 어찌 오노?"라고 하셔야 할 엄마가 부엌에도 뒷간에도 없었다. 방문을 열어 이곳저곳을 살펴보니 헌 옷을 벗어 두고 가신 흔적이 있었다. 어디 나들이를 가신 듯했다. 그만 눈물이 핑 돌았다. 마루에 털썩 앉아 감말랭이를 몇 개 주워 먹고 한숨을 쉬었다.

한가득 감말랭이에서 엄마 냄새가 물씬 나 일순간 섭섭해졌다. 국거리를 씻어서 냉장고에 넣고, 밥 한술 찾아 먹고, 앞 밭에서 배추 한 포기 뽑아 가방에 넣고 시계를 보니 2시였다. 엄마는 돌아오시지 않았다. 큼직하게 몇 자 써 두고 방문을 닫았다. 형수를 데리러 가야 할 시각이었다. 어찌 발걸음이 쉽게 떨어지겠는가.

아침에 출근길에 남편에게 말했다.

"나 오늘 엄마한테 가는데, 형수 좀 데리러 가 주세요."

"일찍 가서 일찍 오지 뭐."

내 마음을 헤아리지 않는 남편이 얼마나 원망스러운지 또 눈물이 핑 돌았다. 감 까고, 김장거리와 쌀 얻어 오고, 엄마 얼굴도 보고 온다고 여러 가지 핑계를 둘러댔다. 내 입에서 이런 말이 거듭 나오지 않더라도 먼저 베풀어 줄 수는 없었을까. 자꾸만 착잡해지려는 내 마음을 이래저래 달랬다.

1986년 11월 11일 엄마, 또 만지나? 그만해도 예쁜데

학원에서 두 번 정도 꽂아 보고 지도받고 집으로 와서는 열 번 정도 고쳐서 꽂아 본다. 그러다 보면 꽃의 키가 작아지고 꽃잎에 멍이 들었다. 그래도 싫지 않고 짜증이 안 났다. 보다 못한 형수가 외쳤다.

"엄마, 이제 그만 꽂아라. 또 만지나? 그만해도 예쁜데."

아이들의 이 말을 얼마나 기대했는가. 시간만 있다면 얼마든지 꽂고 또 꽂고 싶었다.

유일한 친구처럼 꽃꽂이와 친해졌다. 나 자신이 놀랄 정도다. 거듭거듭 꽂은 탓인지 함께 배운 사촌 여동생보다 눈에 띄게 실력이 향상된 것 같다고 했다. 일주일이 지나도록 꽃은 시들지 않았다. 꽃이 있는 집이 얼마나 따듯하고 생기 있어 보이는지 모른다. '꽃꽂이를 진작에 배울걸' 하는 아쉬움이 문득문득 들었다.

1986년 1월 15일 입고 나갈 옷이 없제?

"동네 사장님 결혼기념일이라 저녁 같이 먹자고 한다. 5시까지 가게로 와라."

남편의 말에 아침부터 마음이 바빴다. 그러다가 그만 풀이 죽었다. 걸치고 나갈 치마는 물론 구두도 몇 년째 신어 굽이 해진 것뿐이었다. 시무룩한 내 기분을 읽기라도 한 듯 남편이 말했다.

"입고 나갈 옷이 없제? 아무래도 좋다. 내만 좋으면 된다."

걱정이라도 하는 남편이 고마워서일까. 마음이 맑아진 듯 바삐 집 청소를 했다. 그래도 막상 나가려니 주춤거려졌다. 손수 뜬 털스웨터를 골라잡았다. 어디에도 없는 오로지 내 솜씨라는 긍지로 입으면 된다. 몇십만 원짜리 고급 기성복보다 정성이 몇 배 들어 있는 귀한 옷이다.

1986년 11월 19일 오늘만큼은 진심을 확인하고 싶었는데

꽃꽂이 재료를 한 아름 샀다. 치자열매, 붓꽃, 엔젤을 들고 6시쯤

전화도 없이 남편 가게로 갔다. 남편 가게에 갈까 말까 몇 번을 망설였다. 그냥 있기는 어쩐지 외로운 듯, 비참한 듯 무언가 섭섭했다. 아침에 얼핏 언질은 했으나 아무런 반응이 없어서 더 망설였다.

축하받기보다는 축하해 주고 싶었다. 그래서 꽃을 들고 갔다. 도착하니 남편이 없다. 옆집에서 화투 놀이를 하신다며 경리가 "기다리시래요"라고 말했다. 이리 꽂고 저리 꽂고 정성을 다 쏟았다. 왠지 집에서 꽂는 만큼 만족스럽지 않았다.

8시가 다 되어도 남편은 안 왔다. 이대로 그냥 집에 갈까 생각했다. 그러면 아이들에게 내 모든 감정을 들킬 것 같아 두려웠다. 그렇다면 조금만 더 기다려 보리라 했다. 8시 30분쯤에 남편이 왔다.

맛도 없는 횟집으로, 그것도 단둘이 아니라 이웃 사장들과 함께 갔다. 조금은 주책스러운 듯해서 부끄러웠다. 오늘만큼은 밀린 이야기를 단둘이서 하고 싶었다. 그런데 둘이 있을 때보다 더 불편한 시간이 된 듯했다. 14년을 사는데도 어쩜 그리 아내의 심경을 하나도 헤아릴 줄 모를까.

오늘만큼은 진심을 보고 싶고 확인하고 싶었는데 더 큰 실망만을 얻었다.

1986년 12월 24일 출근할 때 아무 말도 없이 가신다

출근할 때 남편이 아무 말도 없이 나갔다. '빨리 올게. 빵이랑 케이크 사 올게.' 이런 말이 없었기에 마음이 더 무거웠다. 아이들도 아빠 표정을 눈치챘을까. 어떤 말이 없었다. 그렇다고 그냥 보내기에는 아이들에게 잘못하는 엄마가 되는 듯했다. 서둘러 형수가 물리치료 받는 병원에 갔다가 백화점으로 갔다. 백화점 안은 발 디딜 틈이 없었다.

아무리 복잡해도 함께 가고 싶은 형수의 마음을 알지만 망설여졌다. 백화점 문턱까지라도 갔으면 하는 형수의 애절한 심경을 헤아리고 싶었다. 결국 백화점에 갔다가 엄청난 인파에 "와" 하고 놀라 뒤돌아오고 말았다. 택시 승강장에서 30분가량 기다려야 하는 짜증도 함께 감당해야 했다.

남편의 귀가를 얼마나 기다렸는지 모른다. 초조해지려는 마음을 눌러 참다 보니 10시가 넘었다. 톡톡 문을 두들기는 소리를 듣지 못했는데 남편이 왔다. 양손에 빵 상자를 들고서 기쁜 표정으로 들어왔다. 선물처럼 환한 얼굴로 오기를 항상 바랐는데, 오늘은 밝은 표정으로 들어와 더욱 고맙고 다행스러웠다. 나는 몰래 마련한 넥타이와 양말을 남편에게 선물했다. 값으로 따지면 빵보다 훨씬 비싸겠지. 그래도 빵 선물이 정말 고마웠다.

1986년 12월 31일 나만큼 어려웠던가

일 년 중 단 하루. 오늘만큼은 남편과 못다 한 이야기, 어쩌면 안 한 이야기를 할 수 있는 날이 되기를 은근히 기다렸다. 우리 둘은 어쩜 그렇게 대화가 없었을까. 단 한 번도 진지하게 터놓고 대화하면서 타협한 적이 없었다. 서로가 언제나 일방통행이었다. 난 얼마나 힘이 들었는가. 당신이 일방통행으로 처리할 때는 물론이고 내가 일방통행으로 무언가를 처리해야만 할 때마다 힘들었다. 내가 그토록 어렵게 14년의 세월을 가슴으로 삼킬 때 당신은 어떠하셨는가. 나만큼 어려웠을까. 아무렇지 않게 편안했을까.

7

마음은 엄마한테 가 있다

서른일곱~서른여덟 살

1987년 1월 6일 따뜻한 밥

사무실 방석을 만들어야 했다. 털조끼 수선도 끝내야 했다. 빨래는 태산처럼 밀려 있다. 몸이 찌뿌둥해 빨리 목욕 갔다 와서 남편 저녁을 지을 생각으로 쌀을 담가 두었다. 마음이 급했다. 7시에 나갔다가 7시 40분에 들어왔는데 내가 막 집을 나선 뒤 남편이 온 듯했다.

한 그릇도 채 안 되는 밥을 대충 먹다 남겼다. 반찬 준비를 해 두지 않아 아무것도 없었다. 집에 와서 씻고 잠깐 쉬다 보면 내가 올 텐데 그새 식사를 끝냈다. 얼마나 미안한지 짜증까지 났다. 따뜻한 밥이라도 먼저 해 둘 것을, 안타까운 심경을 당신이 알까. 한 달에 한두 번 일찍 귀가하는데 하필 오늘 그래서 오히려 원망스럽다.

1987년 1월 11일 고마움을 느낀다

새벽 5시에 일어나 낚시를 간단다. 전날 밤 술에 잔뜩 취해 늦게 귀가해 잠이 들었다. 이것저것 간단하게 준비하는데 1시가 넘었다. 그래도 올해 들어서는 처음이고, 별일 없는 주말을 그저 허비할 바에야 돈이 좀 들더라도 운동이라도 되게끔 낚시하는 편이 낫겠다 싶었다.

5시까지는 온다고 했는데 7시가 넘어서 귀가했다. 걱정된 나머지 짜증이 치밀었다. 몇 마리의 횟감도 가져왔다. 피곤하겠지만 별수 없이 장만해야 했다. 형수가 회를 좋아하기 때문이다. 내가 횟감을 칠 수 있다면 대신해야 할 정도로 남편은 피곤해 보였다. 그래도 꾹꾹 참고 회를 치고 씻는다. 다소의 고마움을 느꼈다. 형수가 맛있게 먹는 모습에 피곤함도 날아가겠지.

1987년 1월 15일 오늘부터는, 아니 올해부터는

12시가 넘었는데 전화 연락이 없다. '여전히 별수 없는 사람이구나'라는 실망으로 한숨을 거듭거듭 삼켰다. 새해, 새 마음이 물거품이 된 듯했다. 그냥 넘겨서는 안 될 것이다. 예전 같으면 '이해해야지'라고 다독였다. 그러나 오늘부터는, 아니 올해부터는 '이해를 안 한다'로 바뀌었다. 내 마음이 칼날처럼 날카로워졌다.

2시가 되어도 오지 않는다. '아차' 하는 순간, 가게로 전화를 돌렸다. 아니나 다를까. 전화를 바로 받았다. 순간 안도의 한숨과 분노가 북받쳐 올랐다. 별 탈 없다는 데 안심하면서도 '맨정신으로 전화기 옆에 있으면서 전화 한 통을 안 할까'라는 원망이 들었다. 전화벨이 울리면 받으면서, 걱정하는 아내에게는 전화할 수 없었을까. 아내에 대한, 아니면 가족에 대한 마음은 무엇일까. 어처구니없을 정도로 무심한 남편에게 배신감마저 들었다.

1987년 1월 26일 엉킴을 잘라 버리듯 머리를 자른다

뒤엉킨 마음을 풀려는 것일까. 풀어지지 않는 엉킴을 잘라 버리듯 머리카락을 잘랐다. 엉킨 듯한 파마머리가 짜증 났다. 머리카락 한 올도 빗질에 걸림 없이 매끄럽게 내려가기를 바라는 마음이 더해졌다. 올 한 해는 미끄러운 내 머리카락에 빗질하듯 모든 것이 순조롭게 지나가기를 간곡히 바란다.

1987년 1월 27일 설탕 선물

이번 설은 어떤 이에게는 즐거운 명절이 될 것이다. 반대로 어떤 이에게는 불행한 명절이 될 것이다. 우리는 언제나 후자에 속했다. 올해만큼은 '행복한 명절이 되기 위해 노력해야지' 하고 안간힘을 썼지만 역시 불행한 명절이 되어 버렸다. 마음만이라도 즐거운 명절을 보내야지 했지만 쉽지 않았다. '설탕 선물, 비누 선물, 그 흔한 것 하나쯤은 누가 나한테 주겠지'라고 생각했다. 난 50명이나 되는 사람들에게 설탕, 비누 선물을 했기 때문이다. 그러나 하나도 없었다.

서둘러 제사를 지내고 큰집에 갔다. 명절이 아니라 여행이다. 낚시에 목적이 있었으므로 남해군 상주 앞바다로 떠났다. 원래 우리 가족만 가려고 집에서부터 완벽하게 준비했다. 민박도 예약했다. 그런데 큰집, 작은집까지 함께 갔다. 아무 준비 없이 여러 가족이 겨울 낚시를 떠났으니 불편하기 이루 말할 수 없었다. 슬그머니 불평이 나왔다. 함께 겪어야 하는 불편함에 억울했다. 내가 그들이라면 동행하지 않았을 것이다. 전혀 다른 즐거움이 없는 것은 아니지만, 방학 내내 아이들이 그토록 꿈꾸던 중요한 계획이 어긋났기에 불평이 대단했다. 상식이 있다면 가까운 동기간이라도 각자의 스케줄을 침범하지 않는 센스가 필요하다.

진주에서의 피곤함은 이루 말할 수 없었다. 빨리 내 집에 가서 쉬고 싶은 마음뿐이었다. 민박집에 연탄불을 부탁하고 떠났는데, 와서 보니 탄불이 꺼졌다. 유난히 추운 오늘이 너무 짜증스러웠다. 짜증을 참으려 하니 더 피곤했다. 하룻밤을 자고 가는데도 며칠인 것처럼 불편함을 느꼈다.

1987년 2월 3일 안간힘을 다해 피곤한 기색을 감췄다

어제오늘은 차분히 집 안 정리하고 아이들 숙제를 좀 정리해 주려고 했다. 그런데 야속하게도 막내 시동생 아이들과 시어머님이 아침 설거지가 채 끝나기도 전에 들이닥쳤다. 어제까지 며칠을 함께 있었는데, 오늘도 아이들 성화에 왔다 하니 이해할 수가 없었다.

내일모레 개학이라 할 일이 많고 마음은 잔뜩 긴장되는데, 더군다나 나이가 다 달라 함께 어울릴 수 없는데 왜 그럴까. 어찌 일방적으로 자신들만 생각할까. 칠순 넘은 노인의 생각이 거기까지인가 보다. 아이들을 우리 집에 보내는 젊은 시동생까지 모두가 원망스럽고 짜증스러웠다. 그 정도쯤은 눈치가 있어야 하는데 어찌 그럴까. 문을 잠그고 공부해도 너무 시끄러워 결국 첫째는 독서실에 갔다. 그래도 할머니는 눈치가 없다. 안타까운 심정이 들었다.

하루가 몇 달처럼 벌써 진이 빠지고 지친다. 그래도 '저녁때는 데리고 가겠지'라는 기대에 안간힘을 다해 피곤한 기색을 감췄다. 그런데 며칠 더 있겠다고 하는 동서한테는 정말 양해를 구하고 싶다.

1987년 2월 9일 엄마에게로 달려가고 싶다

미국 삼촌이 오셔서 친지들이 다 모였다. 쌍쌍이 젊은이들, 늙은이들, 다들 즐거운 표정이었다. 그런데 엄마는 오시지 않았다. 아마도 혼자 외로이 계시겠지. 인사차 몰려갔다가 금방 썰물처럼 가 버리는 허전함을 누군들 알까. 여럿이 웃고 즐거워하는데 내 머릿속에는 쓸쓸히 혼자 계실 엄마의 얼굴만 떠올라 가슴이 아팠다. 금방이라도 엄마에게로 달려가고 싶었다. '엄마는 어찌 오시지 않았는가?'라고 걱정하는 사람이 하나 없다.

1987년 2월 12일 전국에서 1등이라니!

첫째 담임 선생님께서 전화하셨다.

“민수가 1등을 했어요. 전국에서요.”

믿어지지 않았다. 어제 민수는 지난달 시험보다 조금 떨어졌기에 기대하지 않는다고 말했다. 1등은 못 할 거라고 했다. 그런데 당당히 전국에서 1등이라니! 하늘을 날고 싶은 기분이다.

온 천지에다 외치고 싶었다. 아니다. 나 혼자만 조용히 기뻐하기에는 아깝다. 남편에게 전화를 돌렸다. 그리고 눈물겹도록 반가워하실 분, 우리 엄마에게는 지금 말하지 말아야지. 언제고 만나서 서로 껴안고 울면서 말해야지 싶다.

1987년 3월 3일 형수가 매를 맞았다

새 학년 이틀 만이다. 형수가 1교시 때 짝지와 티격태격 싸우다 담임에게 매를 맞았다. 그것도 저 혼자만 뺨을 4대씩이나 맞았다. 짝지가 할 때는 선생님이 보지 못하셨고 형수가 짝지를 해코지할 때를 보셔서 저만 맞았단다. 뺨이 아직도 얼얼하다고 해서 순간 눈앞이 화끈했다. 아무 말도 하지 못했다. 형수 낳고 13년 동안 그런 적이 없었다. 아니, 아이 낳고 처음 겪는 일이었다. 차를 타고 집에 올 때도, 밤잠을 이루려고 할 때도 힘이 쭉 빠진 듯 맥이 없었다.

“오늘 내가 운이 없었나 봐. 하필, 친구 짝지가 미안하다고 몇 번이고 사과하더라. 그럴 수도 있겠지 뭐.”

이 얼마나 대견스러운 태도인가. 무엇보다 크나큰 위로가 되었다. 엄마의 옹졸한 마음이 부끄러웠다. 하늘이 무너지는 듯 서운했다. 그러나 형수의 대견스러운 말에 힘이 샘솟는 듯했다.

오늘도 형수는 열심히 맑은 얼굴로 학교에 다녀왔다. 내일은 오늘보다 일찍 아침밥을 지어 주면서 마음으로 가슴으로 용기를 주고 싶다.

1987년 3월 6일 괜찮아요. 할 수 있어요

"오늘은 발표도 잘하고, 공부 태도도 좋다고 칭찬받았다."

하굣길에 목과 어깨에 걸린 책가방과 도시락 가방의 무게를 모르는 듯 싱글벙글 환하게 엄마를 맞았다. 온몸으로 꽉 껴안아 주고 싶었다.

어찌 그럴 수 있으랴. 내가 들어도 팔이 아플 정도의 책가방, 투박한 보온 도시락까지 짐이 한가득이었다. 몇 번이고 되풀이해서 말했다.

"교과서는 책상 서랍에 두고 오지."

이리 무거운데 3층까지 양쪽 어깨에 걸고 목발로 어찌 올라갈 수 있었을까.

"괜찮다. 내가 들고 올라갈 수 있다."

나의 걱정이 잔소리로 들리는 양 약간의 짜증을 부렸다. 아니면 할 수 있다는 자신의 힘을 무시하는 것 같아 화를 내는 것인지. 그래도 난 습관처럼 형수가 무거운 책가방을 들 때마다 같은 말을 했다.

'오늘부터는 그리 말하지 말자. 형수를 인정해 주자. 잘할 거야.'

힘이 드는 것보다, 굽어 보이는 등이 더 걱정스럽다.

1987년 3월 12일 겁이 나서 전화 안 했다

별일 없겠지. 가게 동료들과 어느 가게에서 고스톱이라도 하느라 시간 가는 줄 모르겠지. 전화 한 통만 해 주면 편히 잠을 이룰 수 있을 텐데. 섭섭함과 원망으로 분노가 차올랐다. 4시가 되어서야 겸연쩍게 문을 열고 들어왔다.

"겁이 나서 전화 안 했다."

미안했다. 충분히 이해는 갔다. 그럼에도 분노는 여전하다. 자신의 입장만 주장할 줄 아는 사람이다. 상대방의 입장을 한 번쯤 생각한다면 전화 한 통쯤은 할 수 있지 않을까. 늦게 온 것쯤은 아무것도 아니었다. 무성의함에 견딜 수 없는 분노와 배신감이 들어 새삼 실망을 맛보았다.

1987년 3월 14일 속죄라도 하듯

남편이 지난 주말, 전날의 잘못을 속죄라도 하듯 아이들에게 "고기라도 먹으러 갈까?" 하고 물었다. 지난 주말에는 집에서 구워 먹었는데 맛이 얼마나 좋았는지 모른다고 아이들이 군침을 삼켰다. 은근히 바랐다.

내일이면 첫째가 여행을 갈 것이다. 아무래도 여행지에서의 끼니는 변변찮을 것이다. 집에서 든든히 잘 먹여 여행을 보내고 싶었다.

"엄마, 카메라는 어찌하기로 했어요?"

몇 번이고 물었다.

"어떻게든 해 줄게. 사 주든 빌려 주든."

분명하게 대답하지 못하는 안타까운 엄마의 심정을 아는지 모르는지 민수는 여기저기 전화를 돌렸다.

결국 남편이 친구에게 카메라를 빌려 왔다. 좋아하는 첫째의 표정을 안쓰럽게 바라보았다. 조금은 마음이 놓였다. 만약 카메라를 못 갖고 간다면 아이 마음이 얼마나 상할까. 나 또한 이것저것 사용법을 자세히 가르쳐 주는 남편의 모습에 더욱 흐뭇해졌다. "용돈도 충분히 주지"라며 2만 원을 흔쾌히 줬다. 아이가 "왜 이렇게 많이 주세요" 하며 오히려 미안해 했다. 아이가 더욱 대견스럽다.

1987년 3월 23일 아빠 선물이 없다

"여행 잘 다녀왔습니다."

첫째가 힘차게 현관을 들어서면서 외쳤다. 반가웠다. 예상 도착 시각보다 1시간 앞당겨 왔다. 갈 때 전송해 주지 않아 섭섭할까 싶어 마중을 나가야지 했는데 그러지 못했다. 여행 가서 안 추웠는지, 배는 안 고팠는지, 재미있었는지, 민수한테 대답할 틈을 주지 않고 질문 세례를 퍼부었다. 첫째는 "예, 예"라고 대답할 뿐이었다. 피곤해서인지 짜증 섞인 대답이었다.

갈 때 점심으로 준비해 준 도시락통을 보니 선물이 세 개가 들었다. 1학년 때 담임 선생님께 드릴 선물, 형수 이름을 새긴 메달, 그리고 병따개 메달이었다. 여행 가서 쓰라고 용돈을 준 아빠의 선물은 없었다.

"이것저것 선물 많이 사려고 하지 말고 배고프지 않게 해라."

미리 당부는 했지만, 그래도 조금 서운했다. 엄마 말을 곧이곧대로 받아들여서일까, 아니면 아직은 철이 덜 든 탓일까. 다행히 남편은 선물이란 말은 입 밖에도 내지 않았다. "재미있게 잘 놀다 왔는가?" 하는 걱정뿐이었다.

1987년 3월 26일 어떻게든 해 가는 책임감

당연히 할 수 없으리라 여겼다. 반 동무들도 쩔쩔매면서 잠은 물론 몸살을 앓는다고, 형수 친구 종현이 엄마가 걱정했다. 형수는 어떻게 하느냐고 다시 물었다. 아직까지는 거의 다 해 가고 있다는 나의 대답에 놀란 눈치다. 학교 공부를 따라가는 것은 물론 시험 점수 100점도 나온다. 누구나 다 놀랄 것이다. 담임 선생님은 예상외로 잘한다고 칭찬해 주셨다. 나는 그 한마디로 살맛이 난다.

그러나 형수는 얼마나 힘이 들까. 살을 에는 듯 보는 내 마음이 다 아팠다. 그 누구도 대신할 수 없다. 형수가 할 수 있는 데까지 해 보자는 신념으로 하는 수밖에 없었다.

형수는 저녁 밥숟갈을 떼기가 바쁘게 잠자리에 들었다. 새벽에 일어나 숙제해야 하기 때문이다. 그 많은 숙제를 어떻게든 하는 책임감이 눈물겹도록 대견스러웠다.

1987년 3월 30일 남편의 아량

첫째가 몸이 찌뿌둥하단다. 늘 건강하니까 나는 무신경하다.

"피곤하니까 그렇겠지. 푹 자고 나면 괜찮을 거야."

내 말에 민수는 초저녁부터 잠자리에 들었다. 그와 반대로 형수는 숙제가 많아서 12시가 거의 되어서야 잠에 들었다. 그러면 첫째를 깨워야 한다. 간식까지 준비하면 나는 언제 자나.

은근히 즐거운 비명처럼 남편한테 푸념을 늘어놓았다. 전에 없이 너그러운 남편의 태도에 잠이 확 달아났다.

"적당히 요령껏, 낮에 자는 시간을 만들어 보자."

나의 애로를 이해할 수 있다는 남편의 아량이 한껏 고마웠다. 아이들이 건강하게 공부를 잘할 수만 있다면 내가 무슨 문제를 삼겠는가. 잠을 이기면서 공부하려는 의지에 내 아픔을 비교하겠는가.

1987년 4월 8일 담임 선생님의 최종 결론

형수가 일생 처음으로 여행을 갔다. 엄마, 아빠, 형의 도움 없이 혼자서 갔다. 나는 어젯밤 꼬박 뜬눈으로 걱정하느라 끙끙댔다. 함께 따라가고 싶은 생각이 굴뚝같았다. 차라리 내 눈앞에서 함께 고생하는 게 속편했다. 그러나 이 여행이 '혼자 여행'을 체험할 수 있는 유일한 기회다 싶었다. 가슴이 쓰리고 아프다가 눈물이 핑 돌았다.

3학년, 4학년 때의 담임 선생님께 엄마가 함께 가지 않아도 괜찮을지를 넌지시 의논했다. 물론 괜찮지는 않을 것이다. 혼자 해야 하는 어려움이야 이루 말할 수 있을까. 엄마의 불안보다 몇 배 더할 담임 선생님의 입장도 충분히 헤아릴 수가 있었다. 또한 친구들에게 얼마나 방해가 될지 짐작하고도 남았다. 그래도 형수의 자립심을 심어줄 수 있는 기회라고 욕심부린다면, 혼자 보내는 것이 백번 옳은 일이었다. 그리고 '할 수 있을 것'이라는 담임 선생님의 최종 결론을 믿어 보기로 했다.

1987년 4월 13일 막살아 버릴까

뭐든지 손에 닿는 대로 부수고 던지고 싶었다. 무슨 말이든지 퍼붓고 싶었다.

자정이 넘어 형수는 자고 첫째는 시험공부한다. 3시 반이다. 몇 마디를 던지며 화를 냈다. 그런데 미안함인지 반항심인지 "그럴 수도 있지!"라고 대답한다. 말문이 막히면서 손에 닿는 대로 집어던지고 말았다. 기분 같아서는 그 얼굴을 향해 던지고 싶었다. 방바닥을 향해 던지는 내 비참한 처지가 너무나 미웠다. 차라리 무시하고 말 것을. 날이 갈수록 포악성을 보이는 내 감정이 무서웠다.

더더욱 포악해져 될 대로 되라는 듯 막살아 버릴까. 그런 생각이 순간순간 머리를 스쳤다.

1987년 4월 29일 껍데기만이라도 살아 있는 척

여기저기 아는 곳에 전화했다. 수화기를 놓는 순간에는 이 세상에 나 혼자 버려진 듯한 외로움이 들었다. 자존심도 다 잃은 것 같았다.

"돈 좀 빌려줘."

긴 설명이 필요 없었다. 누구도 대답이 없었다. 처음 있는 일이 아니었다. 그런데 순간순간 견딜 수 없는 수치심이 들어 눈 감고, 귀 막고 조용히 살고 싶었다. 담요 한 장을 깔고 덮어 새우잠에 들었다. 손까지 떨리는 서러움에다 허기가 한꺼번에 밀려왔다. 통곡했다.

남편은 어디에서 이토록 즐겁게 노는가. 4시가 다 되어도 전화 한 통이 없다. 이래도 살아야 하는가. 아이들이 지켜 주니까, 엄마가 계시니까, 껍데기만이라도 살아 있는 척해야겠지. 나는 이미 죽은 지 오래다.

1987년 5월 8일 엄마는 분명 내 옆에 계신다

'이 세상엔 나 혼자다'라고 생각할 때면 엄마가 분명 내 옆에 계셨다. 묵묵히 지켜보면서 가슴 앓는 엄마이지만 늘 내 주위를 감싸고 계신다.

오늘은 어버이날이다. 더욱 절실하게 내 눈앞에 엄마가 바짝 다가섰다. 자꾸 쇠퇴해져 가는 내 마음을 어루만져 주시기라도 하듯.

걷잡을 수 없이 방황하는 남편을 잡을 힘이 이제 더 이상 없었다. 내 몸 하나 지탱하는 데 안간힘을 다할 뿐이다.

이 시장, 저 시장을 헤매고 또 헤맸다. 어버이날을 그냥 보내기가 섭섭했다. 남편에 대한 섭섭함보다는 오히려 천지에 나 혼자라는 외로움을 떨치기 위해서라고 할까. 어떤 것이 마음에 드실까. 스웨터가 필요하다는 시어머님의 말씀이 짜증스러울 만큼 신경 쓰였다. 아직도 시어머님 눈에 차게 신경을 써야 하나. 억울함도 느꼈다.

1987년 5월 16일 다른 학교로 전학 가십시오

남편과 첫째, 단둘이 늦게 낚시를 갔다. 모처럼 형수 없이 홀가분하게 기분 전환이라도 하게 하고 싶었다.

"형수는 어쩌노?"

남편은 말뿐이었다. 첫째는 아무 말이 없었다. 내심 민수가 걱정이라도 해 주었으면 했는데, 섭섭했다.

수위실에서 형수를 기다리다 교실 쪽으로 걸어갔다. 복도에서 담임 선생님을 만났다.

"형수 집에서 공부합니까?"

"선생님 보시기에 어떤가요?"

"엄마가 알지, 선생님이 압니까?"

"엄마보다 선생님께서 더 잘 아시지 않습니까? 우리 형수 불쌍해서요."

"그렇다면 다른 학교로 전학 가십시오."

순간 어지럼증이 일어났다. 당황스러웠다. 생전 처음 그런 말을 들었다. 내 말이 어떻게 전달되었기에 선생님께서 그리 말씀하셨을까.

집에 돌아오는 내내 생각해도 이해할 수가 없었다. 어쨌든 내 말이 잘못 전달되어 선생님께서 오해하신 듯했다. 엄마가 선생님을 원망한다는 의미로 들으신 것이다. 숙제 등을 잘못 가르쳐 주셔서 형수가 고생하고 있다고 들은 것인가 싶었다. 어떻게 선생님의 오해를 풀어 드려야 할까.

1987년 6월 6일 마음은 엄마한테 가 있다

아침부터 마음은 엄마한테 가 있다. 옛날을 회상하며 서글픔에 외로움을 삼키듯 현충일을 맞으셨으리라. 엄마한테도 조잘대는 딸이 있는데 자주 가 보지 못했다. 이런 날이면 더더욱 엄마가 보고 싶어 나 역시 외로움을 삼켰다. 첫째가 시험이 있어 형수만 데리고 오후에 엄마한테 갔다.

크고 텅 빈 집에 아무도 없었다. 엄마는 모내기가 한창인 이즈음에 품앗이라도 갚으러 간 건지 안 계셨다. 아픈 허리를 질질 끌면서 어디로 가셨을까. 심심해서 논에 산책 삼아 가신 것일까. 해가 거의 기울 때쯤에야 뒤뚱뒤뚱 푸석푸석한 얼굴로 들어오셨다. 내 아픈 가슴 움켜쥘 뿐 무슨 말을 할까. 그나마 다행이라고 감사해야 하나. 조금이나마 건강을 되찾으셨으니, 이보다 더 다행스러운 일이 어디 있을까.

편히 마주 앉아 모녀간의 이야기를 다정히 나눌 틈도 없이, 시간이 늦어서 이것저것 챙겨 돌아가야 했다.

"금방 가야 하느냐?"

엄마의 안타까운 말씀이 또 한 번 내 가슴을 찡하게 했다.

1987년 7월 2일 택시 두 대를 거절당하다

형수는 택시가 일정한 시간에 오지 않는다는 것을 잘 알면서도, 비가 오면 갈 일이 무척 걱정되어 "엄마, 택시 좀 잡아서 데리러 오지?"라며 불평 어린 말을 가끔 했다.

"학교에 가서 중간에 학생을 태워서 가야 합니다. 괜찮을까요?"

구청 앞에 서서 택시를 잡는데 몸이 천근만근이었다. 세 번째 잡은 택시가 내 말이 끝나기도 전에 물었다.

"어서 타세요. 동래국민학교 쪽으로 가시죠?"

얼마나 고마운지 모르겠다. 나를 거절한 택시 기사들은 "교대 시간이다", "점심을 아직 못 먹었다" 등등을 핑계 삼아 거부했는데, 타라는 말에 얼마나 고맙고 서럽던지.

형수와 내가 가장 많이 불편하고 서러울 때는 아마 택시를 탈 때가 아닌가 싶다. 택시비를 다 주고, 어떤 날에는 더 주기도 하는데 불평 한마디 못 하고 서러움만 맛보았다.

"고생 많습니다."

오늘 만난 택시 기사님의 한마디에 지금까지의 온갖 서러움을 보상받는 듯했다.

아주 조심스레 말을 꺼냈다. 남편의 몇 마디에 나는 금방 알아차릴 수 있었다.

"늦게 낚시 가자고 전화할지도 모르겠다."

많이 참아 왔다. 내 구태여 입을 열어 말하지 않아도 알면 얼마나 좋을까. 끝내 내가 말하도록 만들었다.

"주말마다 당신은 혼자 낚시 여행, 그리고 일주일에 6일은 12시 넘어서 들어온다."

나와 아이들은 당신 안중에 없는 듯 우리를 나 몰라라 내팽개쳤다.

"한 달에 한 번이라도, 아이들과 나랑 시간을 갖는 여유가 그리도 아까운가?"

울면서 호소하듯 애원하듯 애절하게 말했다. 자존심은 물론 아무것도 없다. 애절하게 이야기하고 몇 시간이 흘렀다.

1시, 2시가 넘어도 눈물이 거두어지지 않았다. 내 마음이 가라앉을 때까지 눈물이 났다. 아니나 다를까. 남편은 화를 내면서도 전에 없던 변명에 설명까지 했다. 그런 사정을 듣고서는 금방 편안해졌다. 내 마음을 알고는 있구나 싶었다. 남편 자신도 자신의 위치를 '알고는 있구나'라는 생각이 들었다.

1987년 7월 11일 야속한 하늘

학교 갈 때 하늘을 바라보니 구름 한 점 없이 푸르다. 장마 때라 아침에 눈을 뜨면 하늘부터 보게 된다. 물론 아침나절에는 비가 와도 괜찮다. 오후 4시쯤에만 개면 된다.

근처에 있던 학교가 이사한 후 한층 더 한가해져서 이 학교 근처에는 택시의 왕래가 뜸했다. 1킬로미터나 떨어진 구청 앞까지 걸어가 택시를 타야 했다. 택시 타고 가는 시간보다 걷는 시간이 훨씬 길었다.

"엄마, 오늘은 어찌 해?"

"이렇게 하늘이 맑은데!"

"엄마, 오후부터는 비가 온다는데."

장마철 속 맑은 하늘이라 빨래를 잔뜩 했는데 아니나 다를까. 3시쯤에 흐리기 시작하더니 30분 후 막 학교로 나갈 때쯤 뚝뚝 소나기가 쏟아졌다. 야속한 하늘, 조금만 참아 주시지. 형수와 나는 어떡하라고.

눈물이 핑 돌았다. 야속한 하늘에다 통곡하고 싶었다. 그래 맞아 줄게. 흠뻑 오는 비를 죄다 맞아 주련다. 형수의 비옷을 들고 집을 나섰다.

1987년 7월 16일 오늘따라 10번 버스는 왜 이리 안 오는지

1학기 종업식을 하고 방학했다. 다른 공립 학교보다 하루 이틀 언제나 빨리 방학에 들어갔다. 방학 날짜는 교장 재량권이다. 사물함에 준비물이 많이 들어 있어서 필요한 것을 챙겨야 한다며 교실까지 올라오라고 했다.

큼직한 가방을 들고 다른 날보다 20분이나 일찍 출발해 버스를 기다렸다. 그런데 오늘따라 10번 버스는 왜 이리 오지 않을까. 20분이 넘도록 기다려도 안 왔다. 안타까운 마음이 들고 화가 날 대로 나도 기다렸다. 여태껏 기다렸는데 택시 타기는 아까웠다.

책가방이 무거우면 설마 교실에서 기다리고 있겠지 싶었다. 저만치 보이는 수위실에서 형수가 왔다 갔다 하는 게 보였다. 얼마나 기다렸을까. 미안했다.

"엄마 사물함에 또 남았으니 마저 챙겨 내려오세요."

짜증을 내는 듯하더니 씩씩하게 말했다. 내일부터 방학이니 푸근한 마음에 짜증이 조금 가신 듯했다.

1987년 7월 18일 엄마도 실컷 잠 좀 자야겠다

첫째도 방학했다. 시험에다 장마에다 지칠 대로 지쳐 있었다.

"오늘만 갔다 오면 실컷 자야겠다."

그래, 너희들만 잠 타령할 게 아니다. 엄마도 실컷 잠 좀 자야겠다.

1987년 7월 20일 외갓집부터 다녀오자

방학이 시작되면 외갓집부터 다녀오자고 약속했었다. 외할머니를 뵈러 가는 아이들보다 내가 엄마를 보고 싶을 때가 많았다. 이토록 딸은 엄마가 보고 싶은데, 엄마는 딸이 보고 싶지 않으신가.

혼자 몸이신데, 훨씬 시간이나 마음의 여유가 많으실 텐데 절대 먼저 찾아오시지 않았다. 단 한 번도 엄마가 딸을 찾은 적이 없다. 섭섭해서 서운한 눈물을 흘린 적이 한두 번이 아니다.

그래도 이해한다. 딸이 사는 형편이 그래서 엄마가 편하시지 않았으니까, 딸의 처지를 생각해서 그러셨을 것이다. 자식 사랑이 부모 사랑보다 훨씬 강할 것이라며 나를 위로했다.

1987년 7월 23일 오신다고 하면 겁부터 난다

손아랫동서한테서 전화가 왔다.

"어머님 형님 댁에 가실 거예요. 저하고 어제 말다툼을 했거든요."

선뜻 '그래'라는 대답이 나오지 않았다. 언제나 그랬듯이 다른 자식 집에 있다가 우리 집에 오실 때는 단 한 번도 기분이 좋지 않으셨다. 퉁퉁 부을 대로 부어서 문턱에 앉기 무섭게 퍼부어댄다. 그때마다 그냥 참고 넘기기가 여간 힘들지 않았다. 피가 멈추는 듯, 창자가 오그라드는 듯 괴로워도 참고 견뎠다. 한 달 동안 몇 번씩 그런 일이 있었다.

언제부터인가 점점 그 횟수가 줄어들었다. 그래도 오신다고 하면 덜컥 겁부터 났다. '그래도 잘해 드려야지'라고 다짐했다. 어느 자식한테도 환영받지 못하고 미움만 받으시는 설움을 그 어느 설움에 비할까. 젊은 시절 부모 노릇을 잘못해서 어디 가서도 존경받는 어른이 될 수 없는 처지가 불쌍하기 이를 데 없었다.

1987년 7월 25일 나도 갈 걸

처음 배낚시를 갔을 때는 뱃멀미가 없고 조금도 불편함을 느낄 수 없었다. 처음치고는 고기를 잘 낚아 여간 재미를 맛 본 게 아니었다. 이번이 두 번째라 별일 없을 거라고 생각했다. 간단하게 점심해 먹을 것만 챙겨 처음으로 우리 식구 넷만 배를 저어 제법 먼 바다 가운데까지 갔다. 양식 줄에다 배를 묶고 고기를 낚았다.

정말 한편의 그림 같은 아름다운 전경이었다. 남편은 배를 젓고 갈매기를 바라보면서 모험이라도 하는 듯한 기분이라고 했다. 아이들도 감격스러워했다. 남편은 큰 망상어를 낚고 첫째는 정어리 새끼를 잡았다. 형수와 나는 한 마리도 올리지 못했지만, 양식 줄을 채어 올려 담치와 조개를 땄다. 네 식구만 오롯이 함께하는 즐거움을 어디다 비할 수 없었다. 이윽고 점심때라 배 위에서 버너를 피워 밥을 먹을 때쯤 내가 멀미를 시작했다.

하늘이 빙빙, 정신이 하나도 없었다. 하는 수 없이 방파제로 배를 몰아 나왔다. 아이들이 너무 좋아하고 즐거워해서 참으려고 안간힘을 다했으나 어쩔 수 없이 나오고 말았다. 방파제로 점심밥을 옮겨 놓고 형수와 나는 배에서 내렸다.

첫째와 남편만 다시 배를 저어 나갔다. 형수와 나는 무료한 시간을 메꾸기 위해 모자 가득히 모양 좋고 색깔 있는 조약돌을 주워 담았다. 그때 누군가 자연보호법상 밖으로 가지고 나갈 수 없다고 말했다. 얼마나 섭섭하고 야속한지. 울먹일 정도로 애절히 부탁했다. 조금만 가지고 가겠다고 해도 안 된단다. 하는 수 없이 다 부어 버렸다. 형수는 얼른 바다에서 나오지 않는 아빠와 형을 원망하면서 기다렸다.

남편과 첫째는 2시에 다시 나가 7시가 다 되어 돌아왔다. 그동안 두 사람은 멀미 한 번 하지 않고 고기를 제법 낚아 올려서 재미를 많이 보았단다. 형수가 투덜댔다.

"나도 갈 걸."

1987년 8월 8일 보조기

물리치료를 좀 더 열심히 받아야지! 방학이 되기 전에는 형수와 다짐했건만 내일 갈 수 있으니 미뤘다. 좀 더 신경 써서 보조기•를 신기니 좋아졌다. 치료사가 훨씬 좋아졌단다. 진작에 보조기를 착용했다면 하는 아쉬움이 들었다.

1987년 8월 10일 짐이 무겁지 않나?

새벽 4시에 준비물 챙기고 김밥 싸고 다시 한번 준비물을 챙겼

• 형수는 20대 초반까지 보조기를 착용했다. 발목, 무릎, 허벅지, 골반까지 길이가 다양했다. 의료보험이 적용되거나, 국가의 보조금을 받은 적은 없었다. 당시 가격은 종류에 따라 10만~70만 원 정도였다.

다. 남편이 잠을 설칠까 봐 조용조용 밥을 하고 발걸음을 죽였다. 한 가지 빠짐없이 잘 챙겼다. 작년에만 해도 빠진 준비물이 있었고, 걱정되어 역에까지 차로 태워 주었다. 1년 사이에 엄청 많이 컸다. 몸도 마음도 많이 대견스러워진 아이들의 의젓함에 내 마음이 훨씬 가벼워졌다.

"여보, 여보" 하며 남편이 부르는 소리가 들렸다. 짜증을 섞어 대답했다.

"바쁜 사람 왜 그리 불러요?"

"소리가 들리지 않으니 걱정되어 불러 본다."

순간, 천지가 환하게 밝아오는 듯 감사했다. 행복했다.

"짐이 무겁지 않나? 지고 갈 수 있겠나?"

"괜찮아요. 갈 수 있어요."

하룻밤을 집에 와서 자고 오늘 또 2박3일 캠프를 떠났다. 준비물이 간단하니 훨씬 편했다. 학교에서 12명이 간단다. 시민회관 앞에서 7시 50분 출발이다. 6시에 일어나서 7시에 남편을 깨울 때쯤 학교에서 전화가 왔다. 담당 선생님이다. 어제 도착했기에 걱정된다는 이야기였다.

"저희도 곧 출발하려고 합니다."

당당하게 대답하는 남편의 태도가 그렇게 보기 좋을 수 없었다. 물론 피곤하겠지만, 이미 결정했고 최대한 책임을 지려는 아이의 태도 또한 얼마나 늠름하고 대견스러운가. 그렇게 인내하려는 자식이 자랑스러운 듯하다. 남편은 아빠로서의 뿌듯한 보람을 느낀 듯한 얼굴이다.

1987년 9월 5일 가족의 정을 보여 주고 싶었다

마당에 숯불을 피우고 돼지고기 삼겹살을 양념에 재워 석쇠에 구워 먹었다. 화분에 심은 실파를 캐고 깻잎쌈을 싸서 먹었다. 온 가족이 연기를 마시고 TV를 보면서 고기를 먹었다. 고기가 채 구워지기도 전에 고기 접시가 비었다. 아이들 둘이 먹는 것만으로도 손이 바빴다.

"내가 구워 줄게."

신이라도 난 듯 남편이 젓가락을 들고 숯불 곁으로 다가왔다.

"당신도 들어가 먹어."

문 앞에 걸린 갈대발을 걷어 올려 온 동네 사람 앞에 보이고 싶었다. 얼마나 정겨운 사랑인가. 이렇게 석쇠를 들고 왔다 갔다 마루 밑에서 오순도순 먹는 것과 고급 식당에서 먹는 것을 어찌 비교할 수 있을까.

1987년 9월 19일 부엌일이 신바람 난다

그 옛날에는 참기름은커녕 식용유도 떨어질 때가 종종 있었다. 솥을 씻어 두고 장에 쌀을 사러 가기도 했다. 참기름 없는 정도가 무슨 설움인가. 거의 한 달째 아무것도 없는데 찬을 만들어야 했다.

요즘 아이들, 특히 형수가 입맛이 도는 듯했다. 자랄 때가 되었으니 그런가 싶었다. 이럴 때 많이 먹어야지. 형수가 잘 먹으니 찬을 준비할 때 즐거웠다. 만사 제치고 기름집으로 갔다. 참기름을

12,000원이나 주고 샀다. 부엌일이 신바람 날 듯했다. 찬 걱정이 없는 듯 부자가 되었다.

오늘은 보험적금 납부일이었다.

"영수증 내라. 은행으로 보내면 되제?"

처음 듣는 말처럼 얼떨떨했다. 정말 처음인지도 모르겠다. 다시 한번 내 귀를 의심했다. 종일토록 마음이 가볍고 콧노래까지 나오려 했다.

1987년 10월 3일 내 생애 처음 가져 본 물건

내 생애 처음 가져 본 물건이다. 소녀 때부터 누구든 여자면 가지고 싶은 액세서리 가운데 하나다. 생필품은 아니라서 그저 원하기만 했을 뿐이었다. 커튼을 내리면 너무 컴컴했다. 예쁜 스탠드가 필요했다. 갖고 싶었다. 나도 이 정도는 살 수 있다는 자부심이 들었다.

1987년 10월 6일 오붓한 여행은 불가능하다

추석 상을 물리기 바쁘게 남해로 낚시를 갔다. 집에서부터 계획한 여행이라 준비를 철저히 했다. 준비물을 빠짐없이 챙기고 찬까지 완벽히 준비했다. 그러나 여행지에 도착했을 때 실망감이 덮쳤다. 서창 큰집, 삼촌 식구들이 맨몸으로 왔다. 우리 가족 몫으로 준비한 것을 세 가족이 함께하느라 하루 만에 다 썼다. 이런 불평과 잦은 짜증을 참느라 거듭거듭 안간힘을 다해야 했다. 집에서는 오붓이 즐길 수 있는 여행이 되리라 기대했는데, 형수 또한 불만이 태산 같았다. 원망스럽기 이루 말할 수가 없다.

1987년 10월 13일 형수의 졸업 사진

형수가 졸업 사진을 찍는다고 했다. 학교와 거리가 먼 곳인데 온천장에 있는 지정 사진관이라 했다. 언제 가게 될지 몰라 종일 전화기 앞에서 대기해야 했다.

"엄마, 좋은 옷 입고 가야 한다. 원색 말고."

등교할 때 걱정하기도 했다. 벌써 졸업이라니 시간 참 빠르다. 손을 잡고 사진관에 함께 가야 한다. 귀찮음이나 피곤함보다는 뿌듯한 마음이 들었다.

1987년 10월 21일 각자의 인생을 살아간다

아이들이 소풍을 간단다. 오늘 월말시험이 끝났다.

"영, 수, 국 거의 만점이에요."

문을 열자마자 싱글벙글했다. 공부하는 아이 못지않게 나 또한 마음고생했다. 이제 한시름 놓았다. 가벼운 마음으로 소풍을 보내야지. 그리고 선생님 도시락도 준비해야 했다. 그동안 담임 선생님한테 반장 엄마로서 좀 무심했다 싶었다.

이렇듯 건강하게 공부를 잘해 주어서 항상 흡족했다. 이렇게 흡족하게 해 주는 민수가 때로는 두렵다. 마치 첫째가 자신의 인생을 엄마의 마음에 맞추어 살아가느라 잘못 살고 있는 듯했다. 아무리 부모와 자식이 한 몸일지라도 세상 밖에서는 별개의 존재임을 분명히 알아야 한다. 각자의 인생을 살아가기 마련임을 잊지 말자.

1987년 11월 5일 산을 넘고 나면 또 산

국립부산의료원에 가서 건강진단서를 받아 중학교 진학용으로 제출해야 했다. 간단히 말해 신체검사다. 크나큰 수확을 얻은 듯 뿌듯함에 가슴이 벅차올랐다. 그러나 나도 모르게 가슴 깊이에서 한숨이 간간이 흘러나왔다. 산을 넘고 나면 또 산이다. 6년이 무사히 끝났지만, 또 3년이다. 또 얼마나 험난한 고비가 닥쳐올 것인가. 예측은 물론 어떤 근심도 미리부터 하기 싫었다. 닥쳐올 때면 조용히 현실로 받아들여 열심히 인내하며 노력하리라 다짐했다.

1987년 11월 11일 사채

특별히 신경 쓰이는 일은 없었다. 10월 한 달 동안 마음고생을 많이 한 편이었다. 언제나 겪는, 흔히 있는 일이었는데도 지난 10월에는 조금 심하게 고생했다. 밀린 빚으로는 감당하기 어려워 400만원이나 사채를 받아야 했기 때문이다.

액수가 많아지면 관성이 되어 간이 커진다는데 난 그렇지가 않았다. 갈수록 불안하고 초조해 순간순간 내 마음을 주체하기가 힘들었다. 요즘 와서는 더 약해졌다. 참다 참다 못해 병이 났다. 며칠 전부터 소화불량 증세로 불편했다. 오늘은 결단코 병원을 찾아가야 했다.

마음 졸이면서 진찰실을 들어갈 때와 달리 별 증세를 찾지 못했다. 그저 위염이란다. 약을 받아 오는 길에 한결 시장기를 느꼈다. 빨리 집에 가서 김치랑 밥을 실컷 먹어야지. 아무렇지도 않은 듯 마음을 놓으려 하지만 어딘가 석연찮은 느낌이 들었다. '단순 위염이겠지' 하면서도 불안했다.

1987년 11월 25일 한 가정의 주부가 아프다는 것은

정말 병원에 가기를 잘했구나 싶었다. 속이 편해졌다. 다시는 아프지 말아야지. 한 가정의 주부가 아프다는 것은 온 식구에게 보통 아픔을 주는 게 아니다.

1987년 12월 12일 통곡할 만큼 아까웠다

김치가 떨어져 마음이 바빠졌다. 그런데 김장을 차일피일 미루고 말았다. 공교롭게도 이른 한파가 왔다. 폭삭 삶은 듯 배추가 얼어 버렸다. 통곡할 만큼 아까웠다. 겉은 파랗고 속은 노란 짤막한 생배추였다. 보기만 해도 군침이 나올 정도로 맛있는 배추였는데 다 버리게 생겼다.

얼마나 원망을 들었는지 모른다. 별로 할 일도 없는데 추워지기 전에 뽑아서 저장했으면 얼마나 좋았을까. 애써 지은 농사인데 가슴이 아팠다. 얼음물이 흘러내리는 배추 포기를 가르면서 남편이 내내 나를 원망했다. 엄마의 정성을 생각하니 더욱더 가슴 아팠다.

1987년 12월 17일 고기가 쓰다

갈비를 먹으러 갔다. 그 어느 회식보다 불편하고 어려운 자리였다. 2학년 간부들과 선생님들의 모임이었다. 빈자리 없이 올려진 갖가지 찬에다 이글거리는 숯불 위의 갈비가 그림처럼 아름다웠다. 천상의 맛일 듯했다. 하지만 호화스러운 식당 외관과 내 주머니 사정을 떠올리다 입맛을 잃고 말았다.

선생님들과 진지한 듯 대화를 주고받았지만, 아무 말이 들리지 않았다. 다 같은 말들이기도 했다. 형수에게 무슨 도움이 될까. 내 아이의 노력과 가정에서의 정성이 최고가 아닌가 싶었다. 고기 몇 점에서 쓴맛이 나서 창문을 쳐다보았다. 1인당 2만 원을 지불했다.

1987년 12월 22일 꽃꽂이를 계속하고 싶다

3개월 만에 꽃꽂이를 했다. 그만둘까, 아니면 좀 더 절약하면서 꽃꽂이를 계속할까를 두고 오랫동안 갈등했다. 한 달 회비가 23,000원 정도다. 크다면 큰돈이다. 남들처럼 화려한 옷을 사지 않고 꽃꽂이를 계속하고 싶었다. 한 작품을 완성해서 바라볼 때면 내 마음을 달래 주는 애인처럼 포근했다.

어제 학원에서 소재를 싸 와 사촌 여동생네와 함께 복지회에 보낼 크리스마스트리 꽃꽂이를 만들었다. 소재 값으로 내 돈 5,000원이 들었지만 조금도 아깝지 않았다. 손끝이 갈라지도록 철사로 감아 정성스레 만든 화려한 성탄 꽃꽂이에 감탄하는 사람들과 복지회의 불쌍한 아이들의 얼굴이 아름답게 겹쳤다.

1987년 12월 28일 부부 동반 모임

올해 처음 있는 부부 동반 만찬 모임이었다. 그동안 기회가 있었으나 학교 모임과 겹치는 바람에 가지 못했다. 오늘은 슬그머니 "생선회나 먹자"고 남편 친구네서 전화가 왔다. 흔쾌히 응하는 남편이 약간은 놀라웠다. 언제나 그랬듯이 망설이는 눈치라 굳이 서두르지는 않았다.

지하철을 타고 종점에 5시까지 도착하기로 약속했다. 나는 지하철이 생긴 후 겨우 두 번째 타는 것이라 너무 낯설었다. 남편이 표를 사고 안내했다. 이런 일이 처음이라 생소했다. 이런 분위기 또한 처음이었다. 언제나 좋든 싫든 차를 손수 운전하고 나를 하인 대하듯 했는데, 오늘은 아니다. 오늘은 전혀 다른 분위기였다. 미리 술판이 벌어질 예상을 한 탓인지 남편이 차를 두고 갔다. 이렇듯 편한 적은 처음이었다.

1988년 1월 1일 동기간의 우정 여행

새해 아침과 첫인사를 하기 위해 서둘러 여행길에 올랐다. 남편 친구네와 함께해서 총 세 가족이었다. 도합 14명이 6시 30분에 만나 봉고에 올랐다. 봉고는 12인승이라 비좁은 감이 들었다. 걱정부터 앞섰다. 차 타기 싫어 하는 난 어젯밤부터 걱정이 태산이었다.

독립기념관에 도착해 우선 간단하게 점심 식사부터 했다. 버너에 밥을 지어 먹고 독립기념관을 관람했다. 저녁 숙소는 함께 간 가족 남동생네 아파트에서 신세를 지기로 했다. 그곳에서 지친 피로를 풀었다. 마치 내 집에 온 듯이 편안히! 다시 한번 동기간의 정을 느낄 수 있었다.

1988년 1월 3일 휠체어 대여 덕분에

마지막 여행 일정이었다. 용인 민속촌을 관람했다. 옛 고향을 찾은 듯 새삼 즐거웠다. 용인 민속촌 정문에 '휠체어 대여'란 글귀가 반가웠다. 2,000원에 하루 종일 빌려 주었다. 관람보다, 휠체어에 몸을 싣고 편안히 여기저기 바쁘지 않게 구경할 수 있도록 배려한 것에 감격했다. 갖고 싶었던 화분 받침대로 만든 소품을 만 원에 샀다. 여행 중에 제일 뜻깊은 행선지였다.

2박 3일간의 별 탈 없는 여행으로 한 해를 시작했다. 그리고 풍성한 올해가 되기를 기원했다. 집에 도착하니 10시. 썰렁한 집에 연탄불을 피울 걱정에 서글펐다. 그런데 이게 무슨 행운인가. 마루 문을 여는 순간 집 안 공기가 훈훈했다. 숙모님께서 탄불을 피워 두셨다. 청소까지 말끔히 하셨다. 하늘을 나는 듯 가벼운 마음이었다. 숙모님의 배려에 기쁘고 감사했다.

1988년 2월 13일 형수 중학교 소집일

형수 반 엄마들이 마지막 모임을 한다고 했다. 온천장에 있는 초밥집이었다.

그런데 오늘은 형수의 중학교 소집일이다. 약간 날씨가 풀려서 얇은 스웨터를 입고 갔다. 운동장에서 1시간 30분 동안을 모여 있는데 추웠다. 형수는 다리가 몹시 아픈 듯했다. 맨 앞에 바로 선생님들이 있어서 앞에서 쩔쩔매고 있었다. 어느 선생님도 배려가 없다. 앉고 서기를 여러 차례 반복하니 한참 후에는 목발을 팽개치고 퍼져 앉고 말았다. 난 그만 달려가 안아 주고 싶고, 붙잡고 서 있고 싶었다. 먼발치에서 바라보는데 너무 안타까웠다. 선생님의 말씀을 무시하고 저 편한 대로 앉든지 서든지 하면 좋겠다. 선생님 말씀에 잘 응하는 형수가 한편으로는 대견스럽고 안타까웠다.

1988년 2월 17일 내 가정도 편히 다스리지 못하는 사람

이토록 기분이 우울한데 구정이라 제사 모시러 큰집에 가야 했다. 다른 이들은 보너스도 받고 선물도 받아 싱글생글 고향을 찾은 기쁨으로 부풀어 있는데 내 기분은 왜 이토록 엉망일까. 소가 코 꿰어 도축장으로 끌려가듯 큰집으로 갔다.

며칠 전 남편의 외박으로 아주 불쾌한 기분이었다. 젊은 시절에는 걱정과 불안으로 넘겼지만, 십 년을 넘게 살아 온 지금은 그때와 다르다. 소외당하는 배신감에 아주 불쾌했다. 내 가정도 편히 다스리지 못하는 주제에 조상을 다스리겠다는 마음가짐이 더욱더 회의를 느끼게 했다.

1988년 2월 19일 사우나탕

생전 처음으로 사우나탕이라는 곳에 갔다. 하루 종일 누워서 뒹굴었더니 몸살 기운이 돈다고 했다. 별로 내키지 않는 마음으로 따라나섰다. 설날 다음 날이라 모든 상점이 휴일이었다.

"연산동에는 할 거 같다."

자주 드나드는 곳인 것 같았다. 다른 데는 다 휴일인데 영업 중이라 어리둥절했다. 내부 시설은 별로 다를 것이 없는데, 서비스가 많아서 사우나탕 요금이 2,500원이었다. 950원인 일반탕도 자주 가려면 난 망설였다. 그런데 남자들은 사우나를 아무 망설임 없이 드나든다. 왜 그럴까. 아이들의 간식값 1,000원이 아까운 듯 선뜻 내주지 않는 옹졸함과 짜증 부리는 위선에 다시 한번 역겨움을 느꼈다.

1988년 2월 20일 형수 졸업

6년은 긴 세월이다. 6년 전에 학교 문을 들어설 때는 정말 우리 형수가 이 학교에서 6년을 넘길 수 있을까 생각했다. 하루하루 '오늘도 무사히 넘겼구나. 감사합니다'라고 하늘을 보며, 땅을 보며 빌고 또 빌었다. 그러기를 6년, 어떤 섭섭함도 시원함도 느낄 수 없다. 이제 또 새로운 세계로 발걸음을 내디뎌야 한다. 형수 앞에 또 어떤 역경이 가로놓일까. 이제 졸업 따위는 무덤덤하게 맞이하게 되었다.

지나간 6년이 무슨 의미가 있을까. 앞으로 넘어야 하는 험준한 산들이 무엇보다 형수와 나에게는 더 깊고도 넓은 의미다. 이제 과거를 생각할 여유가 없다.

1988년 2월 22일 엄마, 걱정도 팔자네요

형수의 반 배치고사 날이었다. 형수를 남편 차에 태워 보내고 시험이 끝나는 시각에 전화하기로 했기에 한나절을 기다렸다. 형수의 전화를 기다리는 나는 6학년 때 처음으로 엄마 품을 떠나 친구들끼리 수학여행을 떠났을 때처럼 안절부절못했다. 물론 교내 전화기가 있기에 별일이야 있겠냐 싶지만, 낯선 환경에 설움도 있고 어려움도 있을 터.

형수의 전화를 받고 5분도 채 안 되어 학교로 달려갔더니 교문으로 걸어 나오는 형수의 얼굴이 의외로 밝았다. 시험도 쉬웠고, 친구들도 친절했고, 선생님께서도 배려해 주셨단다. 마치 걱정하는 엄마의 얼굴을 읽기라도 한 듯이 쉴 새 없이 조잘댔다. 형수의 말을 되풀이해서 묻고 또 물었다.

"아이, 참. 엄마, 걱정도 팔자네요."

안심시키려는 형수의 말이 더욱더 대견스러워 힘이 솟았다.

형수가 중학교에 입학한 뒤로 처음 맞는 소풍날이 다가온다. 초등학교 때는 빠지지 않았는데 소풍에 빠진다니 섭섭했다. 나이가 들수록 소풍을 함께 가기가 힘들어졌다. 나도 그렇고 형수 또한 그렇다. 형수가 가기에 조금이라도 편리하도록 장소를 배려한다면 모를까. 멀리 올라가는 장소만이 문제가 아니다. 도중에 여러 학교 학생들이 불편해져서 산을 오르는 것이 불가능했다.

형수도 무조건 다른 친구들처럼 하겠다는 고집을 이제 내려놓았다. 평소 틈틈이 많은 곳을 여행했다. 여느 아이들보다 더 많을지 모른다. 그래서일까. 시시하게 여겼다. 그러다가도 섭섭함을 느끼는 표정이 보일 때가 있었다. 그런 형수의 표정을 모르는 척하는 내 마음이 얼마나 아픈지 모르겠다. 다른 아이들은 즐거운 소풍날인데, 형수에게도 뜻깊은 하루가 될 수 있도록 하고 싶었다.

안과를 찾았다.

"안경을 써야 할 시기가 많이 늦었습니다."

의사의 처방이 내려진 오늘이야말로 기억해야 했다. 오늘부터 형수는 눈과도 싸워야 한다. 몸 어느 부분 하나도 빼놓지 않는 싸움이다. '그래, 내 인생의 싸움이 어디까지 계속되나'를 두고 보기로 했다. 언제까지고 내 힘이 있는 동안 그 싸움에 임할 것이다. 오기 같은 반항심이 다시금 생긴다.

1988년 4월 24일 남편의 성화

화려한 식당에 가서 맛있는 음식을 배불리 먹는 것보다 나무 한 포기, 꽃 한 송이 만지고 감상하는 쪽이 나는 더 편안하고 좋았다. 여러 사람이 했던 말을 하고 또 하며 남의 험담을 늘어놓기보다는 풀잎을 만지면서 생명을 일깨우는 기쁨이 더 크다. 몇 개 안 되는 화분, 별 가치가 없는 화초이지만 내 손으로 씨를 뿌리거나 뿌리를 심어 몇 년을 키웠다. 나는 그런 것에 더 애착이 많이 갔다.

죽을 고비를 몇 번을 넘기며 살아왔다. 이젠 좀 더 정성을 담아야 하나 싶었다. 별 정성을 들이지 않아도 꿋꿋이 잘 견디고 말없이 인내하는 화초 몇 포기가 내 마음을 읽기라도 하듯, 나를 위로하는 것 같아 고마웠다.

흙을 갈아 주고, 좀 더 예쁜 옷으로 갈아입히듯 화기를 바꿔 주자. 내 마음이 이래도 남편은 무신경했다. 화초를 만지고 바라보는 내 눈을 한 번쯤 보아 줄 수 있으련만 무신경하기만 했다.

"오늘 쉬는 날인데 아이들과 꽃집에 가서 꽃도 보고, 흙도 사 오고, 화분도 몇 개 사고 합시다."

부탁하고 그러다 짜증으로 호소했다. 결국 견디다 못해 귀찮아서 끌려가듯이 흙과 화분을 사러 갔다. 물론 흙과 화분에 눈길 한번 안 줘서 나 혼자서 고르고 골랐다. 빨리 사라는 성화만 없었으면 더 좋았을 것이다.

1988년 5월 1일 등산인지 나물 채집인지

범어사에 가서 등산을 했다. 얼마나 좋아하는 산행인가. 그곳에는 내가 좋아하는 산나물이 많다. 길가에 풀처럼 나 있는 것도 한창 먹기 좋게 자라서 캐기에 알맞았다. 나물취, 미역취에다 보기 힘든 두메부취도 있어서 비명이 절로 나왔다. 일행을 따라가면서 나물을 캐느라 산행에 뒤처졌다.

"에라, 모르겠다. 나물이나 캐고 보자."

그러다 그만 일행을 잃었다. 한 시간 넘게 나물을 캐고 있으니, 그들이 찾아왔다. 미안했지만 나물 캐는 재미가 그만이었다. 그러고는 골짜기에서 나물을 삶아 시리고 시린 계곡물에 헹구어 둘둘 말아 찍어 먹는 맛이 최고였다. 그 누구도 아까 나물 캐다 뒤쳐진 나를 미워하지 않았다. 나물 맛 덕분에 산 오르느라 아픈 발이 다 나았단다.

1988년 5월 9일 엄마에게 좋은 것을 주고 싶은 딸의 마음

올해는 그냥 넘길까. 요즘 형편이 좋지 않아 마음이 바빴다. 엄마가 오셨다. 아직은 그리 더운 날이 아니고, 시골 할머니라 그런지 눈 센스가 시골 센스다. 초라하고 헐렁한 잠바 차림으로 오셨다. 어버이날이라 뭐라도 사 드릴 참이어서 큰맘 먹고 백화점에 함께 갔다. 적당한 색상에다 치수만 맞으면 사야지 했다. 나이에 맞는 색상과 치수를 찾았다. 어쩜 그리 잘 맞을까. 35,000원이다. 내 형편보다 엄마의 얼굴이 먼저 떠올랐다. 입혀 드리면서는 그보다 더 비싸도 사드려야지 싶었다. 이것이 자식의 마음일까. 흐뭇했다.

1988년 5월 18일 형수 담임 선생님에게 부탁

며칠을 망설였다. 형수 담임 선생님을 면담하는 내 마음 자세를 어떻게 해야 하는지 고민했다. 형수가 문제아는 아니지만, 담임 선생님은 형수를 대하는 것만으로도 큰 부담을 느낄 것이다. 나는 그저 죄송함과 함께 다른 아이들과 동등하게 보아 달라고 부탁하고 싶을 뿐이다.

1988년 5월 21일 차라리 집에서 TV라도 볼걸

말로만 듣던 관광지가 지리산이었다. "몇 번을 갔는데 경치가 얼마나 좋던지." 풍경을 칭찬하는 말들이 참 많았다. 언제쯤 갈 수 있을까, 꿈에라도 갔으면 했다. 그런데 이번에 지리산 관광을 떠나 가슴이 뿌듯했다. 아이들도 들뜬 기분이었다. 그동안 낚시 가는 아빠 따라 강으로 갔을 뿐이다. 낚시를 가면 바람이 많이 불어 다니기 불편했다. 바위 타기도 불편하고 낚싯줄이 엉켜서 여행은커녕 더욱더 부산스러웠다. 언제나 그랬다.

"차라리 집에서 TV라도 볼 걸."

형수의 불평은 어느 여행에서나 빠지지 않았다. 이럴 때마다 참기 어려운 울분이 쌓인다. 그래도 아이들은 묵묵히 아빠의 짜증을 잘 참아 주었다. 하늘만 바라보고 한숨을 지을 뿐 위로하고 참을 뿐이었다. 남편은 남편대로 자신의 감정을 터뜨려야 했다.

'이번만큼은 아이들에게 실망은 안겨 주지 말아야지'라고 했지만 걱정스러웠다. 아니나 다를까. 하늘에 두둥실 구름이 흐르는 듯한 지리산에 도착했을 때 뿌옇게 뒤덮인 안개에 이슬비까지 와서 1미터 앞도 볼 수 없었다. 지리산 흙 한 번 밟아 보지 못하고 차 속에 갇혀 있었다. 첫째는 가까운 휴게실까지 걸어 봤지만, 형수는 안개 때문에 먼발치에서 구경조차 못했다.

지리산 여행은 결국 실망스럽게 끝나고 말았다. 언제나 불평 없이 만족스러운 여행을 할 수 있을까.

1988년 6월 1일 양보와 약속

"1년만 신자, 형수야."

나는 약속하면 어떠한 약속도 어긴 적이 없었다.

"형수야, 조금만 양보해라."

엄마가 약속을 어긴 만큼 형수도 약속을 어겼으니 다시 협상을 했다.

"운동을 게을리했으니 다시 보조기를 신어야 하는 거 아니냐?"

형수는 시인했다. 그동안 보조기를 신은 효과가 전혀 없지 않고 진찰 결과 몸 상태가 좋아졌다. 그래서 앞으로 보조기를 계속 신어야 한다는 걱정이 조금은 덜어진 듯했다. 형수와 나에게는 '즐거운 비명'이었다. 우리 모자 말고는 누구도 이해하지 못하겠지만 말이다.

1988년 6월 8일 아내라는 존재의 가치

"손님이 있어서 저녁 먹고 조금 늦겠네."

미안하다는 말이 없어도 서운하지 않았다. 긴말이 필요 없었다. 사전 양해가 아니고 통보라도 족했다. 밤새도록 오지 않아도 괜찮을 것 같았다.

전화를 해도 안 해도 나 혼자인 것은 사실이다. 하지만 남편이 전화를 하면 온 세상 사람들에게 둘러싸여 흥겨운 잔치를 벌이며 노는 공주가 된 듯한 행복감이 든다. 언제나 오늘 같은 이 행복이 계속되면 좋겠다. 거짓말이라도 통보하는 셈치고 전화 한 통쯤은 하면 좋겠다. '집에서 아내가 기다리고 있다'라는 인정만큼은 받고 있다는 마음이 들었으면 좋겠다. 존재 가치를 확인하고 싶은 여자의 마음을 읽어 주기를 애절하게 바랄 뿐이다.

1988년 6월 13일 시집살이

미역국에 찹쌀밥이었다. 언제나 그렇듯 아침밥을 먹는 둥 마는 둥 했다. 그냥 마실 것 하나 먹고 출근할 때도 있었다. 오늘 아침에는 당신 생일임을 의식한 탓인가, 식탁에 앉아 한술 떴다. 그래도 난 만족했다. 남편이 안 먹는다고 해서 아침 식사를 준비하지 않은 적은 한 번도 없었다.

점심 때가 조금 지나 동서한테서 전화가 왔다. 시누이와 시어머님께서 생일 찰밥을 잡수러 오시겠단다. 정말일까. 아들 생일, 동생

생일을 챙기는 게 아니라 간섭하는 느낌이었다. '반찬을 어떻게 할까?'라는 걱정보다 불쾌감이 먼저 들었다. 결혼한 지 20년이 다 되어 가는데 이런 시집살이를 해야 할까. '내 위치는 어딘가?' 하는 허무감이 들었다.

1988년 7월 14일 형수가 걸어왔다.

형수가 걸어왔다.

나는 하교 시간에 맞춰 학교로 갔다. 운동장이 한산하다. 그래도 '교실에서 엄마를 기다리고 있겠지' 하고 교실로 들어갔다. 형수가 없었다. 당황해서 그런가, 여름 날씨라 그런가 너무 더웠다. 형수는 얼마나 더울까. 무거운 책가방을 짊어지고서 말이다. 도시락을 목에 걸고 목발까지 짚고 무슨 용기로 걸어가려 했을까.

엄마의 걱정이나 안타까운 모성애보다 형수의 겁 없고 부끄럼 없는 용기가 더더욱 값지고 소중했다. 형수의 크나큰 용기에 잠깐 당황했다. 엄마의 걱정이 무슨 의미가 있겠는가. 형수의 용기가 더 놀라운 날이었다.

1988년 7월 18일 저토록 많은 여성이 적극적인 삶을 사는구나

KBS 대강당에서 김형석 교수의 강연을 들었다. 괜한 외출로 시간 낭비하는 게 아닌가 했다. 강연 시간 30분 전인데 그 많은 좌석이 다 차서 복도까지 빈틈이 없었다. 물론 처음 있는 일이었다. 의

아스러웠다. 저토록 많은 여성이 적극적인 삶을 사는구나 싶었다. 듣는 강연보다 보고 느낀 내 각성이 더욱 뜻깊었다. 지금 주어진 현실을 알차게 살자며 고개를 끄덕였다. 언제까지나 이 마음이 변하지 않기를 바란다.

1988년 7월 21일 우등상과 진보상

첫째는 우등상, 둘째는 진보상을 받았다. 첫째는 우등상을 3년 동안 한 번도 놓치지 않았다. 형수의 진보상은 정말 값진 상이 아닐까. 형님의 우등상에 기가 죽었는지 형수가 이야기했다.

"아직은 몰라요. 나도 기대할 수 있지요."

얼마나 다행스러운 대답인가. 할 수 있다는 자신감이 당장 눈앞에 펼쳐진 우동상만큼이나 뜻깊었다.

형수는 전교 석차 100등이 올라서 진보상을 받았다. 오늘 같은 하루가 내게도 있구나. 두 아들의 상장 앞에 기뻐하지 않는 엄마가 어디 있을까. 조용히 감사해야지. 아들들에게 더욱더 용기를 줄 수 있는 엄마가 되어야지 싶었다.

1988년 7월 24일 방학이 됐으니 빨리 외갓집에 가자

어릴 적 외갓집이란 말만 들어도 얼마나 가고 싶고 포근함을 느꼈던가. 그때의 기분이 지금도 남아 있을까.

"엄마, 방학이 됐으니 빨리 외갓집에 가자."

막상 가면 내 집보다 불편하고, 내리쬐는 불볕에 햇살을 피하는 것도 만만치 않았다. 하루살이가 극성이고, 파리는 물론 낮에도 모기가 난리였다. 몇 시간 지나지 않아 아이들이 이야기했다.

"괜히 왔네."

1988년 8월 6일 무슨 선심일까

올해는 한 번의 휴가로 끝내야지 했는데 무슨 선심에서였을까. 시골 산골짜기로 피서 겸 여행을 가자고 했다. 처음으로 낚시 준비를 하지 않았다. 아마 처음 있는 휴가인지라 더욱더 뜻깊었다. 하나부터 열까지 남편의 손길로 시작해서 텐트 설치, 취사를 다 했다. 역시 기댈 데라곤 우리 가족뿐이다. 언양 계곡에서 피서하는 이런 날도 있구나 실감했다. 꿈만 같다.

형수 얼굴이 한층 밝아 보였다. 하지만 낚시를 못 해 표정에서 짜증이 묻어났다. 그래서 야단을 맞았다. 온 가족이 함께하는 오늘이 천국이다. 이것이 바로 '즐거운 여행'이구나 절감했다.

흐르는 냇물 위에 에어매트를 띄웠다. 아버지와 아들이 나란히 누워 눈 감고 흐르는 물소리를 음미했다. 뜨거운 햇살을 가리기 위해 천막을 치고 물속에 막대기를 세우느라 첫째가 부지런히 오갔다. 그래도 짜증 없는 맏아들의 늠름한 얼굴에 더할 수 없는 행복감을 느꼈다. 눈물이 핑 돌았다.

1988년 8월 11일 밤새워 화투 노름을 했다

처음 있는 일이 아닌데, 그때마다 그리 큰일이 있었던 것도 아닌데 이성을 놓고 흥분하고 말았다. 감당할 수가 없었다. 지나면 반성하고 후회하면서도 그때를 참지 못했다. 얼마나 약이 오르고 독이 서렸으면 물컵을 쥐었다 놓았는데 10밀리미터의 식탁 유리가 박살났을까.

나 자신도 의아스러울 정도였다. 나한테 이토록 독한 면이 있었다니, 혐오감을 느꼈다. 나 자신에게 이런 느낌을 받을 정도이니 남 아닌 남인 남편에게는 오죽할까. 이런 생각, 저런 생각이 가슴 터질 듯 밀려왔다. 마음 편한 쪽으로 결론이 나질 않아 안타까움만 더더욱 쌓일 뿐이었다.

"전화 한 통 없이 밤새워 화투 노름이나 하다니!"

언제까지, 얼마만큼 이렇게 하려나. 그래서 무엇을 얼마만큼 얻을 수 있을까. 허무감에 견딜 수가 없었다.

1988년 8월 15일 내 남편의 얼굴은

휴일인데도 남편이 출근했다. 다른 공장도 대부분 휴일이라 별로 일이 없을 텐데 출근한다 하니 내 마음이 어두워졌다. 일하려고 출근하는 게 아니라 놀려고 출근하는 것 같아 화가 났다. 내 감정은 내가 다스리는 거라고 수없이 다짐하면서, 집에만 갇혀 있어야 하는 아이들 얼굴이 눈앞에 떠올라 꾹꾹 참았다. 아이들이 좋아하는 숯불 돼지고기구이라도 실컷 먹이자 했다. 그때 막 무언가를 한 아름 안고 남편이 들어왔다. 해가 중천에 있는데 말이다.

언제부터인가 안테나가 고장 났는지 텔레비전이 잘 나오지 않아 짜증스러웠다. 남편이 안테나를 사 들고 와서 마루에 펼쳐 놓고 아이들과 조립하고 다시 세웠다. 그렇게 늠름하고 신사다워 보인 적이 없었다. 마치 요술쟁이라도 된 듯한 인상을 풍겼다. 며칠 전 화투 노름하고 새벽에 올 때의 험악하고 추잡한 얼굴과는 딴판이다. 내 남편은 험악하고 추잡한 얼굴만이 아니라 신사의 얼굴이라 믿고 싶다.

1988년 9월 15일 장애자 올림픽

장애자 올림픽 개막식이 열리는 역사적인 날이었다. 운동장에서 펼쳐지는 장애자들의 몸을 볼 때면 가슴이 다 조여드는 아픔이 들었다. 한편으로 대견스럽다고 느끼면서도 눈물로 텔레비전 화면을 가리곤 했다. 그럼에도 또 텔레비전을 켠다.

우리 형수와 비교해 보았다. 올림픽에 나오는 대부분의 장애자는 중증이었다. 그들에 비하면 형수는 정상이다. 물론 정상에 비하면 장애자겠지만. 이제껏 치료하고 키운 나를 위로했다. 내 아픈 과거와 오늘을 달랬다. 형수 또한 엄마의 마음을 알고 자신의 현실을 받아들였다. 더욱 다행이고 고마웠다.

아이들 모두 소풍 가는 날이었다. 첫째는 실장이니까 선생님 도시락까지 싸야 했다. 걱정이 되었다. 남들 다 가는 소풍을 저만 갈 수 없다는 현실을 형수는 어떻게 받아들일까. 어떻게 하면 마음 상하지 않게 이해시킬까 고민이었다. 지난봄 소풍에도 빠졌었다. 가능한 한 보내고 싶었는데 소풍 가는 장소가 가기 힘든 곳이었다.

형수는 얼마나 아픈지를 내색하지 않았다. 올라가기 어려운 높이도 높이지만, 많은 인파 속을 헤치고 다니기가 더욱 어려웠을 것이다. 저도 그 어려움을 알고 있었다. 국민학교 때는 소풍 때 엄마가 업고 다녔다. 그러나 지금은 그렇지 못하다는 것을 알고 있기에, 오히려 형수가 엄마의 의사를 묻는 편이었다.

"어머니, 소풍 어떻게 할까요? 별로 가고 싶은 마음이 없어요."

내 대답이 나오기 전에 형수가 먼저 대답했다. 물론 그 말 전부가 속마음까지는 아니라는 것쯤을 나도 알고 있었다. 고생하면서 맛보는 즐거움보다, 달리 즐거움과 보람을 찾는 편히 낫다는 것을 형수 또한 잘 알고 있었다. 이렇게 센스 있게 마음 쓸 줄 아는 대견함이 더욱 고맙다.

소풍을 가지 않은 형수는 나와 서점에 가서 책 몇 권을 샀다. 마치 소풍처럼 말이다.

1988년 11월 6일 셋이서 고깃집에 갔다

단 한 번도 스스로 친절을 베푼 적이 없었다. '우리 외식하자. 여행 가자.' 가족과의 외식, 여행이 얼마나 작고 소박한 바람인가. 이 작은 바람마저도 먼저 말한 적이 없었다. 오랜 시간이 흐른 지금에는 체념에서 결국은 이해로 굳어졌다. 성격이려니 하고 말이다. 언제부터인가 항상 내 쪽에서 부탁하는 방향이다. 오늘도 그랬다.

"아이들 고기 먹이러 갑시다."

"돼지고기 많이 먹어서 좋은 게 없어. 손님 있다."

정당한 이유 없이 그저 핑계와 짜증으로 거절했다. 남편의 그런 태도가 상식 밖이라는 생각에 혼자 서러움을 삼켜야 했다. 차라리 부탁하지 말 것을 그랬다. 남편과 아내, 또한 자식들 사이에 부탁이란 단어가 끼어든다는 것조차 서글펐다.

아이들에게는 아무런 티를 내지 않고 말했다.

"아빠는 속이 편치 않으니, 우리끼리 마음 편히 고기 먹자."

얼마만큼 아이들에게 설득력이 있었는지는 모르겠지만, 우리 셋이 연산동 돼지 골목에 있는 고깃집에 갔다.

1988년 11월 9일 어쩌면 홧김에

팬 히터를 샀다. 금성 것인데 30만 원에 9평짜리였다. 과욕이 아닌가 싶었다. 몇만 원짜리 난로를 사면 되는데 말이다. 어쩌면 홧김에 낭비한 것 같은 느낌이었다. 아직도 남편에 대한 화가 사라지지 않았다. 나도 욕심 좀 부리자는 반항심이 싹 텄다. 하루빨리 반항심에서 벗어나야겠다고 반성하면서도 마음대로 되지 않는다.

1988년 11월 12일 아직도 밥이 안 되나?

몇 달 만에 7시 30분에 귀가했다. 물론 전화해서 귀가 시간을 알려 주었다. 나는 바로 쌀을 씻고 저녁을 준비했다. 들어오자마자 손발을 씻기도 전에 식탁에 앉았다.

"씻고 오세요. 곧 상을 차릴게요."

"아직도 밥이 안 되나?"

상스럽게 표현했다.

"어디 돌아다니느라, 낮에 엉뚱한 짓 실컷 하다가 밥이 늦나?"

어느 잡지나 드라마에 나오는 상스러운 느낌을 받았다. 나는 할 말을 잊었다. 그럼에도 내가 대처할 수 있는 마음의 준비가 되어 있는 듯해서 다행스러웠다. 일찍 들어온 유세가 이런 것인가.

언제나 늦은 귀가가 몸에 배어 있었다. 그런 어처구니없는 태도를 내 눈앞에서 지워 버리고 싶었다. 오히려 남편의 그런 태도를 체념하고 무시할 수 있다는 것이 다행스러웠다.

1988년 11월 19일 결혼 16주년

결혼 16주년이 되었다. 결혼기념일 가까이만 되면 들뜨기보다 우울했다. 달콤한 연애 시절도 깨가 쏟아지는 신혼 시절도 없었다.

더듬어 볼 아름다운 기억이 없는 탓일까. 지금까지의 내 고달픈 길이 아픈 상처가 다시 살아나듯 아프기만 했다. 그 아픔을 위로받고 보상받고 싶다면 비겁한 것일까. 이날만이라도 즐겁고 싶고, 행복감을 느끼고 싶은 것이 소원이 되었다.

어쩌면 너무나 작은 소망이었다. 단둘이 외식이라도 하면서 오붓이 우리들의 존재를 인식하고픈 게 욕심일까. 그제부터 내가 부탁하듯이, 끝내는 애원하듯이, 자존심도 모르는 여편네처럼 부탁했다. 오늘만큼이라도 우리 둘만이 즐거움을, 행복감만을 느낄 만한 공간에서 함께하자고 했다. 단 한 번의 망설임도 없이 거절했다.

"거래처 손님하고 약속이 있어서 어쩔 수 없다."

100퍼센트 기대 안 했지만 받아들이는 척이라도 해 줄 것을 기대했다. 열여섯 번의 결혼기념일 동안 단 두 번, 외식을 했다. 그것도 억지로 쳐들어가듯이 했다. '설마 올해만큼은 아니겠지' 하고 바랐다. 요즘 더더욱 내 기분과 갈등이 엉켜 있었다. 또한 지금의 내 나이 탓도 있다. 어느 한쪽이라도 염두에 두었다면 거절할 수 있었을까. 그래도 이해해야지. 그이의 성격 탓이겠지. 아니면 적극적이지 않은 내 성격 탓이겠지.

큰아이는 일기장에다 결혼기념일을 적어 두었다.

"엄마가 깜짝 놀랄 선물을 사 왔어요."

얼른 보여 주지 않고 나를 들뜨게 했다. 그 순간 그토록 얼어붙어 있던 내 설움이 한꺼번에 사라지는 듯했다. 아빠가 오면 함께 주고 싶어 하는 것 같아서 기다렸다. 12시가 거의 되어 늦게 귀가하는 남편이 그래서 더 야속했다.

기다리다 지친 첫째는 엄마 선물을 먼저 풀어 주었다. 내가 그토록 갖고 싶어 하는 커피 양념통이다. 이렇게 엄마 마음을 그렇게 헤아리는구나. 눈물이 핑 돌았다. 형수도 물론 남편을 기다리다 잠자리에 들었다.

"엄마가 대신 전해 주세요."

아이들은 간장약을 남편 선물로 준비했다.

1988년 11월 20일 일요일에 갈게요

며칠 전 엄마한테 처음으로 전화했다.

"일요일에 갈게요."

어젯밤에 남편 친구로부터 "낚시 갑시다"라는 전화가 왔기에 은근히 걱정했다. 남편의 눈치를 살폈다. 아이들도 나들이가 오래간만이었다. 가을인데 단풍놀이를 못 갔다. 바람이라도 시원히 들이킬 겸 가는 거라 한껏 들떠 있었다. 아침 먹고 느지막이 출발하니 12시가 되었다.

마치 큰일이라도 해결한 듯 큰 숨을 내쉬었다. 기다리시는 엄마의 걱정을 덜어 준 듯했지만 어떤 즐거움도 기쁨도 없었다. 불쾌한 남편의 태도가 어딘지 우울했다.

쌀, 배추, 무, 김칫거리, 콩, 감 등등을 트렁크는 물론 앞좌석, 발밑 구석구석에까지 다 담아 왔다. 엄마의 정성과 아픈 손길이 내 아픈 마음, 우울한 기분을 안아 주었다. 그리고 용기와 힘을 건네주었다. 나는 '또 참아 봐야지' 하고 다짐했다.

1988년 11월 30일 규모 있게 살림을 꾸려 가고 싶다

따지고 보면 오히려 내가 불리한 것인지 몰랐다. 나는 언제나 매달 월급을 원했다. 하지만 남편은 한결같이 기존 방식을 고집했다. 조금 적은 월급이라도 목돈을 주면 예산을 짜서 살림을 꾸려 가고 싶었다.

남편은 목돈을 가게에서 빼낼 수 없으니 그때그때 필요한 금액을 준다고 했다. 그러면 한 달 지출을 계산할 때 월급보다 큰 금액이 들었다. 결과만을 따져 보면 훨씬 많이 쓰는 셈이다.

11월에는 다른 달보다 많았다. 아이들 회비 12만 원, 매일 반찬값 30만 원, 백화점 15만 원, 기타 5만 원. 모두 62만 원이었다.

1988년 12월 9일 이제 한숨 돌리나 했건만

말일에 겨우겨우 줄 돈을 주고 나서 이제 한숨 돌리나 했다. 그런데 돌아서자마자 또 주어야 할 날이 돌아왔다. 짜증이 났다. 싫증이 났다. 허전했고 절망했다. 그 누구도 위로해 주는 이가 없었다. 오직 나 자신뿐이었다.

세상을 등지고 사는 이처럼 시장 가는 일이 귀찮고 점점 더 나약해졌다. 별수 없이 제풀에 꺾인 어린아이처럼 울고 싶었다. 아무런 발전 없는 생각과 고민을 떨쳐 버리기 위해서 시장에라도 나가 보고 싶어졌다.

지갑에 돈이 얼마나 있겠는가. 아침에 만 원짜리 한 장 남편이 주고 간 게 다다. 무작정 백화점에 갔다. 큰아이 바지, 카펫, 그리고 내 옷을 둘러봤다. 잡다한 생각들을 떨쳐 버리는 의미에서 두 번 망설이지 말고 다 사고 싶었다. 망설인다는 것은 시간 속에 머무는 것 같은 느낌이 들었다. 빨리 결정해서 빨리 흘려 버리고 싶었다.

1988년 12월 20일 나만 평생 기다리는 듯했다

일 년에 단 하루, 단 한 번이라도 여유가 있으면 좋겠다. 책임감에서라도 남들처럼 데이트하듯 나란히 손잡고 거닐 수 있다면 얼마나 좋을까. 아니면 형식적으로나마 얼굴 맞대고 둘만의 시간을 할애해 주리라 믿었다. 이런 내가 주책스러운 것일까.

아침 출근 때는 물론 저녁 퇴근 시간인 6시 넘어 7시가 다 되어 가는데 전화 한 통이 없었다. 아이들은 큰 행사라도 있는 듯 케이크를 준비했지만, 아빠의 눈치만 살폈다. 아이들에게 괜한 미안함이 들었다. 아이들에게 엄마가 주책스러운 모습을 보여 준 것 같아 쑥스러웠다.

이런저런 섭섭함을 뒤로하고 남편에게 전화했다. 남편에게 뭔가를 기대한 것은 절대 아니었다. '혼자라도 자축해야지'라고 며칠 전부터 마음먹었다. 나갈 채비를 했다. 그래도 행여 남편이 일찍 들어와 말없이 외출했다고 원망할까 봐 두려웠다. 혹시나 일찍 들어오는지를 확인하려 전화했다는 게 더 맞겠다.

"지금 서면 공장 근처에 나와 있는데 퇴근하나요? 같이 들어갈 수 있나요?"

"그래, 이리 와라. 7시 30분까지."

가게 도착했을 때 보니 7시 38분이었다. 8분을 기다리지 못하고 차를 몰아 집으로 가고 있었다. 언짢은 표정이었다.

"왜 기다리게 하노?"

난 왜 전화를 걸어 아무런 소득도 없이 불쾌감만 자처했던가. 아내를 기다리는 그 8분이 그리 힘들었을까.

"왜 기다리게 하노?"

난 왜 전화를 걸어 아무런 소득 없이 불쾌감만 자처했던가. 아내를 기다리는 그 8분이 그리도 힘들었을까.

기록이 없는 기간의 이야기

일기는 여기서 멈췄다. 형수가 중학교에 적응하기 시작한 시점부터다. 일기 쓰기를 멈춘 이유는 기억하지 못하지만, 일기를 쓴 이유는 기억한다.

늘 긴장을 너무 많이 해서 쓰러질 것만 같았다. 너무나 내 편이 없었으니까. 내가 나를 붙들지 않으면 살 수가 없었다. 내가 바로 서기 위해 썼다. 내가 나를 놓지 않으려고 썼다.

기록을 남기진 않았지만 삶은 계속되었다. 형수는 물리치료를 계속 받았다. 오른손의 기능이 여전히 부족해, 내가 점심시간마다 학교에 가서 형수의 도시락을 챙겼다.

아이들은 내가 믿는 만큼 해 냈다. 민수는 중고등학교 내내 형수의 등교를 도왔다. 두 아들 모두 원하는 대학에 진학했다.

집안에 크고 작은 일이 많이 생겼다. 남편 사업이 부도가 났고, 양가 부모님이 돌아가셨다. 더 이상 부산에 있을 이유가 없었다. 남편의 새 직장이 있는 옥천으로 터전을 옮겼다.

그사이 달라진 것이 많았다. 아이들과 남편에게만 쏟던 시간과 에너지를 나에게 쓰기 시작했다. 꽃꽂이를 계속 공부했다. 아이들이 학교에 가 있는 시간, 형수의 물리치료 시간을 틈타 꽃꽂이 교육을 제대로 받았다. 나중에는 첫째가 다니는 대학교 앞에 꽃가게를 차렸다. 그렇게 번 돈의 일부를 남편 부도로 생긴 빚을 갚는 데 보탰다.

_2024년 이순희 인터뷰 중에서

8

씩씩하게 걷기를 바란다

마흔일곱~마흔여덟 살

1997년 12월 1일 신입사원 준비

그 누구한테도 말하고 알리고 싶지 않았다. 이 세상 단 한 사람, 내 엄마에게만 말하고 싶었다. 목구멍 끝까지 솟구쳐 막혀 오르는 숨 가쁜 설움을 삼키지 못한 채 열차 시각이 아직 남았는데 일찌감치 엄마 집을 떠났다.

이토록 허전한 친정 나들이는 처음이었다. 대문 곁에서 전송하는 엄마의 모습. 그럼에도 떠나야 하는 딸. 나는 엄마보다 덜 외로울 듯했다. 흔히, 남는 이보다 떠나는 이가 서러운 법이라 했는데 꼭 그렇지만은 않았다. 엄마는 혈혈단신 혼자 계셨다.

회사 입사 준비로 첫째와 6시에 백화점에서 만나기로 했다. 아이 쇼핑을 실컷 했다. 30만 원을 주고 코트를 샀다. 그 외는 최저가로 샀다. 구두는 2만 원, 와이셔츠는 1만 원짜리를 샀다. 센스 있는 쇼핑, 융통성 있는 소비가 중요하다. 그러니 미안함은 거두자.

1997년 12월 5일 부산에서 충북으로

우리 네 식구가 부산에서 충북으로 주민등록을 옮겼다. 큰아들을 앞세우고 면사무소에 다녀왔다. 그래서일까. 모처럼 목소리가 높아졌다. 동사무소 직원에게 주민등록을 요청하는 내 얼굴이 상기되었다. 첫째 입사에 필요한 서류들을 신청할 때 왜 그리 당당해지는지 알면서도 모르겠다.

1997년 12월 6일 모든 것이 이토록 소중할 줄이야

지금 나에게 필요한 또 다른 행복이 있을까. 따뜻한 군불과 맑은 공기에다 청정한 지하수가 있다. 오염으로 찌든 기름때가 비누로 치대니 매끄럽게 풀어지면서 녹아내렸다. 찌든 때를 보니 마치 내 가슴에 맺힌 한이 녹아 풀리는 듯했다.

종일토록 빨래해도 걱정이 없었다. 신바람 나듯이 했다. 그전 같으면 빨까 말까를 망설이던 빨랫감을 서슴지 않고 물에 넣었다. 마치 걸레를 한번 빨면 거짓말처럼 행주가 되듯이 말이다.

빨다가 해진 옷을 볼 때면 그전 같으면 시간 낭비인 듯해서 버렸을 것이다. 하지만 이토록 보잘것없는 옷도 미싱을 돌렸다. 해진 옷을 깁고 가위질해서 고치고, 손바닥만큼의 천 조각이라도 버리고 싶은 마음이 안 들었다.

요즘 모든 것이 이토록 소중하게 생각될 줄은 몰랐다. 쿵쿵거리는 낡은 미싱을 돌리며 비할 데 없이 큰 행복감이 들었다. 톱밥을 허옇게 덮어쓴 남편의 어깨 역시 당당하고 상기된 모습이었다. 지금의 이 행복을 어디에다 비길 수 있을까.

1997년 12월 14일 역시 그이가 최고구나

"좀 잡아 주셔요."

톱질과 어설픈 망치질로 합판을 잘랐다. 선반을 만들고 페인트를 칠했다. 옷에는 물론 손이며 발이며 머리카락까지 노란색과 하얀색이 묻었다. 좁은 목욕탕에서 칠하느라 힘들었다.

큰애는 못마땅한 엄마의 눈총에 짜증을 참느라 끙끙댔다. 이사오기 전에 남편이 칠한 페인트 색깔이 잘못되었다고 투정을 부렸다. 잘한다고 아들을 추켜세웠다. 둘이 하느라 했지만, 남편이 한 것보다 못한 것 같았다. 어찌 보면 비슷했다. 돈만 이중으로 낭비한 것 같았다. 남편이 퇴근해서 오면 변명할 근거를 찾아야 할 텐데 겸연쩍었다.

남편을 과소평가한 내 태도가 부끄러웠다. 가끔 과소평가해 남편을 섭섭하게 한 게 후회가 되었다. 역시 그이가 최고구나.

1997년 12월 19일 합숙 연수 시작

신입사원 합숙 연수가 시작되었다. 엄마는 걱정이 앞서는데 첫째는 뜻밖에도 들떠서 상기된 얼굴이었다.

1997년 12월 21일 일하다가 직원이 많이 다쳤다

일요일인데 회사에 가야 했다. 남편은 요즘 생기 있지만 피곤해 보였다. 한나절이 채 되기도 전에 끝날 테니 빨리 마치고 올 것 같았다. 오후 6시가 조금 지난 시각에 새파랗게 질린 얼굴로 집에 왔다. 뭔가 큰일이 있는 듯한데 물어보는 것이 불안했다. 그러나 남편의 모습을 보는 순간, 붕대를 감거나 다친 건 아니라서 일순간 안심했다.

"일하다가 직원이 많이 다쳤어. 공장에서 사고가 났어."

다친 이들에게 죄송하지만, 내 남편 손톱 하나 다치지 않았으니 이 얼마나 행운인가. 다행이라 부르짖고 싶은 욕심에 부끄러웠다. 나도 어쩔 수 없는 속물임을 또 부끄러워해야 했다.

1997년 12월 25일 우리 부부만의 시간

남편이 오전에만 근무하고 퇴근했다. 그나마 반가웠다. 종교는 없지만 크리스마스 종이 울리니까 휴일이라는 느낌이 들었다. 그리고 이내 허전했다. 더욱이 두 아들 모두 전화가 없었다. 앞으로 닥쳐올 우리 부부만의 시간을 준비하는 훈련이 시작된 것 같았다.

이곳으로 이사와 오늘 처음으로 외출했다. 별 의미 있는 것은 아니다. 그냥 이것저것 필수품 쇼핑을 핑계 삼아 남편과 외출하고 싶었다. 승용차 아닌 트럭이지만 그래도 기분을 내고 싶었다. 살아 있는 비싼 횟감이 아닌 죽은 오징어일지라도 말이다.

"아이구, 비싸. 싼 오징어나 몇 마리 사자."

순간순간 찡하는 안된 마음이지만 그렇게 스스럼없이 현실을 파악할 줄 아는 남편이 부끄럼 없이 고마웠다. 있는 정성 다해서 저녁상을 차렸다. 남편은 군불을 넣었다.

"야, 진수성찬이네."

남편과 술 한잔을 주고받았다. 여기서 더 바랄 게 있을까.

1997년 12월 29일 목발 짚고 다니는 내 아들이요

작은아들 형수가 온단다. 9시 45분이니 늦은 시간이다. 나는 무슨 사정이 있더라도 '버스 타고 오라 캐라'라는 말은 하지 않았다. 그래도 왠지 조금은 불안했다.

도착 시각이지만 늦은 시각이라 역 안에는 몇 사람밖에 없었다. 출발하는 차가 없으니 올라가는 손님이 없었다. 역장이 묻는다.

"누구 기다리세요?"

"네, 내 아들 기다려요. 서울에서 학교 다니거든요. 목발 짚고 다니는 내 아들이요."

왜 그리도 목청 높여 옆에 있는 사람 전부 다 듣게끔 말하려 하는지 모르겠다. 저쪽에서 내 아들 형수가 절뚝절뚝 걸어왔다.

"엄마."

"아들아."

동시에 맞닿아 안으면서, 옆 사람 시선은 아랑곳하지 않았다.

1998년 1월 4일 씩씩하게 걷기를 바란다

휴일이 끝나고 첫째는 내일부터 연수관 생활을 시작한다. 그리고 곧 정시 출근이란다. 연수 생활을 열흘 정도 하는데 학생 때 같은 느낌이었다. 이것저것 가지고 갈 수 있는 한 배낭 속에 꽉꽉 밀어 넣어야 한다고 거듭 당부했다. 출근에 필요한 필수품을 메모해 두었다. 12일이나 13일쯤 고시원에 입주한다고 해서 그날쯤 이불이며 필수품이 도착해야 했다.

꼼꼼히 챙겨서 안심은 되지만, 엄마 곁을 떠나야 하니 텅 빈 느낌으로 서운한 심경이었다. 아이가 역 홈으로 들어가는 모습을 보니 등에 얹은 배낭만큼이나 마음이 무거웠다. 하지만 젊은 너희들의 앞날은 희망에 가득 찬 가능성 있는 출발이다. 그러니 겁내지 말고 씩씩하게 걷기를 바란다.

2024년 가을 이순희

2024년 가을 김형수

YES24 그래제본소 북펀딩에 참여해 주셔서 감사합니다.

강서희 강소정 강주만 강지아 강훈희 고경미 고제헌 공선애 곽신애 권경민 권미사 권성실 권은숙
김경림 김경연 김경희 김광백 김광이 김광희 김난희 김남경 김남진 김덕화 김동준 김라경 김라현
김려실 김미영 김미옥 김민교 김병기 김보람 김새결 김선명 김선자 김선정 김성현 김성호 김세아
김소희 김솔아 김수미 김수정 김수진 김수현 김애경 김여진 김연희 김영돈 김영란 김영미 김영수
김영실 김영연 김영웅 김영재 김영희 김예영 김용석 김원영 김윤영 김은구 김인정 김재연 김정옥
김정태 김종숙 김종환 김종희 김준범 김지애 김지연 김진철 김충현 김필수 김현숙 김현혜 김혜선
김혜은 김홍석 김효임 김효정 김효진 김효현 김휘주 김희선 김희정 나봉화 남소라 남형두 노금호
노미라 노수연 동기욱 류경미 류승아 류승연 림보 림보책방 맹수용 문경란 문영훈 민앵 박경희
박나래 박내현 박미소 박병은 박상덕 박상준 박새롬 박성우 박소연 박소해 박수정 박연미 박온슬
박윤정 박정경 박정희 박종현 박주희 박지연 박지윤 박지혜 박찬희 박평철 박현아 박현주 박형욱
박혜정 방세라 방수진 백명숙 백미옥 백수정 백수홍 백정연 백정은 변호민 삼일 서연아 서은석
손성권 손우영 송숙 송창수 시소감각통합상담연구소 신승은 신우철 신진영 신해선 신혜경 안대환
안민영 안성태 안영림 안영신 안영화 안채리 양경희 엄초롱 오롯컴퍼니 오민웅 온재하 우혜리
원영희 유별남 유선애 유선욱 유영희 유이분 유정경 유한목 윤란 윤세병 윤소윤 윤수희 윤여정
윤정지 윤지선 윤현숙 이건희 이경란 이경미 이경선 이경아 이계은 이광국 이규리 이나경 이미경
이미애 이미지 이민선 이상희 이선미 이선자 이성진 이세민 이소연 이송우 이송하 이수현 이슬
이슬기 이승미 이승원 이승혜 이어린 이옥주 이우철 이운전 이은아 이은지 이은호 이의렬 이정은
이정은 이지선 이지영 이진희 이춘남 이하나 이현제 이혜린 이혜은 이화진 이효진 이희연 이희옥
임경훈 임규완 임수경 임승은 임은영 임은정 임지이 임진영 임현정 임현주 임효정 장누리 장명순
장성예 장소윤 장수연 장정아 장지혜 전세원 전은옥 전철수 정관조 정미옥 정병은 정복련 정수지
정수현 정승진 정예현 정용택 정은미 정은정 정치하는엄마들 정현란 조경미 조아라 조완철 조윤경
조인주 조희상 조희정 지경주 지민군 지석연 진재섭 채송희 채타피 천경호 최미랑 최미정 최승희
최윤경 최정화 최지영 최진주 최항석 최혜경 한광주 한기명 한송이 한자영 한정수 한채윤 한하늘
함보현 허은미 홍경진 홍민경 홍선영 홍윤희 홍지연 황덕희 황숙현 황은결 황인비 황준환 황혜성
wwsohn

그리고 이름을 밝히지 않은, 이순희와 김형수를 응원하며 연대하는 사람들